Adormecida

Anna Sheehan

Adormecida

Tradução
Camile Mendrot

lua de papel

Título original: A long, long sleep

Direção editorial: Pascoal Soto
Editor: Pedro Almeida
Produção editorial: Renata Alves
Gestor de marca: Adriana Giglio

Preparação: Vivian Miwa Matsushita
Revisão: Beatriz de Freitas Moreira e Gabriela Hengles
Diagramação: Desígnios Editoriais
Capa: Osmane Garcia Filho
Imagem de capa: Arcangel/© Robert Jones
Tradução: Camile Mendrot

DADOS INTERNACIONAIS DE CATALOGAÇÃO NA PUBLICAÇÃO (CIP)
(Câmara Brasileira do Livro, SP, Brasil)

Sheehan, Anna
Adormecida / Anna Sheehan ; tradução Camile Mendrot -- São Paulo : Leya, 2012.

Título original: *A Long, long sleep*
ISBN 978-85-63066-48-0

1. Romance 2. Ficção I. Título.

ÍNDICE PARA CATÁLOGO SISTEMÁTICO
1. Ficção : Literatura norte-americana 813

2012
TEXTO EDITORES LTDA.
Uma editora do grupo LeYa
Rua Desembargador Paulo Passalácqua, 86
01248-010 — Pacaembu — São Paulo — SP
Blog da Lua: www.leya.com.br/luadepapel
Twitter: @luadepapel_BRA / @EditoraLeya

Um longo, longo sono, um famoso sono
Que ao dia não se apresenta
Pelo esticar de um membro ou movimento de uma pálpebra
Um sono independente.

Terá sido a ociosidade sempre assim?
Encerrada em uma lage de pedra
A desfrutar o passar dos séculos
Sem nunca a tarde fitar?

Emily Dickinson

Para Drew
porque ele foi o meu único
e este foi o meu primeiro.

1

Tentei me agarrar aos meus sonhos estases o máximo que pude. Esse era meu jogo, lutar para manter o rumo entre aquelas imagens nebulosas onde era sempre tão fácil se perder. Tentei continuar em estase, mantendo meu coração pulsando bem devagar, recusando-me a despertar meus pulmões. Uma ou duas vezes consegui me conter por tanto tempo que minha mãe entrou em pânico e ligou o ressuscitador.

Então, quando o vibrante azul da paisagem marinha que eu tentava segurar foi interrompido, não por uma mão, mas pela sensação de lábios tocando os meus, fiquei surpresa. Respirei fundo e me sentei ereta, batendo a cabeça contra o meu suposto salvador.

Não conseguia ver nada. Estava tudo nebuloso e eu sentia muitas dores, como se tivesse acabado de abrir os olhos para uma luminosidade intensa depois de dias no escuro. Uma voz desconhecida gritou palavras desconhecidas.

— Santo capete! Você *está* viva!

Senti-me completamente perdida. Só me restou procurar por algo familiar.

— Onde está a mamãe? — aquela não parecia a minha voz; soou mais como um grasnado. Tentei avaliar a situação. Meus músculos doíam e meus pulmões pareciam cheios de líquido. Tossi, tentei forçar o ar para dentro das narinas dormentes. Tentei ficar em pé. Dores dilacerantes como punhais se espalharam por minhas pernas e braços. Sentia dor até nos ossos. Deslizei de volta para o colchão macio e aconchegante do tubo de estase.

— Nossa!

Meu salvador se aproximou com um sobressalto enquanto eu caía. Braços quentes me seguraram, e meus músculos gritaram enrijecidos.

— Não me toque! — ofeguei. Não entendi por que estava sentindo tanta dor.

Ele me soltou, mas a dor não cedeu.

— Capete! Você me assustou! — a voz soou muito agitada. — Você não estava respirando, fiquei com medo de ter estragado o sistema e apagado você.

Não entendi metade do que o estranho estava dizendo.

— Quanto tempo? — sussurrei.

— Você pareceu estar morta durante um minuto apenas — ele disse, como se quisesse me tranquilizar.

Eu queria saber há quanto tempo estivera em estase, mas desisti, não importava. Sempre dizia para mim mesma, logo depois que despertava, que isso não importava.

— Quem é você? — perguntei então.

— Meu nome é Brendan, moro no apartamento cinco. Você sabe onde está?

Franzi a testa, ou o teria feito se minha cabeça não começasse a doer. No apartamento cinco havia um casal de velhinhos e sua coleção de peixes tropicais. Pelos menos eram eles que moravam lá da última vez que eu estive acordada, mas não fazia ideia de quanto tempo se passara.

— No Condomínio Unicórnio, é claro. O que você está fazendo aqui? Acabou de se mudar para cá?

Um longo momento de silêncio se seguiu.

— Não, eu sempre morei aqui. — A voz pareceu assustada agora.

Pisquei e voltei minha visão embaçada na direção em que eu tinha certeza de que ele estava. Brendan era uma sombra escura, a vaga silhueta de um homem. Um homem jovem, pela voz. Fiquei confusa.

— Por que você me acordou?

Ele teve um sobressalto, como se tivesse se surpreendido.

— Você queria continuar em estase?

— Não, perguntei por que *você* me acordou? Onde está a mamãe?

Um longo silêncio se seguiu.

— Hum... — Ele respirou fundo. — Não sei onde a sua mãe está. Você... você sabe quem você é?

— É claro que sei! — respondi, mas minha voz ainda estava débil e rouca. Tossi outra vez, lutando contra a fadiga estase.

— Bem, eu não sei. Meu nome é Brendan, e o seu?

— Rose Samantha Fitzroy — eu disse pontualmente. Fiquei aborrecida. Quem era esse garoto? Nunca tive de dizer para ninguém quem eu era.

Ele recuou um passo e então desapareceu de vista. Alarmada, tentei me sentar outra vez. Meus braços gritaram e minhas costas pareciam fracas demais para me sustentar. Qualquer indício de força que minha surpresa inicial havia me dado desaparecera. Arrastei-me até a beirada do tubo de estase e tentei encontrar o homem-sombra.

Ele tinha tropeçado e caído no chão, agora que eu estava sentada direito, ele já não se parecia mais com uma sombra. Seus olhos eram duas manchas brancas no círculo escuro da cabeça, arregalados para me encarar.

— O que foi? — perguntei em voz baixa e rouca.

Ele se arrastou de costas, como um caranguejo, até encontrar apoio em uma caixa e conseguir se levantar com dificuldade. Uma caixa? Onde diabos eu estava? Este definitivamente não era o meu confortável *closet*, forrado de carpete rosa e com a última moda pendurada em ordem nos cabides. O lugar mais parecia um enorme depósito bagunçado e cheio de eco. Prateleiras altas abarrotadas de formas escuras que se erguiam sobre nossas cabeças.

— Você disse Fitzroy? — Brendan perguntou. — Rose Fitzroy?

— Sim — respondi. — Por quê?

— Preciso buscar ajuda. — Ele me deu as costas e se foi.

— Não! — gritei, ou emiti um som o mais próximo de um grito que meus pulmões paralisados e minha garganta seca conseguiram. Eu nem sabia por que tinha gritado. Estases químicas causam uma variedade de estados emocionais, por isso, às vezes, ficava difícil definir exatamente como me sentia. No minuto seguinte, percebi que estava apavorada. Estava tudo errado, nada era como eu esperava e tive a sensação de que algo realmente terrível tinha acontecido.

Brendan se virou de volta para mim.

— Já volto.

— Não! — sussurrei. — Não me deixe sozinha! Quero a minha mãe! O que está acontecendo? Onde está Xavier?

Um momento de confusão hesitante se seguiu e, então, senti as mãos dele sobre o meu ombro. Dessa vez elas foram gentis e meus músculos não gritaram tão alto.

— Está tudo bem. De verdade. Só não posso... fazer isso sozinho.

— Fazer o quê sozinho? Diga o que está acontecendo? Onde está a minha mãe?

— Senhorita... ah... Fitzroy...

— Rose — eu disse automaticamente.

— Rose — ele repetiu. — Só desci aqui para explorar. Eu não sabia que este lugar existia. Tropecei no seu tubo de estase e iniciei a sequência de reanimação por acidente. Ninguém desce neste canto do subsolo desde os Tempos Sombrios.

— Tempos Sombrios? — perguntei.

— Os Tempos Sombrios! — ele repetiu como se fosse óbvio. — Quando o... Ah, Deus! — A voz dele se reduziu a um sussurro apavorado. — Isso foi há mais ou menos sessenta anos.

— Sinto muito... — sussurrei, sem compreender direito o que ele estava dizendo. — Sessenta... anos?

— Sim — Brendan confirmou baixinho. — E... se você realmente for Rose Fitzroy... — Seja lá o que ele ainda tivesse para dizer, teve de esperar. O oceano do meu sonho retornou na forma de uma onda estrondosa que bloqueou todos os sons e cessou minha respiração. Sessenta anos. Papai e mamãe, mortos. Åsa, morta. Xavier... meu Xavier...

Acho que gritei. A última coisa que senti quando as sombras embaçaram minha visão por completo foram os braços fortes de Brendan me segurando enquanto eu caía.

2

Acordei em um ambiente estranho, com vozes desconhecidas aos meus pés. Estava deitada de costas, mais reclinada do que reta. Havia um tecido frio sob os meus dedos. Um odor familiar — antisséptico e doença. Os hospitais têm sempre o mesmo cheiro. Acostumada a me agarrar aos sonhos estases, continuei de olhos fechados e com a respiração suave.

— O que o médico disse? — Era uma voz masculina, trêmula devido à idade. Ele parecia preocupado.

— Eles estão com dificuldade para encontrar um meio de dar a notícia para... — Agora, era uma voz de mulher, áspera e gentil, mas da qual gostei de imediato.

Outra voz a interrompeu.

— Para mim, é claro — Essa outra voz era forte e imperiosa, acostumada a ser obedecida. — Quem mais?

— Ela não tem família — disse o homem mais velho.

— Ela tem a UniCorp, e isso significa a mim — disse o mais novo. — Imagine despertar e descobrir que é a única herdeira viva de um império interplanetário!

— Não somos um império. — Foi a resposta rude do homem mais velho. — Francamente Reggie, acho que você tem mania de grandeza.

— Quem você acha que deve tomar conta dela, então? Você? — Na ausência de uma resposta, o homem mais novo continuou. — De qualquer maneira, tudo isso está acontecendo por culpa sua. Teria sido bem mais fácil se você tivesse me deixado assumir tudo. Se tivesse permitido que eu a resgistrasse no serviço social anominamente, não seria nem questionado. Não seria uma questão de acreditarem na história dela. — Ele suspirou. — Nem sei por que temos de contar ao conselho ou ao governo. Podemos dar uma nova identidade para ela. Duvido que sua memória esteja tão boa.

— Porque isso não seria *certo* — disse o homem mais velho, com um tom tão ferino que impediu até mesmo o autoritário de argumentar.

— Tudo isso é discutível — disse a mulher. — Papai, Reggie, acalmem-se, os dois. Logo o juiz estará aqui... Acho que a sua proposta será aceita, Reggie. Ninguém questiona que você é o presidente da UniCorp.

Abri os olhos nesse momento.

— *Papai* é o presidente da UniCorp — falei com voz baixa e rouca.

As três pessoas aos pés da minha cama se assustaram. A mulher se aproximou de mim. Ela era eurasiática, elegante e bem-vestida, apesar de suas roupas parecerem casuais. Os dois homens estavam de terno, e o corte da roupa masculina me pareceu ter mudado. Eu não conseguia ver seus rostos com muita clareza, pois minha visão ainda estava um pouco turva. O homem mais jovem não passava de uma mancha dourada, enquanto o mais velho parecia uma mancha branca, usando terno escuro.

Um dedo bateu na parede de vidro do meu quarto. A figura indistinta se movimentou no corredor.

— O juiz chegou — disse o homem mais jovem. — Estamos de acordo. Ronny, Annie, vou deixar isso com vocês. — Ele apontou para mim enquanto se retirava. Aparentemente o juiz era alguém importante, e eu não passava de um "isso".

— Quem são vocês? — perguntei aos dois que sobraram.

— Nós trabalhamos para a UniCorp, querida — disse a mulher, enquanto o homem deu as costas para mim. — Meu nome é Roseanna Sabah e este é o meu pai. Sou a mãe de Brendan. Você se lembra do Brendan?

Brendan. O homem-sombra.

— Aquele que me despertou?

— Sim. — A Sra. Sabah sorriu. — Ele encontrou-a ontem. Você passou tanto tempo em estase que tivemos de trazê-la para o hospital.

Senti um nó no fundo da garganta, algo sombrio e assustador.

— Então é verdade o que ele disse? — murmurei. — Sessenta anos?

— Sessenta e dois — respondeu o senhor que estava no fundo do quarto. Suas palavras caíram pesadas como chumbo.

— E meu pai, e minha mãe... e todas as pessoas que eu conhecia... — minha visão desapareceu por completo quando comecei a chorar. Tentei conter as lágrimas, como mamãe havia me ensinado, mas não consegui. As lágrimas escorreram para dentro de minha boca, e elas tinham um gosto estranho, eram muito salgadas e espessas.

— Temo que sim, querida — disse a amável senhora. — Mark e Jacqueline Fitzroy morreram em um acidente de helicóptero enquanto você ainda estava em estase. Mas você está viva, e vamos providenciar para que seja bem cuidada.

— Como? — consegui sussurrar.

— Sinto dizer que seus pais morreram sem deixar um testamento — disse a mulher. — E, por conseguinte, a empresa deles caiu nas mãos dos acionistas e do conselho de diretores. Mas agora que você voltou, toda a herança retornará para você.

— Você quer dizer que... sou dona da UniCorp agora?

— Não — o homem mais velho respondeu de forma ríspida. Por alguma razão, sua voz me assustou. — Infelizmente, você pertence à UniCorp. Pelo menos até que atinja a maioridade.

— Papai, não assuste a menina.

— Ela deve saber qual é a sua posição! — ele estava quase gritando agora.

A mulher se afastou da minha cama.

— Papai, até que consiga se controlar, é melhor ficar lá fora! — ela ralhou. — Sinto muito que sua empresa seja um campo de batalha, mas isso não justifica...

— Esta empresa nunca foi minha — o homem esbravejou. — Ela pertencia ao Fitzroy. E agora pertence ao Guillory. Passe esse sermão nele! — Ele respirou fundo e se virou de costas. — Mas você tem razão. É melhor que você cuide dela. Tenho algumas coisas para resolver.

Ele saiu e a Sra. Sabah voltou para o lado da minha cama.

— Sinto muito por aquilo — ela falou.

— Está tudo bem — menti. Agora que o efeito da estase química tinha passado por completo, o medo ecoava em minha voz.

— Eu deveria deixar você dormir — ela disse, tocando com carinho na minha mão. — Não se preocupe com nada. Neste exato momento você só deve pensar na sua recuperação. Nós podemos cuidar de tudo depois que você estiver mais forte. Voltarei amanhã cedo. Bren também gostaria de vê-la, se não tiver problema.

Assenti com a cabeça, e isso fez com que meu pescoço doesse.

— Descanse, querida. Não se preocupe. Vamos resolver tudo.

* * *

Seis dias depois, eu estava empoleirada em frente a um cenário que tinha como fundo o Condomínio Unicórnio, enquanto pelo menos uma centena de repórteres tirava fotos da "miraculosa bela adormecida". Pelo menos era assim que estavam me chamando. Eu não me sentia tão bela.

Apesar dos seis dias no hospital e mais vinte e quatro horas me produzindo, dos monitores de saúde, injeções de vitalidade e um milhão de outros tratamentos a que fui submetida, meu cabelo ainda estava liso e quebradiço, minha pele inchada e sensível e meus ossos estavam tão protuberantes que eu parecia um esqueleto dentro de um saco. Minha visão estava turva, a respiração fraca e me sentia enjoada quando tentava comer. Eu me sentia como uma velha. Tecnicamente, eu era.

Tinha quase oitenta anos com apenas dezesseis. Nunca passei tanto tempo em estase. Ninguém havia passado. Até mesmo os astronautas e colonizadores, quando estavam a caminho de outros planetas, eram ressuscitados uma vez por mês, para evitar a fadiga estase.

O Sr. Guillory agora estava falando em uma tribuna, as costas eretas, os cabelos tingidos de loiro perfeitamente no lugar. O Sr. Guillory "pode me chamar de Reggie!" aparentemente era meu testamenteiro. Uma vez que eu não tinha nenhum parente vivo, ele ficou responsável por arrumar um guardião e um lar para mim. Ele devia estar na casa dos cinquenta anos e, como eu sabia que deveria respeitá-lo, senti-me compelida a gostar dele. Seus olhos castanhos claros não pareciam olhar diretamente para mim quando falava comigo e, na minha opinião, ele parecia uma valiosa estátua dourada. Havia algo nele que me assustava, mas, ao mesmo tempo, lembrava meu pai, por isso fui muito educada com ele.

— A UniCorp está muito feliz por ter descoberto a jovem Rose — disse Guillory. — Quando Mark e Jacqueline Fitzroy morreram sem deixar herdeiros, foi uma grande tragédia. Ter um descendente deles de volta é uma alegria além do que podíamos imaginar.

Uma das repórteres gritou uma pergunta:

— E quanto ao rumor de que o senhor tentou esconder que ela foi descoberta?

Guillory nem se abalou.

— Há seis dias Rose estava sofrendo de uma intensa fadiga estase, além de ter sido submetida a um tremendo golpe psicológico. Pensamos que seria melhor para ela passar alguns dias se adaptando à situação antes de a imprensa aparecer em peso para acompanhar cada passo seu. Nunca tivemos a intenção de omitir a verdade além do tempo necessário que imaginamos que fosse melhor para a saúde física e mental de Rose.

— Qual é, então, a posição da organização UniCorp, e qual será o futuro do espólio da corporação?

— Claro que Rose é a única herdeira dos negócios de seus pais. No entanto, até que ela atinja a maioridade, seu patrimônio será administrado por nossa companhia. Um advogado já foi nomeado para representá-la na UniCorp e ela será assistida da melhor maneira possível.

O rosto da repórter mostrava uma profunda descrença. Ela tentou seguir adiante:

— Mas e quanto à propriedade da companhia em si?

Na verdade, acho que nem mesmo eu sabia responder àquela pergunta e fiquei observando com interesse a parte de trás da cabeça de Guillory. Mas a repórter foi ignorada quando Guillory apontou para outro.

— Como Rose foi esquecida em estase?

Guillory saiu pela tangente.

— Como você sabe, os Fitzroy eram os gigantes financeiros do seu tempo. Com o considerável poderio que tinham, compraram o tubo de estase para uso pessoal da família antes dos Tempos Sombrios. Suponho que o tubo tenha se perdido durante a agitação que se seguiu. Próximo?

— Rose é menor de idade — alguém gritou. — Quem irá adotá-la?

— Os advogados de Rose já encontraram uma família adotiva adequada. A família que estava morando no antigo apartamento dela generosamente concordou em se mudar para um apartamento semelhante não muito distante. Por conseguinte, Rose poderá retornar ao lar que lhe era familiar. A família adotiva passou por um exame minucioso e é perfeita. Próximo?

— Como ela foi descoberta? Os rumores não são claros.

Guillory sorriu.

— Para responder a essa pergunta, vou chamar meu jovem amigo Brendan Sabah, responsável pela surpreendente descoberta. Ele é o filho de um dos nossos melhores executivos e é um jovem fora do comum. Bren, você poderia vir até o microfone?

Observei enquanto Bren se aproximava da tribuna. Ele esbanjava confiança, não havia nenhum sinal de tremor ou medo do palco. Percebi, então, que Bren não se intimidava com quase nada. Durante a minha semana no hospital, eu havia descoberto um pouco mais sobre ele. Ele tinha a minha idade, um corpo atlético, e se movia como uma pantera. A Sra. Sabah me contou que ele participava de campeonatos de tênis. Sua pele morena era herança do pai, que tinha emigrado diretamente da Comunidade da Costa do Marfim. Ele se parecia mais com um astro do cinema ou um príncipe encantado do que com um estudante do ensino médio.

— Meus pais compraram o Condomínio Unicórnio há apenas seis meses, quando ele foi colocado à venda, e foi então que comecei a explorar tudo para ajudar — Bren contou a todos. — Acabei descobrindo várias salas e um depósito que ninguém sabia que existia. Um jogo de cartões biométricos foi entregue junto com a escritura. Um desses velhos cartões abriu as salas dos depósitos no subsolo e foi em uma dessas salas que encontrei o tubo de estase de Rose.

— O que você fez quando percebeu que havia uma garota dentro do tubo?

— Não percebi de imediato que era um tubo de estase — Bren disse. Seus olhos brilharam sob as luzes dos *flashes*. Ele herdara os belos olhos da mãe, que se destacavam esverdeados na pele morena do rosto.

— O tubo estava coberto de pó, mas havia uma luz piscando. Tentei limpar por cima da luz para ver o que era, mas acabei descobrindo que a luz era um botão e, quando o apertei, ele iniciou a sequência de reanimação.

— Em seguida, o tubo se abriu e você encontrou Rose?

Bren encolheu os ombros. Ele pareceu um pouco sem jeito.

— Sim.

Eu sabia por que ele parecia sem jeito. Quando percebeu que eu não estava acordando, ficou com medo de ter estragado o sistema de reanimação, por isso, começou a fazer respiração boca a boca, mas ficou um pouco envergonhado quando descobriu que era completamente desnecessário.

— Quando você descobriu quem Rose era?

— Ela me contou — Bren respondeu. — Meu avô confirmou no hospital.

Nesse momento, Guillory avançou e tirou Bren do caminho.

— Bren entrou em contato com o avô dele, um dos nossos diretores mais importantes, e ele me colocou a par do acontecimento. Mais alguma pergunta?

Uma repórter que estava ao lado ergueu a mão.

— Eu tenho uma pergunta para Rose!

Guillory se virou para mim e gesticulou para que eu me levantasse. Lancei um olhar apavorado para Bren. Seu rosto se suavizou em um sorriso solidário.

— Vá em frente — ele murmurou.

Respirei fundo. Não nasci para as câmeras. Até mesmo a ideia de que estavam me filmando, sentada atrás de Guillory, já me assustava. Eu não queria ir até a tribuna, mas era o que todos esperavam de mim... A voz da minha mãe ecoou na minha memória: "Nem sempre importa o que você quer, querida. O importante é parecer bem para os outros." Eu não precisava gostar daquilo tudo. Só tinha de fazê-lo. Forcei-me a levantar da cadeira.

Quando me levantei, ainda mais *flashes* dispararam. Um passo. Dois passos. Três. E, então, eu estava na tribuna e a mão firme de Guillory segurou a minha para impedir que eu fugisse.

— Srta. Fitzroy, qual é a sensação de despertar em um novo século?

Engoli em seco outra vez. Eu sentia dor o tempo todo e parecia fraca como um gatinho, sempre cansada, mas não imaginei que fosse a isso que a repórter tivesse se referido. Na verdade, eu ainda não sabia como me sentia. E não queria saber. Entre o choque emocional, a dor e a estase química, minhas emoções pareciam distantes, como se não me pertencessem.

— É bom estar de volta — eu disse, entregando a frase de efeito que eles queriam ouvir. Mais *flashes* dispararam. Era mentira, mas não importava. Era isso que eles queriam ouvir.

* * *

Ele estava coberto de pó, mas isso não parecia afetá-lo. Estava muito ultrapassado para perceber tais coisas. Então, o nome passou pela internet e cutucou sua programação. "Rose Fitzroy."

Eletrodos que estavam adormecidos havia muito tempo dispararam. Os sistemas entraram em módulo de atividade. Ele acessou o arquivo que tinha disparado a resposta do programa.

"Esta manhã o mundo ficou surpreso ao descobrir a filha de Mark e Jacqueline Fitzroy, os fundadores da corporação interplanetária UniCorp. Aparentemente mantida em estase por mais de sessenta anos, Rose Fitzroy foi descoberta no subsolo do Condomínio Unicórnio. Hoje, vimos Rose pela primeira vez quando a UniCorp..."

A programação leu o arquivo. Se tivesse sido apenas o nome, ele teria entrado em modo de descanso novamente. Mas, então, a voz registrada confirmou a compatibilidade.

— *É bom estar de volta.*

ALVO IDENTIFICADO: ROSE SAMANTHA FITZROY.

Ele costumava responder instantaneamente, mas agora seus processadores estavam ultrapassados. Lentamente, lentamente, depois de uma eternidade de segundos, sua diretiva primária filtrou os dados e trouxe-o de volta à consciência.

DIRETIVA: RETORNAR ALVO PARA O PRINCÍPIO.

Sua diretiva foi ativada, ele executou na rede uma busca pelo princípio.

BUSCANDO... BUSCANDO... BUSCANDO... BUSCANDO...

Foi preciso vinte e quatro horas para que seu programa retornasse com o resultado inevitável.

PRINCÍPIO INDISPONÍVEL.

O programa vagou durante outra eternidade e, alguns minutos depois, ele encontrou uma diretiva secundária.

DIRETIVA SECUNDÁRIA: EXTERMINAR ALVO.

Essa foi difícil. Instruções que nunca haviam sido executadas, de repente, foram colocadas em prática. A recuperação das instruções de sua diretiva primária estava sempre disponível, mas a diretiva secundária nunca havia sido necessária. Ele colocou a diretiva secundária em modo de espera, aguardando por uma segunda varredura. O princípio estaria disponível quando o alvo fosse alcançado.

Só então seu sistema começou a verificação do *status* solicitado.

RELATÓRIO DE STATUS: 0,03% DE EFICIÊNCIA, BATERIA FRACA, MODO DE ESPERA.

O relatório recomendou um reparo e, depois de alguns dolorosos momentos de espera, o processador concordou. O cabo do carregador já estava conectado, mas ele precisou de mais de cinco horas para ligar outra vez.

RECARREGANDO. PREVISÃO DE 100% DE EFICIÊNCIA DENTRO DE 687,4 HORAS.

O fato de que ele provavelmente demoraria quase um mês para alcançar um índice de eficiência confiável não o abalou nem um pouco. Tempo não significava nada para ele.

Sistemas chiando. Nanorrobôs foram acionados um a um e percorreram todo o sistema, limpando as veias empoeiradas e lubrificando as engrenagens. Sua visão foi clareando à medida em que os nanos executavam uma varredura por seus globos oculares, removendo uma espessa camada de poeira.

Enquanto esperava a conclusão do recarregamento, ele executou outra busca pelo princípio, uma varredura que ele repetiria várias vezes durante o período em que sua diretiva estava sendo carregada. A diretiva secundária não era seu programa principal. Se ele tivesse sentimentos, teria dito que a parada causara certo desconforto.

Mas ele não tinha sentimentos. Tudo o que possuía eram atualizações.

RECARGA *STANDBY.*

STANDBY...

STANDBY...

STANDBY...

3

O MÊS SEGUINTE PASSOU MEIO NEBULOSO. TUDO ERA MUITO GRANDE, MUITO sombrio, muito assustador. Fui arrancada do meu tempo, e meu mundo tinha morrido ao meu redor. Nada pertencia a mim. Nada no mundo, nem a minha vida, nem mesmo meus próprios sentimentos.

Meus novos pais não eram meus pais de verdade. Barry e Patty Pipher, um casal de contadoroes da UniCorp da Flórida, tinham sido recrutados por Guillory. Eles foram transferidos para a ComUnidade e eu fui colocada como uma substituta para os dois filhos deles, que, aparentemente, estavam fazendo faculdade fora. Eu ainda não os conhecia. Os Pipher não haviam colocado nem porta-retratos com fotos deles. Apesar de serem meus novos pais, filhos não pareciam ocupar o topo da lista de prioridade dos Pipher. Barry era amigável, mas distraído e parecia ser incapaz de pensar em outra coisa que não fosse trabalho. Sorria com facilidade para tudo, mas aquilo parecia mais um hábito do que prazer verdadeiro. Patty era assustadoramente bem-arrumada, conseguia ser ainda mais austera do que a minha mãe, com uma pele que parecia ter sido pintada com aerógrafo e cabelos que pareciam moldados em plástico. Ela fazia com que eu me sentisse com doze anos de idade.

Meu lar não era meu lar. O Condomínio Unicórnio não tinha mudado muito, claro. Algumas coisas perduram, por décadas, exatamente como foram feitas, e o Condomínio Unicónio era assim. Mas nunca tive a sensação de que o Unicórnio fosse meu. Era mais um lugar que não "pertencia" a ninguém. Por definição, o Unicórnio era um condomínio, mas do tipo que fazia os condomínios normais chorarem de inveja. Meus pais o construíram quando eu tinha sete anos, logo depois de o Edifício UniCorp ter ficado pronto e de a cidade da ComUnidade ter começado a se espalhar em seus arredores. Na verdade, era mais uma mansão com vários apartamentos grandes e espaçosos do que um condomínio.

O alto crescimento populacional que ocorreu durante a minha infância fez com que o governo proibísse a aquisição de mansões particulares. O espaço físico era muito valioso e controlado pelo governo. Mas os ricos ainda desejavam possuir suas mansões, por isso, apesar de cada apartamento ter sua autonomia, luxos como *chefs* de cozinha, piscinas cobertas e ao ar livre, banheiras de hidromassagem, saunas, salões de bilhar, salões de baile, estábulos, quadras de tênis, ginásio de esportes, teatro privativo e tudo o mais, podiam ser desfrutados no Unicórnio, sem que os condôminos tivessem de se preocupar com a manutenção. Os pais de Bren administravam tudo agora. Antes de eu entrar em estase era a minha mãe que cuidava de tudo, enquanto meu pai passava seu tempo na UniCorp. Tudo aquilo sempre me foi muito familiar.

Apesar de estar no meu antigo apartamento, não parecia ser a mesma coisa. Barry e Patty não tinham visto nenhum motivo para redecorá-lo, mas o apartamento tinha mudado de dono várias vezes desde que minha mãe tinha cuidado de sua decoração. Mamãe favorecera os tons pastéis e apagados, deixando meu lar muito parecido com uma tela em branco onde eu poderia pintar o que desejasse ver. Agora, a maior parte do apartamento estava pintada em tons terra, as quinas, antes formais, tinham sido arrendondas para tornar o ambiente mais calmo e aconchegante. Sejam lá quem fossem os proprietários anteriores, eles gostavam muito do estilo surrealista das paisagens de Dalí e de pequenos retratos de personagens históricos marcantes, como Nehru e van Gogh. Aquilo me lembrou um pouco meu próprio trabalho. Gostei, mas não parecia o mesmo lugar que eu tinha vivido com meu pai e minha mãe.

No entanto, a primeira vez que entrei no meu quarto, quase rompi em lágrimas. Se a minha vida ia ser diferente, se o meu mundo estava morto, eu queria que *tudo* tivesse mudado. Talvez eu pudesse descartar tudo, ou quem quer que eu fosse antes, e me transformar em uma pessoa completamente nova. Pelo menos, era isso que eu dizia para mim mesma.

Mas, quando Barry e Patty abriram a porta daquele que um dia tinha sido o meu quarto, dei de cara com uma vida que eu tinha cuidadosamente deixado para trás. De repente, fui forçada a me lembrar de quem eu era. E isso doeu.

Meu quarto era o mesmo. Quase exatamente. Fiquei imaginando se eles haviam conseguido encontrar uma fotografia em algum arquivo de computador, pois a decoração era quase a mesma de sessenta anos atrás. Havia algumas mudanças sutis – a estampa do tapete não era a mesma, o formato dos móveis tinha mudado um pouco, a maioria dos tecidos era diferente –, mas a cama que ficava no canto tinha uma colcha com estampa de botões de rosa, exatamente como a minha antiga colcha. Havia até um quadro do ciclo das ninfeias, de Monet, apesar de ser diferente do que eu tinha.

Na verdade, doeu ver tudo aquilo, doeu estar ali, pisando no meu carpete rosa, olhando para as ninfeias do Monet, e saber que, quando eu me virasse, não seria minha mãe, ou meu pai, ou Xavier que iam estar parados atrás de mim, mas sim Patty, Barry e Guillory, todos me observando como se eu fosse algum programa sobre a vida selvagem. Então, o sol penetrou através das nuvens e meus olhos capturaram uma diferença sutil, mas fabulosa, algo que não estava no meu quarto antes. Havia um prisma em formato de lágrima pendurado na janela. Ele capturava a luz do fim de tarde e refletia milhares de pequenos arcos-íris por todo o quarto. Minhas lágrimas morreram antes mesmo de nascer. Caminhei até o prisma e toquei nele, permitindo que o arco-íris dançasse ao meu redor.

A dor atenuou-se um pouco. Alguém pendurara aquilo para *mim*, só para mim. Suspeitei que tivesse sido a Sra. Sabah. A atitude me pareceu tão sincera quanto um beijo. Aquele quarto não era apenas um corpo da minha vida passada que tinha sido exumado. Ele era um presente. De Guillory, da Sra. Sabah, ou até mesmo dos decoradores, não importava. Só a gentileza importava. O que significava que... que eu não estava sozinha?

Havia outra surpresa do outro lado do corredor, algo que eu jamais esperaria. Um sonho de outra vida que se tornava realidade nesta.

Era um estúdio.

Não apenas um estúdio. Mas um estúdio de arte completo, com uma pia e copos cheios de pincéis. Havia uma estante, que ia do chão ao teto, repleta de livros de arte. Volumes sobre técnicas, estilos, história, abordando desde esculturas do antigo Egito ao neodadaísmo. Próximo à estante de livros estava um cavalete para secar as pinturas, seguido por uma bancada de linhas geométricas perfeitas, com ferramentas que me ajudariam a colar, emoldurar ou esticar minhas próprias telas. As gavetas embaixo da janela estavam cheias de gizes de várias cores, carvão para desenhar e ferramentas para matizar, um vasto conjunto de lápis de cor intocados, e resmas e mais resmas, desde papéis pretos para os meus gizes até papéis ásperos para as aquarelas. Havia um completo espectro de cores de tubos de tinta aquarela. Um número considerável de potinhos de tinta acrílica. E o melhor de tudo: havia uma gaveta enorme com tintas a óleo, novinhas em folha e intocadas, só esperando pelas minhas mãos. Outra gaveta encerrava mais pincéis, faquinhas de pintura, palhetas e tudo o que eu pudesse desejar.

Eu poderia produzir verdadeiras obras-primas naquele lugar. Havia dois cavaletes e uma prancheta com uma luminária afixada, para trabalhos noturnos. Atrás deles, contra a parede, um imenso aquário com peixes tropicais transpunha para a vida real as cores das tintas. Aquilo era um sonho. Uma visão. A alma de todos os desejos mais secretos, a única coisa que eu sempre soube que nunca poderia ter. Mas, ao contemplar tudo aquilo, até mesmo meu futuro sombrio pareceu um pouco mais iluminado...

As coisas ficavam mais difíceis quando eu me lembrava da minha outra vida. Quando lembrava de quando mamãe me levava para almoçar, de como papai bagunçava meu cabelo quando passava por mim a caminho do seu escritório – o mesmo quarto que agora era ocupado pelo meu estúdio. Eu sentia saudade da Åsa, que me preparava chá inglês e fazia elogios gentis, de uma palavra apenas, com seu leve sotaque sueco, sobre a minha última pintura ou sobre as notas das minhas provas.

E eu sentia saudade de Xavier sempre com um zumbido dolorido, como o som do oceano, que vez ou outra banhava meu corpo e me deixava atordoada. Eu não fazia a menor ideia de como ia conseguir sobreviver sem ele. No fundo, eu sabia que só superaria a perda da minha mãe, do meu pai e do mundo onde nasci se pudesse ter Xavier de volta, do mesmo jeitinho que ele era.

Tentei buscar seu nome na internet, enquanto ainda estava no hospital, só para ver se, por algum milagre, ele ainda estava vivo. Mas não me surpreendi quando o nome não apareceu nos arquivos da população atual. Afinal, se Xavier ainda estivesse vivo, ele teria me tirado da estase décadas atrás. Não continuei procurando, não queria saber como ele morreu. Assim como também não queria saber detalhes sobre a morte de meus pais. Eles provavelmente morreram durante os tais Tempos Sombrios, que eu ainda não tinha entendido muito bem. E, se não soubesse como tudo aconteceu, era como se eles ainda estivessem vivos, pelo menos na minha cabeça.

O fato de ter perdido todos eles doía, mas meu amor por Xavier ainda era cortante e agonizante como uma lâmina, e eu era dilacerada por ele.

Claro, minha amizade com Xavier foi um problema que sempre me machucou muito. Mesmo quando ele não passava de uma criança, já era capaz de dilacerar meu coração.

Lembrei de quando ele tinha cinco anos e eu acabara de acordar de um retiro de alguns meses. Eu não devia ter mais do que dez anos. Apareci nos jardins e Xavier estava lá, acompanhado da mãe; ela trabalhava em algum projeto, ele brincava com uma pilha de gravetos. Estava muito claro e eu acabara de sair do meu tubo de estase. Meus olhos ainda não tinham se habituado à luminosidade. Estava pensando em voltar quando fui surpreendida por oitenta centímetros de pura energia.

— *Rose!*

Olhei admirada para o tornado de cabelos loiros e sardas que, antes de entrar em estase, não passava de uma criancinha aprendendo a falar, com quem eu brincava.

— Xavy?

— Rose, Rose, Rose, Rose, Rose! — Xavier começou a dançar ao meu redor, cantando meu nome sem parar. — Rose, Rose, Rose!

A Sra. Zellwegger, que estava trabalhando na mesa de piquenique, ergueu os olhos da tela de seu computador portátil.

— Parece que você arrumou um fã — ela comentou distraidamente antes de retomar o trabalho.

Xavier estava tão crescido que até fiquei surpresa por ele ainda se lembrar de mim.

— Olhe para você — eu disse para o garotinho. — Como você cresceu!

— Tenho cinco anos — ele falou orgulhosamente.

— É mesmo? — não fazia a menor ideia de quanto tempo eu passara em estase dessa vez, mas sabia que Xavier tinha quatro anos da última vez em que brincamos. Ele não sabia falar muito bem, era difícil entender sua conversa e suas digressões, eu nunca conseguia acompanhá-las. Brinquei com ele do mesmo jeito que teria brincado com um cachorro, rolando na grama e me escondendo atrás das árvores.

— Fiz aniversário em junho, agora tenho cinco anos e vou para a escola em setembro!

— Ah, é? — respondi.

— Veja o que eu ganhei! Veja o que eu ganhei! — ele insistiu, puxando meu braço. Eu o segui, confusa, enquanto me conduzia pelo gramado até uma pequena pilha de brinquedos sob uma árvore. — Ganhei isso tudo de aniversário. Esta é minha caixa de tesouro. — Sobre a grama havia um baú de pirata de brinquedo, feito de plástico imitando madeira, com uma caveira no lugar da fechadura. Ele abriu o baú e começou a brincar com seus tesouros.

Xavier colocara todos os seus pertences mais preciosos dentro da caixa. Ele me fez sentar no chão e começou a empilhar tudo no meu colo, exibindo seu novo jogo de computador de alfabeto e o monstro de brinquedo com "Cinco dentes afiados! Ele tem cinco, como eu". Havia ainda uma caixa de giz de cera, um graveto com formato estranho, uma pena e o celular velho de sua mãe, quebrado, mas que ele fingia que ainda funcionava, um peixe de brinquedo, e...

— Rose? Por que você está chorando?

Pisquei.

— Não estou chorando de verdade — eu disse, enxugando meus olhos lacrimejantes. — É que o brilho do sol está muito forte para mim. Meus olhos estão ardendo um pouquinho e isso faz com que eles fiquem cheios de lágrimas.

Xavier ficou me encarando durante um bom tempo, seu rostinho animado tinha se tornado sério. Ele franziu a testa.

— Aqui — disse. Ele vasculhou o baú de tesouro e, do fundo, tirou um par de óculos de sol de brinquedo. — Pode ficar com eles.

Os óculos eram de plástico e pelo menos duas vezes menor que o meu rosto, mas ele os estendeu com tanto entusiasmo que não pude recusar. Com dificuldade, consegui ajustá-los sobre os meus olhos. As hastes nem alcançavam as orelhas e ficaram abertas sobre as minhas têmporas, quase caindo do meu rosto, mas o gesto foi muito gentil.

— Obrigada, Xavy.

— Rose? — ele perguntou, todo ansioso. — Onde você estava?

Balancei a cabeça.

— É difícil explicar. Estava dormindo um pouco, mas agora estou acordada.

— Você não pode vir morar comigo? — ele perguntou. — Você pode dormir no meu quarto.

Sorri.

— Tenho meu próprio quarto — respondi.

— Mas aí eu poderia ter acordado você, e você não teria dormido por tanto tempo e não teria perdido meu aniversário.

— Sinto muito por ter perdido seu aniversário — eu disse. — Não vou dormir desse jeito por uns tempos.

— Promete?

— Prometo.

Xavier empurrou os brinquedos do meu colo e ocupou o lugar deles. Seu bracinho se enroscou ao redor da minha cintura e ele enterrou a cabeça no meu ombro.

— Nunca mais durma, Rose — disse ele. — Fique comigo para todo o sempre.

— Claro — falei, acariciando seu rostinho macio de criança. — Para todo o sempre.

Eu também era uma criança e não compreendia a dimensão da mentira que estava dizendo. Agora eu passara os últimos sessenta e dois anos dormindo e perdera todos os aniversários de Xavier.

Barry e Patty mal me viram ao longo daquelas primeiras semanas. Eu não estava lá de verdade. Meu mundo se resumia entre a minha cama e o meu estúdio. Eu desenhava rostos conhecidos — especialmente o de Xavier — e pintava paisagens intrincadas. A fadiga estase me deixou mais lenta e eu me cansava com facilidade, mas rapidamente percebi que as minhas habilidades, na verdade, tinham melhorado enquanto dormia. A arte era a única coisa que me importava. Eu aparecia nas horas das refeições quando Barry e Patty me chamavam, saí para comprar roupas íntimas quando Patty mandou, e colocava a minha roupa suja para lavar, pois era o que esperavam de mim. E, quando Barry me contou que eu tinha uma consulta marcada com uma psicóloga, entrei desconfiada em uma limobarca e deixei que ele me levasse até um prédio de escritórios na cidade.

— Esta primeira sessão é algo informal — disse a minha psicóloga depois que me sentei em um sofá confortável. — Só para nos conhecermos um pouco. Seus pais adotivos falaram algo sobre mim?

Neguei com um aceno de cabeça.

— Não — respondi. — Só me disseram que eu tinha uma consulta.

— Sei. — A Dra. Bija voltou-se para a tela de seu *supertablet* e tocou em alguns ícones. Eu ainda estava tentando lidar com o meu próprio *supertablet*.

Conhecia muito bem os computadores com monitores *touchscreen*, mas esses aparelhinhos portáteis que se pareciam com um *notebook* eram novidade para mim. Era legal poder largá-los por aí, sentar neles sem querer, colocar sob uma pilha de livros e, ainda assim, conseguir entrar na internet para acessar as notas da escola. Mas, na verdade, eles não eram *notebooks*, não até onde eu sabia.

Minha psicóloga estava na casa dos quarenta anos, tinha fartos cabelos negros, com alguns fios grisalhos ao redor das têmporas, e pele morena. Ela vestia um elegante terninho, e seu nome era Mina Bija.

— Mii-na Bii-já — foi assim que Barry falou. Ele me deixou em frente a um dos milhares de prédios que foram erguidos na ComUnidade ao longo dos sessenta e dois anos em que estive em estase. Eu não queria uma psicóloga, mas Barry me assegurou de que era apenas para ajudar na minha adaptação. Tinha certeza de que Guillory queria me vigiar, mas não estava em posição de questionar a decisão.

— Então seu nome é Rose.

— Isso mesmo.

— Sinta-se à vontade para me chamar de Mina — disse a Dra. Bija.— Seu caso me foi encaminhado pelo Sr. Guillory, é isso mesmo?

— Creio que sim.

— É claro que a vi nos noticiários, há mais ou menos um mês. Você já se consultou com um psicólogo antes?

Balancei a cabeça.

— Não. Estou indo em um fisioterapeuta, mas nunca fui a um psicólogo.

— Então é a sua primeira vez? — ela perguntou. Em seguida lançou um sorriso com um tom de pedido de desculpas que me ajudou a baixar a guarda. — Bem, só para deixar tudo claro, gostaria que você soubesse que eu trabalho para a UniCorp, aqui dentro do Preparatório Uni. — Dei mais uma olhada na sala dela. Não percebera que o consultório ficava dentro de uma escola. — Eu soube que em breve você passará a frequentar a nossa escola.

— Só na segunda-feira — eu disse.

— Tão rápido? Isso deve ser assustador.

Encolhi os ombros.

— Não é mais assustador do que o resto.

Seu rosto pareceu preocupado.

— Sim, você passou por um choque emocional e tanto.

Eu me remexi, desconfortável.

— Não tenho certeza se quero falar sobre isso.

— É claro. Vamos falar sobre a escola. O que você acha de ter sido matriculada no Preparatório Uni? Você está pronta para voltar para a escola?

Balancei a cabeça.

— Não sei. Acho que sim.

— Não está nem um pouco preocupada? — Mina pressionou. — Você tem sessenta anos de tecnologia e história para pôr em dia.

— Duvido que eu vá notar alguma diferença — respondi com pesar.

— É mesmo? Espero que tenha facilidade para assimilar, isso tornaria tudo muito mais prazeroso para você.

— Não foi isso que eu quis dizer — falei. — É que... nunca fui muito boa na escola. Não consigo imaginar que as coisas serão muito piores, mesmo com todas as novidades. — Baixei os olhos para meus joelhos. Eles estavam cobertos pelo tecido cinza da saia do uniforme escolar do Preparatório Uni. Eu podia ter escolhido a saia xadrez com as cores verde, azul e dourado da Uni, ou no mesmo tom cinza ou verde-escuro dos *blazers* do uniforme. Guillory mandou entregarem para mim no Unicórnio a coleção completa de cores do Preparatório Uni e cuidou das várias trocas. O que foi um alívio, pois isso significava que eu não precisaria sair para comprar roupas. Patty me levara para comprar pijamas e roupas íntimas e achei isso um pesadelo. Eu estava acostumada às mudanças da moda, mas não a ter de escolher o que ia vestir. Desejei que o Preparatório Uni tivesse algum tipo de norma com relação aos pijamas.

— Você não vai muito bem na escola? — Mina perguntou.

Balancei a cabeça.

— Nunca fui.

Ela franziu o cenho.

— Você sabe que o Preparatório Uni prima pelo bom desempenho em todas as áreas.

— Você acha que eu deveria pedir para ser enviada para outro colégio? — perguntei, com certo receio de que ela dissesse sim. Afinal, sua lealdade com a escola vinha em primeiro lugar. Eu não queria ir para outro colégio. Em primeiro lugar, porque teria de abrir mão do conforto do uniforme. Em segundo, o Preparatório Uni era como uma extensão da proteção de meus pais, o mais próximo que eu tinha do tipo de vida que eles me dariam se estivessem vivos. E eu não queria ficar longe disso.

— Não — ela disse —, mas acho que deveríamos conversar com o orientador da escola, talvez arrumar alguns professores particulares.

Agora foi a minha vez de franzir a testa.

— Você não é a orientadora da escola?

— Não — Mina respondeu. — Sou a psicóloga residente. Os registros do orientador fazem parte dos registros da escola. Os meus são privados. Presto serviço para a escola, pois assim o acesso para os alunos internos fica mais fácil. Muitos estão longe de casa pela primeira vez e precisam de ajuda. Mas também tenho pacientes fora da escola e da ComUnidade.

Eu me senti melhor.

— Já tive professores particulares. Mas acho que talvez isso não ajude muito. Não sou muito inteligente — admiti. — Eu costumava tentar, mas nunca deu certo, por isso não me dou mais ao trabalho.

— Isso foi antes de sua estada no hospital?

— Foi antes de eu entrar em estase — esclareci, pensando por que ela tinha evitado a palavra. — Às vezes eu ficava tão atrasada que acabávamos desistindo e eu começava tudo de novo em outra escola.

Não consegui decifrar a fisionomia de Mina, mas ela hesitou por um momento antes de perguntar:

— E isso ajudava?

Ninguém nunca me perguntara isso.

— Na verdade, não — admiti.

Mina era legal, mas eu não me sentia muito confortável falando com ela. Acabei me esquivando para responder suas outras perguntas. Ela fazia parte deste mundo, e eu não me sentia à vontade nele. Eu era uma criança de outra época. Nada parecia fazer sentido. Eu não sabia como programar o holovídeo, e não consegui descobrir como o fogão funcionava. O que era irônico, uma vez que a geladeira e o fogão eram fabricados por uma das subsidiárias da UniCorp, com as suas pequenas etiquetas da NeoFusion estampadas na frente.

A quase eterna fonte de energia dessa bateria tinha sido o carro-chefe das patentes da UniCorp, o primeiro passo que tornou possível todo o restante da corporação interplanetária. Antes de eu ter sido colocada em estase, as baterias eram usadas apenas em aparelhos caros e importantes, em centrais de energia elétrica, em ônibus espaciais e em raras unidades autônomas, tais como o meu tubo de estase. Agora, aparentemente, as mesmas baterias NeoFusion que alimentaram o meu tubo estavam em toda parte. Assim como, infelizmente, estavam por toda parte os sensíveis controles SubTouch, que eram ativados apenas com o calor do corpo, e pareciam reagir antes mesmo de serem tocados. Teoricamente, eles evitavam contágio, algo que as pessoas pareciam estar muito mais preocupadas depois dos Tempos Sombrios. A verdade é que não consegui fazer o fogão funcionar e, para completar, quase coloquei fogo no prédio todo.

Tudo o que eu queria era mergulhar nos meus desenhos. E tinha toda certeza de que não queria ir para a escola.

Mas que escolha eu tinha, presa em um mundo que não era meu, com a minha vida nas mãos de outros? Jantar, falar com uma psicóloga, preparar-me para as aulas. Fiz tudo o que me disseram para fazer. Pois era tudo o que eu podia fazer.

4

O PRÉDIO ERA ALTO, SOMBRIO E EM ESTILO ANTIGO, UMA CONSTRUÇÃO DE PEDRA entralhada, janelas em arco e cumeeiras altas. Parecia uma casa de filme de terror, o lar dos mortos-vivos, uma masmorra escura e sombria. Essa era a minha escola.

O Preparatório Uni era considerado a melhor escola do sistema solar. A maioria dos filhos de funcionários dos altos escalões que moravam nas colônias estudavam ali. Os alunos que não eram internos, como eu e Bren, faziam parte da mimada nova geração da ComUnidade.

Eu já tinha visto o prédio antes, claro — o consultório da Dra. Bija ficava próximo da ala oeste —, mas ainda não tinha estado diante da imponente fachada. Todo o lugar tinha sido construído em um estilo conhecido como revivalismo gótico, anos depois do período que Bren chamava de Tempos Sombrios. O Preparatório Uni parecia mais um imenso mausoléu, com alguns toques inteiramente destoantes de arte moderna ao redor da construção, que me lembraram fungos. Eu meio que esperava que Nosferatus saltasse da porta mais próxima e pulasse no meu pescoço. As pessoas devem ter ficado realmente deprimidas durante os Tempos Sombrios.

Arrastei-me pelos degraus da masmorra e cruzei o saguão de entrada que levava até o pátio central, onde Bren tinha meio que prometido que iria me encontrar. Supus que o interior da escola seria bem mais agradável. As janelas arqueadas permitiam, de fato, que a luz do sol penetrasse. Havia dúzias de alunos andando de um lado para o outro, *supertablets* fechados sob o braço, gargalhando e rindo como se não estivessem em uma cripta. Mas o ritmo e o sotaque deles eram levemente diferentes e comecei a ouvir coisas que não faziam sentido. "Noide, isso é das alturas!" "Seu escangalhado!" "Já peguei!"

Estremeci.

— Bem-vinda ao Preparatório Uni — Bren disse atrás de mim. Dei meia-volta. Senti-me tão aliviada em vê-lo que quase chorei. — Desculpe, mas isso é tudo — ele disse, apontando tristemente para o pátio. O pátio central era um tipo de arena de cimento, no centro da escola, que tinha pretensões de se passar por um jardim com árvores cansadas, balançando tristemente, plantadas em vasos. Bren começou a apontar as coisas para mim tão rápido que quase perdi o equilíbrio. — Naquela direção ficam as quadras gravitacionais onde são disputados os jogos interplanetários. Elas têm as gravidades de Marte, da Lua, de Titã, Calisto e Europa[1]. Está vendo aquelas meninas logo adiante? — Ele apontou para um grupo de cinco meninas atarracadas, retas e robustas como tartarugas que, ao mesmo tempo, moviam-se tão graciosamente quanto bailarinas. — Elas são do time de vôlei do Uni. Elas se acham das alturas. Quase todas são internas e elas são unha e carne. Irrite uma delas e você não vai sobreviver à próxima aula de educação física, além de, provavelmente, ter a maioria de seus trabalhos de classe *hackeados*. Ele me virou para outra direção.

— Logo adiante estão os alunos bolsistas. — Um grupo de estudantes conversava sob uma das árvores tristonhas. Para mim eles pareciam garotos perfeitamente comuns. — Eles costumam ficar juntos para se protegerem. São inofensivos e até que são legais, mas não ande com eles ou você será rotulada para sempre. E isso nunca mais terá fim. Sei que é ruim, mas é assim que as coisas são.

Ele apontou para um corredor estreito que saía do pátio e seguia até um par de prédios que se erguiam nos fundos da escola como se fossem guarda-costas. Assim como guarda-costas, eles eram atarracados e volumosos se comparados à opulência do revivalismo gótico característico da escola, apesar de eu ter detectado alguns traços da mesma arquitetura sombria.

— Aqueles são os dormitórios dos internos. A segurança é insana. Todos passam por um escâner no momento em que pisam no prédio, e as regras são muito rígidas no que diz respeito a meninos e meninas. Entre sempre acompanhada de um interno ou você receberá uma advertência. Existe certa rivalidade entre os alunos internos e os que não são internos. Não é nada com que tenha de se preocupar, mas ocorreram alguns vandalismos, por isso não deixe que as pessoas imaginem que você está disposta a cometer tal ato.

---

1. N. T.: Europa também é o nome dado a uma das quatro luas de Júpiter.

Ele deu mais uma olhada ao redor do pátio.

— Não vejo mais nada com que você tenha de se preocupar. Pegou tudo? — achei que ele quis dizer "você entendeu?", mas ainda não tinha me familiarizado muito bem com as novas gírias. Ensaiei um aceno, o que pareceu funcionar. — Preciso ir para a aula, você já tem o seu horário?

— Não — respondi. Ele tinha feito tudo tão rapidamente e de um modo tão atordoante que eu estava começando a desconfiar que ele estava querendo se livrar de mim. Essa ideia me deixou triste. Bren era o mais perto que eu tinha de um amigo naquele novo mundo insano. — Onde fica a secretaria? — perguntei.

Ele apontou para uma pesada porta, logo atrás de mim.

— Entre por aquela porta e vire à direita. Você quer que eu lhe mostre o caminho?

Sorri. Mesmo que estivesse sob algum tipo de coação, ele estava cuidando muito bem de mim.

— Não. Acho que posso me virar sozinha. Não se atrase.

— Certo. A gente se vê na hora do almoço, então.

Deixei escapar um suspiro de alívio, um pouco trêmulo.

— Obrigada. — Sempre que eu começava em uma escola nova era um verdadeiro inferno tentar arrumar um lugar para me sentar na hora do almoço. Mas, com Bren tomando conta de mim, sabia que tudo daria certo.

Para minha surpresa, o Sr. Guillory estava na secretaria esperando por mim.

— Ah! Rose, eu estava justamente conversando com sua orientadora aqui, só para me certificar de que você irá estudar as matérias adequadas. Estamos colocando você na aula de história do segundo ano, pois eles vão começar a estudar o século em que você... ah... parou. Achei que seria interessante você saber um pouco sobre o que perdeu.

Engoli em seco. Não estava certa se queria saber o que eu tinha perdido.

— Obrigada, Sr. Guillory.

— Por favor, pode me chamar de Reggie — ele disse, mais uma vez. — Bem, creio que você conseguirá acompanhar a matemática do ponto em que parou, ainda tem inglês e mandarim, certo? Achei o seu... é... o seu último boletim escolar nos arquivos da prefeitura. Você estava estudando mandarim, não estava?

Eu estava estudando mandarim porque meus pais achavam que seria bom para mim, uma vez que era a segunda língua comercial mais usada, depois do inglês. Eles me matricularam nas aulas de mandarim em todas as escolas por onde passei. Eu não era muito boa no idioma.

— Sim, obrigada.

— Eu estava justamente discutindo com a Srta. Legree sobre em quais matérias científicas matricular você. O que acha de psicologia social, que está ligada à astrofísica básica?

Havia mesmo uma coisa chamada astrofísica "básica"?

— Está ótimo — eu disse, apanhando uma cópia do meu horário das mãos da mulher chamada Srta. Legree, apesar de saber que tudo iria aparecer no meu *supertablet*.

— Imaginei que astrofísica poderia ser útil para você, considerando o império que você vai herdar, não acha? — Guillory e a Srta. Legree riram, e eu forcei um sorriso para ser gentil.

— Vou acompanhá-la à sua primeira aula — Guillory disse, pousando a mão dourada sobre o meu ombro antes de arrancar o horário da minha mão. — Sua primeira aula será psicologia social. Acho que a sala é por ali.

A maioria dos alunos estava correndo pelos corredores, com receio de se atrasar para a aula, mas, quando me viram caminhando com o Sr. Guillory, pareceu que tinham trombado contra uma parede de tijolos. Se havia alguma dúvida sobre quem eu era, a presença do Sr. Guillory aniquilou-a. Criei um mar de silêncio por onde passei, com todos os olhares fixos em mim. Pude ouvir as pessoas murmurando às minhas costas.

— Aquela que é a Bela Adormecida?

— Noide, ela não é tão bela assim!

— Ouvi dizer que ela se colocou em estase porque queria preservar sua longevidade.

— Acho que ela é uma fraude. A UniCorp quer um testa de ferro.

— Olhe para ela com o Guillory, bajuladora.

— Já é um maldito fantoche!

Mantive a cabeça baixa, recusando-me a olhar nos olhos de qualquer pessoa que estivesse me encarando. Quaisquer esperanças que eu tinha de me enturmar foram esmagadas pela postura arrogante de Guillory. Ele, é claro, continuou caminhando, absorto.

— Chegamos — disse o Sr. Guillory. — Você gostaria que eu falasse com a professora e a ajudasse a encontrar um lugar?

— Não, está tudo bem — iniciei, mas Guillory seguiu direto na direção da professora, sua pele dourada reluzindo de eficiência.

— Esta é Rose Fitzroy. Creio que a senhora já deve ter sido brevemente informada sobre o tratamento que ela merece — ele disse, de um modo nada discreto.

Fiquei vermelha e tentei me esconder atrás de meus cabelos. Desejei não ser loira e não ter uma tez tão alva que, com a maior facilidade, ficava rubra como uma rosa, cujo nome servira de inspiração para o meu. Minha pele era praticamente translúcida. Papai costumava me chamar de "minha pequena rosa". Os alunos, que já estavam sentados, ficaram olhando diretamente para mim, alguns admirados, outros incapazes de esconder a curiosidade, uns poucos com aversão ostensiva. Desejei poder desaparecer.

Quando o Sr. Guillory finalmente se foi (levando com ele uma cópia do meu horário), tentei prestar anteção na aula. Se tivessem me consultado, eu teria pedido a eles que me colocassem junto dos calouros e que me arrumassem uma dúzia de professores particulares. Mas isso daria muito trabalho. Se a Dra. Bija realmente falara com a orientadora da escola, conforme ela disse que faria, suas recomendações tinham sido ignoradas por completo. Passado um tempo, desisti e comecei a desenhar um jardim no meu *supertablet*. Era o jardim de um de meus sonhos estases, repleto de árvores com galhos retorcidos e horizontes derretendo. Mas a tela do computador não se comparava a um bloco de desenho. Apesar da imensa variedade de cores e tons disponíveis, o desenho não me pareceu uma obra de arte de verdade.

Quando o sinal tocou, indicando o término da aula, copiei por obrigação a lição de casa, mas eu sabia que não conseguiria ir muito longe com aquilo.

Na aula de literatura inglesa, iríamos estudar os autores da virada do século, conteúdo que o Sr. Guillory imaginou que seria coisa do passado para mim. Não tive coragem de dizer para a professora que eu nunca tinha ouvido falar de metade dos autores e que nunca tinha lido um único livro que constava na lista. Os autores que eles consideravam clássicos provavelmente não passavam de autores obscuros quando surgiram.

A aula de mandarim pareceu grego para mim.

Tive educação física pouco antes do almoço e fiquei horrorizada quando descobri que faríamos uma trilha. Corri quase vinte metros antes de o professor colocar-me de fora. Eu estava ofegando e tremendo, e teria vomitado. Mas eu comera tão pouco que tudo o que fiz foi sentir ânsia. A fadiga estase ainda dominava a maioria das minhas funções motoras. O professor disse que poderia tentar arrumar uma dispensa da educação física para aquele semestre.

— Isso... não... é necessário... — ofeguei.

—É necessário sim — ele disse. — Ordens do Sr. Guillory. É minha obrigação garantir que você esteja sendo bem tratada.

Fiquei extremamente mortificada quando descobri que, depois de ter me deixado na aula de psicologia social, o Sr. Guillory tinha dado uma passadinha na classe de cada um dos professores e interrompido suas aulas para informá-los sobre o tratamento especial que eu merecia receber. Se até então a maioria dos alunos ainda não estava com raiva de mim, agora com certeza todos estariam. Eu pediria para a Dra. Bija verificar se minhas sessões de fisioterapia poderiam contar como aulas de educação física. Eu poderia fazer alguns exercícios recomendados pelos médicos, enquanto os demais alunos corriam ou jogavam basquete.

Quando finalmente fiquei livre, corri para a cafeteria na esperança de encontrar Bren, mas fui vencida por uma multidão de corpos. Encontrar um garoto bonito em uma escola com dois mil membros da elite era quase impossível. Entrei na fila e cuidadosamente escolhi os alimentos mais comuns.

Durante quase o dia todo as pessoas abriram caminho para eu passar como Moisés fez com o Mar Vermelho; suas expressões variavam de curiosidade egoísta a verdadeira aversão, e tive de me acostumar a ser o elefante branco para o qual todos olhavam, mas para quem nunca dirigiam a palavra. Mas, quando saí da fila, fui abordada por um garoto bem-vestido, que me pareceu uma versão asiática do Sr. Guillory.

— Então você é a Bela Adormecida — ele disse com um tom bajulador. — Meu nome é Soun Ling. É um prazer conhecê-la. — Seu tom sugeriu que o oposto era verdadeiro. Mesmo assim, ele gentilmente estendeu a mão macia para mim. Eu não sabia ao certo como conseguiria trocar um aperto de mão sem deixar cair a minha bandeja e o *supertablet*, assim, acabei deixando a mão dele suspensa no ar. Ele ignorou o desprezo. — Você gostaria de se sentar conosco?

Um grupinho, composto por meninas e meninos que estava atrás dele, riu. Eu não sabia ao certo do que eles estavam rindo, mas eles fizeram com que me sentisse extremamente desconfortável. Eu já tinha sido "a nova garota da escola" por vezes o suficiente para saber bem que as coisas poderiam se tornar extremamente desagradáveis, e muito rápido, caso eu me aliasse ao grupo errado de pessoas. Ou você se livra dos outros ou, mais frequentemente, acaba virando alvo de algum tipo de conspiração terrível. Era por isso que eu valorizava tanto a minha amizade com Xavier. Eu não sabia ao certo por que, mas sabia, sem sobra de dúvida, que Soun Ling não era exatamente a pessoa certa a quem me ligar. Permaneci parada sem saber o que fazer, tentando imaginar uma maneira de sair daquela sem me tornar inimiga de Soun, ou de qualquer outra pessoa.

— Rose!

Meu nome se destacou entre o murmurinho da cafeteria e virei a cabeça na direção do meu salvador. A mão de Bren se agitava sobre a cabeça dos outros alunos e suspirei aliviada.

— Meu amigo está esperando por mim — eu disse. Eu não tinha certeza se Bren me considerava sua amiga, mas acho que era algo bem próximo disso.

Soun Ling lançou um olhar penetrante na direção de Bren.

— Já está bajulando a diretoria, é? Eu deveria ter imaginado. — Ele me deu as costas.

Engoli em seco, aliviada, mas ainda nervosa. O que ele quis dizer?

Bren tinha guardado um lugar na mesa dele. Quando me aproximei, ele tirou seu *supertablet* do lugar e apontou para a cadeira vaga.

— Obrigada — eu disse, ocupando o assento.

— Não foi nada. — Ele apontou para cada uma das pessoas que estavam sentadas à mesa. — Esta é Molly, Anastásia, Jamal, Wilhelm, Nabiki e Otto. Pessoal, esta é a Rose.

Eles olharam para mim confusos, como se não fizessem a menor ideia de por que Bren tinha me arrastado para a mesa deles, mas não iam discutir se ele achava que era a coisa certa a ser feita.

— Oi — eles disseram quase em coro e, parecendo ter se esquecido de que eu estava lá, continuaram sua conversa. Eu esperava não ter de lembrar os nomes de todos eles. Eram bem diferentes uns dos outros, mas todos tinham cortes de cabelo que pareciam ter custado caro, e os telefones celulares que carregavam pendurados ao pescoço eram de primeira. Seus *supertablets* também eram *top* de linha — reconheci o mesmo logotipo que havia na tela do meu luxuoso *tablet*.

Fiquei calada, olhando para a comida. Eu ainda não conseguia comer muito sem sentir enjoo. O médico me disse que provavelmente levaria alguns anos para que eu voltasse a me alimentar normalmente. Os outros conversavam, fazendo piadas e se provocando. Normalmente, no meu primeiro dia de aula em uma escola nova, as pessoas me faziam perguntas e eu respondia. Mas, dessa vez, todas as perguntas foram respondidas para os repórteres, e eles tinham ouvido as repostas nos noticiários. Por conta disso, aparentemente, não tinham nada a me dizer, e eu não sabia o que dizer a eles.

Depois de eu ter beliscado um pouco a comida em silêncio, Bren limpou a garganta.

— E aí, como está sendo o seu dia?

Encolhi os ombros.

— Tudo bem.

— Vi você conversando com os chacais — ele disse.

— Chacais?

— Sim, Soun e sua gangue. Um bando de escangalhados. Os pais deles são o que chamamos de "alpinistas sociais". Eles gostam de se misturar com as pessoas ricas de verdade e ficam bajulando-as para ganhar presentes. Desculpe, eu deveria ter lhe avisado sobre eles, nesta manhã.

— Está tudo bem — sussurrei.

— Não, pensei que você estaria a salvo. Não estamos na mesma série que eles. Subestimei sua fama.

Balancei a cabeça.

— Não sou famosa.

— Eu não disse que você é um ídolo ou algo assim, mas todo mundo sabe quem é você.

Suspirei, sem conseguir olhar para a bandeja praticamente intocada. Senti náuseas.

— Bren? Soun me disse... que eu já estava bajulando a diretoria. O que ele quis dizer com isso?

Bren sorriu, meio constrangido.

— Meu avô está apenas um degrau abaixo de Guillory. Ele é diretor-executivo, quase um conselheiro, realmente muito poderoso. Meu pai faz parte do Conselho, está uns quatro degraus abaixo, e minha mãe é a chefe de pesquisa do Departamento Central de Dados. — Ele, então, começou a apontar para os alunos ao redor da mesa. Percebi que a maioria tinha parado de falar no momento em que Bren abriu a boca. Aquilo me lembrou um pouco o modo como as pessoas reverenciavam meu pai nos piquiniques da empresa. Fiquei imaginando se Bren fazia ideia do poder que tinha, ou se nem percebia. — O pai da Nabiki é o chefe e fundador do Departamento de Pesquisa em Neurolinguística.

— Minha mãe é vice-presidente da Agência Comercial de Pesquisa e Desenvolvimento Humano — disse um dos meninos, um loiro nórdico e alto com um forte sotaque alemão. Ele só podia ser Wilhelm. — Meu pai mora na Alemanha, e controla a Uni de lá.

— Meus pais são chefes da equipe responsável pelo controle de qualidade da agricultura bioquímica de Titã — disse a menina chamada Anastácia. Seu sotaque era tão russo que mal pude compreender.

— E Jamal é dono de metade da Europa — disse a impetuosa ruivinha sardenta.

Jamal inclinou a cabeça de cabelos escuros para trás e sorriu.

— Sou dono de apenas um terço.

Engoli em seco e perguntei à ruivinha:

— E quanto a você?

— Meu nome é Molly — disse ela, lembrando-me, e sorriu por detrás de suas sardas. — Sou aluna bolsista. Meus pais fizeram parte do primeiro grupo de colonizadores de Callisto, o que faz de mim meio que membro da realeza por aqui, mas, no fundo, não passo de uma pessoa bem-vista na Terra.

— Não se deixe enganar por ela — disse Bren. — Ela tem uma mente brilhante para economia e vai modificar a estrutura financeira de todo o planeta assim que se formar. Meu avô já está pensando em convidá-la para as reuniões do Conselho.

Senti-me um pouco desconfortável.

— Não tenho nada de especial — sussurrei.

Jamal e Wilhelm riram ao mesmo tempo. Alto como uma montanha, Wilhelm teve de se inclinar para frente para poder olhar dentro dos meus olhos.

— Você é dona de cada um de nós, *liebchen* — ele disse carinhosamente.

Eu sabia que tinha enrubescido outra vez, mas sussurrei.

— Não sou não.

— De certo modo, sim — disse Jamal. — Particularmente... — Mas, seja lá o que ele tinha para dizer, foi interrompido por Nabiki, que o cutucou nas costelas. Jamal lançou um olhar de relance na direção da única pessoa do grupo que ainda não falara, e em seguida calou-se. Busquei entre os nomes que Bren tinha dito. Otto, era isso.

Não dava para ver o rosto de Otto. Ele tinha uma vasta e longa cabeleira escura, e não costumava puxá-la para trás, como os outros garotos. Ele também não tinha erguido os olhos de seu prato.

— Qual é a família do Otto? — perguntei.

Um silêncio que beirava o desconforto se seguiu. Não entendi até Otto finalmente olhar para mim. Gelei. Eu imaginara que ele fosse asiático ou caucasiano. Mas ele não era nenhum dos dois. Seus olhos eram amarelos e sua pele, depois que pude olhar mais de perto, era quase azul. Ele era bonito, tinha um nariz marcante e traços delicados. Mas sua coloração simplesmente não era humana.

— Otto não fala — disse Nabiki. Ela sorriu para Otto, cujo rosto permaneceu totalmente inexpressivo. Ela tocou em seu ombro de um modo que indicou que o relacionamento entre eles não era de todo platônico. — Ele meio que não precisa.

— O-o que ele é? — depois que falei, percebi que tinha sido grosseira, mas não pude evitar. Ele me deixou nervosa.

— Ele é geneticamente modificado a partir de DNA alienígena encontrado em Europa — disse Anastásia. — Tecnicamente, você é dona dele. E da tecnologia que o criou.

Levou um tempo para que as palavras fizessem sentindo. O sotaque dela era muito carregado e as palavras pareciam impossíveis.

— Eu?

Bren pareceu irritado.

— Foi um dos projetos de estimação do Guillory. A maioria das modificações genéticas foi extinta pouco depois dos Tempos Sombrios, mas Guillory tem tentado anular as restrições há tempos. Otto é um das centenas de embriões humanos que foram implantados com o micróbio de DNA da Europa. Somente trinta e quatro deles sobreviveram à gestação completa e apenas uma dúzia passou da puberdade, dentre eles, somente quatro parecem ter a mentalidade de um adulto. A mortandade foi muito alta. Otto é um dos que mais deram certo, mas ele não consegue falar.

— Por que não?

Otto abriu a boca, com um meio sorriso nos cantos dos lábios. Um estranho barulho saiu de sua boca, como se alguém estivesse gritando por não conseguir respirar. Era muito discreto e soou mais como um golfinho do que como um humano.

Tive um sobressalto e todos riram.

— Ele adora provocar as pessoas — Nabiki disse. Ela o acariciou. — Otto, seja bonzinho. Ela é quase tão esquisita quanto você. — Otto pareceu pensar durante um longo momento, então, lentamente levantou uma mão de dedos longos e azulados. Fiquei surpresa com o gesto, Nabiki pareceu incomodada. — Vá em frente, pode tocar! — ela resmungou.

Com todo cuidado, pousei meus dedos na palma da mão dele e, com toda delicadeza, os dedos de Otto se fecharam ao redor da minha mão.

— *Boa tarde, princesa* — pensei em uma voz que não era a minha. — *Meu nome é Otto Sextus.* — O primeiro nome que chegou até mim foi o número oitenta e seis e, imediatamente, eu soube, não sei como, que ele e os outros de sua espécie, por alguma razão, tinham recebido números em vez de nomes. Um pensamento não muito claro veio até mim, era quase como se, na ausência de uma definição melhor, fosse inaudível. "*Trate-nos bem, trate-nos bem, trate-nos bem.*" Era um apelo, inesperado, um zumbido que sussurrava por trás de um pensamento. Por uma fração de segundo, vi Otto e mais três adolescentes de pele azul à frente de um cenário composto por meia dúzia de sombras de figuras indefinidas.

Ofeguei. Eu tinha pensado aquelas palavras e imagens, mas elas não tinham vindo *de mim*.

— *Psiu* — foi a palavra que pensei, mas a sensação ligada a ela soou mais como "*não se preocupe, não precisa ter medo*".

Meus pensamentos pareceram vagar por um momento, até que eu já não tinha mais certeza sobre o que estava pensando.

— *Seu coração está confuso. Sua experiência... foi interrompida...*

Foi a primeira expressão verdadeira que vi passando de relance pela face peculiar de Otto.

— *Sinto muito, princesa* — ele pensou para mim. — *Seus problemas são muito maiores do que os meus.*

Ele puxou a mão rapidamente e permaneceu me encarando por um momento antes de olhar de volta para sua bandeja.

Todos olhavam para mim como se tivessem acabado de ver um alienígena. O que era irônico, considerando as circunstâncias. Os olhos de Nabiki soltavam faíscas.

— O que você disse para ele? — ela perguntou.

Eu estava tremendo por causa da experiência. Mal compreendera metade do que tinha acabado de acontecer.

— Eu não disse nada.

Nabiki franziu o cenho e, então, gentilmente pousou a mão de volta no pescoço de Otto. Ele suspirou e a preocupação pareceu desaparecer um pouco de seus olhos. Nabiki franziu a testa novamente mas, dessa vez, parecia mais aborrecida.

— Sinto muito — disse ela. — Pensei que você tivesse sido grosseira com ele.

Balancei a cabeça.

— Jamais — falei com sinceridade. A condição dele me causava horror, mas não ele.

Tentei encontrar as palavras certas para dizer.

— Se o que vocês disseram for verdade e, de algum modo, eu herdar você e sua família... — Hesitei um momento e respirei. Era um pensamento tão horrendo, parecia escravidão humana. — Juro para você que, no momento em que colocar as mãos na minha herança, eu irei, sei lá, dar você a você mesmo ou algo assim. Assinarei os seus direitos de liberdade. Não sei como isso funciona. Mas eu realmente sinto muito.

Nabiki sorriu.

— Ele agradeceu. A culpa não é sua. — Ela hesitou, suas sobrancelhas se contraíram. — Ele disse que sente muito, mas, ah, se você não se importar, ele planeja não tocar em você novamente. — Ela se virou para Otto, confusa. — É mesmo? — Nabiki perguntou. Otto ergueu levemente a mão, o que pareceu tanto um sinal de indiferença quanto para que ela continuasse.

Nabiki jogou a cabeça para trás.

— Certo. — Ela se voltou para mim. — Ele disse que existem muitas... "lacunas" na sua mente. Muito espaço. Ele quase se perdeu. — Ela encolheu os ombros. — Sinto muito, o que ele pensa nem sempre dá para ser traduzido com perfeição. O que ele quis dizer com "lacunas"?

Encolhi os ombros.

— Não sei — respondi, mas fiquei com medo do que fiz. A estase tinha causado uma série de interrupções na minha vida. Encarei Nabiki. Ela parecia uma garota comum, descendente de japoneses, com brincos caros, corte de cabelo da moda, mas, qualquer que fosse o relacionamento que ela tinha com esse estranho ser semialienígena, parecia ser algo profundo para ela. — Vocês dois estão...?

— Juntos? — Nabiki disse, deixando de lado o embaraço. — Bem, sim.

Otto virou a cabeça deliberadamente para ela e lançou-lhe seu quase sorriso.

— O que você... ? — percebi que Otto não responderia. — O que ele está fazendo quando... faz aquilo?

Nabiki deu de ombros.

— Ninguém sabe ao certo. De algum modo, ele é capaz de manipular os impulsos eletrônicos de seu cérebro para que assim você pense o que ele quer. Ele não pode controlar as suas ações ou os seus sentimentos ou qualquer outra coisa. Ele só consegue atingir a superfície dos pensamentos. Aparentemente aqueles pequenos micróbios da Europa tinham algum tipo de comunicação rudimentar via impulso elétrico, provavelmente para se reproduzirem. O Otto herdou isso.

— Todos na sua família são capazes de fazer isso? — perguntei.

Otto balançou a cabeça de leve, então, fitou Nabiki, que pegou na sua mão novamente.

— Somente um dos... — Ela também pareceu achar o tema muito difícil. — Dos quatro — ela terminou. — E mais três dos organismos simples, mas eles não conseguem pensar com muita clareza, por isso essa habilidade é completamente inútil para eles. — Ela olhou para a face inexpressiva de Otto. — O que corta o coração dele.

— Certo, agora chega de drama — disse Bren. — Por falar nisso, Ani, você vai fazer aula de teatro este ano?

Eu ainda estava bastante trêmula, por causa do meu encontro com Otto, para conseguir me concentrar. Tentei mordiscar mais um pouco da minha refeição antes do sinal tocar e me enviar de volta para a classe. Enquanto nos levantávamos da mesa, peguei Otto olhando fixamente para mim. Tive a assustadora sensação de que ele olhava através de mim, como se eu fosse uma criatura mágica feita de vidro. Ele ficou sem jeito quando percebeu que eu estava olhando para ele e se apressou para alcançar Nabiki. Ele se movia com uma graciosidade notável.

O que ele vira em minha mente que o assustara tanto?

5

A minha primeira tarde na escola não foi melhor do que a manhã. Astrofísica básica podia muito bem se chamar teorias avançadas e ser ministrada no terceiro ano, de tão pouco sentido que fazia para mim. Uma hora depois arrastei-me para a aula de matemática e, mais uma hora depois saí correndo o mais rápido que pude, sem conseguir entender nada da aula.

Então, veio a aula de história. Minha professora iniciou um resumo sobre os primeiros vinte anos que eu havia perdido e, de repente, fiquei muito feliz por ter estado em estase durante esse período.

Os Tempos Sombrios ocorreram menos de dois anos depois de eu entrar em estase. Eu achava que se tratasse de algum tipo de crise econômica, e até certo ponto, eu estava certa. Mas os maiores problemas não estavam relacionados ao dinheiro.

Passei a aula amarrando os fatos que a Srta. Holland foi narrando; as estatísticas populacionais, mudanças climáticas e variações econômicas; acontecimentos da minha prolongada infância. O quadro era repulsivo e não pude evitar, mas senti que eu, ou pelo menos a estrutura da alta sociedade da qual meus pais faziam parte, tinha sido profundamente responsável por muito do que aconteceu. Claro que o objetivo da aula era alertar os filhos dos altos escalões a evitar os erros do passado. Mas, para mim, era o meu presente, eram os erros da minha geração. Revolta e culpa me golpearam durante a hora que se seguiu.

O primeiro fator que desencadeou os Tempos Sombrios foi o aumento populacional, que vinha acontecendo havia duzentos anos. Eu vi isso. Quando eu era jovem, não havia espaço para ninguém. Até mesmo os ricos tiveram de abandonar o conceito de amplas propriedades e se acomodar atrás dos portões controlados dos condomínios, como a ComUnidade e o Condomínio Unicórnio.

O segundo foi um *boom* econômico, que resultou em um imenso abismo entre ricos e pobres. Também testemunhei isso. Os pobres passavam fome enquanto minha família comprava casacos de pele para mim quando eu tinha três anos, e ainda adquiriram um tubo de estase de luxo, que valia o mesmo que todo o Condomínio Unicórnio.

Alguns anos antes de eu entrar em estase tivemos algumas estações com tempo ruim; essa mudança climática foi desencadeada por alguns vulcões que entraram em atividade. Esse fator não teve nenhum culpado, de fato, mas houve escassez de alimentos, o que resultou em muitas mortes, porém me recordo de que a maioria aconteceu nos países marginalizados. Portanto, não afetou a nossa família.

O primeiro sinal de que algo estava errado foi o ressurgimento da tuberculose. O surto iniciou-se nas prisões, onde a saúde dos prisioneiros não era cuidadosamente monitorada. Uma cepa resistente se desenvolveu em uma prisão na região Sul, a isso se somou o grande número de transferências de prisioneiros e os altos índices de reincidência; assim, não demorou muito para que a maioria das prisões de metade dos países do mundo estivesse contaminada. Países com altos índices de prisioneiros eram os mais vulneráveis. A doença não foi detectada antes que muitos prisioneiros já tivessem sido soltos e se misturado à população comum, sem tratamento médico adequado.

O surto se espalhou. Recém-nascidos, pobres desnutridos, qualquer um com baixa imunidade estava suscetível. A eles se somavam os portadores do vírus HIV que não tinham recebido a vacina a tempo, o que significava metade da África. Os ricos também foram afetados, dentre eles um grupo formado por milhões de pessoas que tinham recebido promessas de vida longa ao ter seus órgãos regenerados a partir de células-tronco e transplantes. A tuberculose se espalhou livremente durante alguns anos antes que alguém percebesse o que estava acontecendo. A maioria das pessoas com tosse nem notou que se tratava de algo sério e alguns dos portadores não apresentavam nenhum sintoma.

Quando fui colocada em estase, eles estavam impondo a obrigatoriedade de instalação de uma série de ambulatórios para diagnóstico da tuberculose em todo o planeta. A tuberculose parecia estar sob controle quando a próxima peste surgiu.

Aquilo realmente foi a próxima peste e não apenas em linguagem figurada. A peste bubônica ressurgiu em Nova York dois anos depois de eu ter entrado em estase. Eu ainda estava tomada de horror devido às mortes por tuberculose na África quando a Srta. Holland falou sobre os efeitos da praga seguinte, e juro que meu coração parou. Quando o sinal bateu, a Srta. Holland disse que o restante do resumo dos Tempos Sombrios podia esperar até a próxima aula.

Eu não estava ansiosa por isso.

Temia ouvir o que acontecera com aqueles que eu amava. Minha mãe e meu pai, meu querido Xavier. O fato de saber que eles estavam mortos era uma coisa. Saber os detalhes era de virar o estômago.

Felizmente, as aulas terminaram. Subi na limobarca que o Sr. Guillory providenciara para mim. Eu preferia ir para a escola com Bren, que apanhava um rasante solar público junto com outros alunos, mas não quis fazer pouco das ofertas do Sr. Guillory. Afinal de contas, ele era meu testamenteiro e devia saber o que era melhor para mim.

Levei alguns minutos para perceber que a limobarca tinha estacionado ao lado do meu prédio. O passeio do *hovercraft* foi tão suave que nem notei que havia parado.

Eu realmente gostava desses novos barcos flutuantes. Contaram-me que a tecnologia tinha apenas trinta anos, mas já havia substituído quase todos os automóveis do planeta. Eles tinham sido projetados para deslizar sobre a água apoiados em um colchão de ar, e inicialmente foram usados em áreas pantanosas, mas as pessoas gostaram tanto que continuaram a usá-los sobre a terra. O veículo poupava as estradas do desgaste e, sem o atrito e a resistência para sobrecarregar o motor, era barato e fácil recarregá-lo com energia solar.

O curioso é que eles eram de uma empresa que a UniCorp não controlava. A UniCorp tentou comprá-los, mas a bateria solar que alimentava os veículos era de domínio público. Eles tinham perdido a patente durante os Tempos Sombrios, para que áreas isoladas pudessem criar a sua própria fonte de energia renovável. De acordo com Guillory, as tentativas de usar a NeoFusion para abastecer os veículos se mostraram muito perigosas. As baterias NeoFusion se tornavam extremamente explosivas quando sua caixa protetora sofria alguma avaria. Apesar de não serem radioativas ou propriamente mortais (a NeoFusion era uma "alternativa, limpa e segura" de energia para quase todas as necessidades), caso sofressem um acidente essas baterias quase sempre acabavam pegando fogo, devido à grande quantidade de calor desprendido. O uso de baterias solares nos *hovercrafts* tornava-os infinitamente mais seguros e eles eram tão práticos e elegantes que a UniCorp não conseguiu sepultá-los com competidores alternativos. Desse modo, ironicamente, eles ficaram livres das intrigas da UniCorp.

Mas esses veículos tinham uma falha, apesar da potência e de poderem transitar sobre qualquer coisa. A comissão de transporte teve de criar barreiras magnéticas, a fim de evitar que os barcos saíssem das vias e passassem por cima das áreas reservadas para os pedestres. Agora, todas as estradas contavam com guias magnéticas vermelhas e amarelas e, sobre elas, a UniCorp *tinha* o monopólio. Guillory até fizera uma brincadeira quando me explicou tudo isso, ele disse: "Se você não pode se encaixar a eles, encaixote-os". A UniCorp controlava todos os seus concorrentes, de um jeito ou de outro.

Arrastei-me para fora do barco, sobre a guia vermelha e amarela. Minha limobarca acionou o seu colchão de ar e seguiu para a garagem. Caminhei lentamente pelo corredor que levava à porta do meu apartamento, que um dia me foi tão familiar. Encostei a mão no antiquado sistema de leitura digital e a porta se abriu. Fiquei pensando se as impressões digitais de Xavier ainda podiam abrir a porta do meu apartamento, como antes de eu entrar em estase. Aparentemente, a maioria das portas agora se abria através da leitura da retina.

Quando abri a porta, ouvi um barulho. Patty e Barry só chegavam depois das cinco: os dois trabalhavam no departamento de contabilidade no Edifício Uni. Engoli em seco.

— Olá? — chamei, mas não houve resposta. Os treinamentos para vigilância constante e a paranoia dos meus pais sussurraram de volta na minha mente e dei uma olhada no corredor, pronta para correr na direção oposta, caso o barulho se mostrasse uma ameaça.

Não era uma ameaça. Amarrada à maçaneta da porta do meu estúdio encontrei uma correia que prendia um cachorro. Mas não era um cachorro qualquer. Era um galgo afegão, alto e com o pelo sedoso do mesmo tom loiro suave dos meus cabelos. Ele se levantou quando me viu, abanando o rabo. Caí de joelhos, envolvendo meus braços ao redor do seu corpo. Com um ganido nobre, o cão empurrou seu longo focinho contra as minhas bochechas e começou a lamber meu rosto.

Meus olhos enfraquecidos pela estase se encheram de lágrimas, dessa vez de alegria. Foi a melhor sensação do mundo chegar em casa e encontrar alguém fofinho e amigável, alguém para me amar incondicionalmente. E não era apenas um cão. Era um galgo afegão, o príncipe dos cães, o humano de quatro patas! Entrelacei os dedos entre seus pelos macios e encontrei um papel preso com um cordão à coleira. Peguei o papel, enxugando as lágrimas para poder ler. "PARA ROSE, PELO SEU PRIMEIRO DIA DE AULA."

Solucei. O cachorro provavelmente fora um presente do Sr. Guillory. Ou talvez Patty e Barry tinham mandado entregá-lo. A Sra. Sabah? Eu não sabia. E isso não importava.

— Você é lindo! — eu disse ao galgo. — É o cachorro mais lindo do mundo. Por isso vou lhe dar o nome mais lindo, Zavier.

Zavier fungou e lambeu meu rosto novamente. A escola nem parecia mais uma provação, não, contanto que eu pudesse ter o meu Zavier esperando por mim em casa.

Eu sempre quis ter um cachorro, desde que eu era criança. O mais perto que tive disso não era meu. Era do Xavier, e nem era um cachorro de verdade.

* * *

Eu tinha catorze anos e Xavier era meu melhor amigo. Ele me convidara para ir até seu apartamento, para ver um brinquedo novo.

O brinquedo era uma caixinha preta. Assemelhava-se um pouco a um celular. Não me pareceu ser algo capaz de despertar tanto brilho e entusiasmo nos olhos verdes de Xavier, mas ele o mostrava com tanto orgulho, como se fosse o portal para a iluminação.

— O que é isso?

Xavier apertou um botão em um dos lados e, de repente, um doberman apareceu no meio da sala.

— Aqui, garoto! — Xavier disse, estalando os dedos. O cachorro, então, caminhou obediente em sua direção e arfou, a cabeça inclinada para o lado.

— Ele não é ótimo? — Xavier falou. — É um cão holográfico. Havia muitos desses na exposição de computadores. Chame e ele virá até você. Ele tem reações programadas iguais às de um cachorro de verdade. Irá reagir a tudo o que você disser e sabe milhares de truques. Fale, garoto!

O cachorro se sentou obediente e latiu duas vezes.

— Por que ele não foi programado para falar inglês? — perguntei.

— Porque aí ele não seria um cachorro — Xavier respondeu, como se isso fosse óbvio.

— Mesmo assim, não é um cachorro. Qual é o propósito, se você não pode acariciá-lo?

Xavier encolheu os ombros.

— Não sei. Mas ele é legal. O programa possui mais de cem raças e o comportamento se ajusta a cada uma delas. — Xavier apertava os botões dos controles na caixa. O doberman se transformou em um dálmata e então em um bassê. — Que raça você quer que eu coloque?

— Quero um galgo afegão — eu disse sem hesitar. Ele apertou alguns botões até que um magnífico galgo afegão de pelos sedosos apareceu no meio da sala. Ele era a coisa mais linda, e eu suspirei. Eu adorava galgos afegãos. Eram tão belos e carinhosos. De repente, ele latiu.

— Aqui — Xavier disse. — Acho que posso descobrir como programá-lo para funcionar com o sensor digital da nossa porta. Posso fazê-lo latir para qualquer um que entrar.

— Um cachorro de verdade também faria isso.

— Sim, mas a minha mãe é alérgica. Vamos lá! Você tem de admitir que a tecnologia é legal.

Sentei em um banquinho e estalei os dedos. O cão holográfico olhou em minha direção e então saltou para cima de mim, com suas orelhas empinadas.

— Vou ter de concordar com você — passei a mão através da cabeça do cachorro e acenei para Xavier. — Mesmo assim, não seria melhor se você pudesse acariciá-lo?

Xavier balançou a cabeça.

— Não entendo você. Pensei que gostasse de cachorros.

— Adoro. É por isso que digo que este não é de verdade.

— Se você gosta tanto assim de cachorros, por que não tem um? — Xavier me perguntou.

Isso tinha sido um pequeno problema no passado, quando eu costumava pegar os cachorros de outros moradores do Unicórnio e brincava com eles por horas, impedindo que voltassem para seus donos.

— Não pude.

— Por que não?

Suspirei. Meus pais tinham sido convocados para supervisionar a coordenação da colônia da Lua e ficariam fora durante meses.

— Você se lembra daquela gazela que eu tive quando tinha oito anos?

Xavier balançou a cabeça.

— Eu tinha dois anos, como poderia me lembrar?

— Ah. Bem, eu tive uma gazela. O pessoal que trabalhava nos estábulos tomou conta dela para mim, mas ela morreu enquanto meus pais estavam de férias, e eu não estava lá. Eu me senti péssima por causa disso. Odeio a ideia de fazer isso com um cachorro.

— Eu poderia cuidar do seu cachorro enquanto você estivesse dormindo — Xavier disse. — Tenho certeza de que a minha mãe não iria se importar, não se o cachorro pertencesse ao Sr. Fitzroy.

Meneei a cabeça.

— Não. Eu odiaria se um dia fosse obrigada a ficar longe dos meus pais, e seria isso que eu estaria fazendo. Eu não iria querer ficar surgindo e desaparecendo da vida do cachorro. Ele não iria entender.

Xavier resmungou.

— Esqueça o cachorro, droga, sou humano e mal consigo entender, e você é a minha melhor amiga.

Franzi a testa ao ouvi-lo.

— Você não tem amigos na escola?

— Claro que tenho, mas eles não são você. Além do mais, eles me provocam por que eu me chamo Xavier, até mesmo aqueles que se dizem meus amigos. Eles me chamam de "X-man" e dizem coisas como, "E-*ch*atamente, *Cha*-vier!" e "Você vai cursar alguma matéria e-*chis*-tra, *Cha*-vier?". Não pronuncio o maldito "x" com som de *ch*, mas todos eles fazem.

— Bem, *Zavier* — eu disse, pronunciando o nome do modo que ele gostava. — Diga para eles pararem.

Ele deu de ombros.

— Eles são garotos. É impossível fazê-los parar. Mas isso não tem importância. Você nunca faria algo assim. Além do mais, nós sempre fomos melhores amigos.

Aquilo nunca tinha me ocorrido. Sempre o vi como se ele fosse um irmão mais novo, mas agora que as nossas idades estavam muito próximas, ele já não parecia tanto um irmão mais novo para mim, mas um amigo.

— Você é o meu melhor amigo — eu disse. — Pensando melhor, você é o meu *único* amigo.

Ele zombou.

— Isso eu sei que não é verdade.

— É sim, e você sabe — rebati. Eu não entendia por que me sentia triste em relação a isso. Peguei meu banquinho e sentei junto de Xavier, à mesa. Estiquei o braço para despentear seu cabelo. Contanto que soubesse que Xavier estaria por perto, desmontando algum computador no apartamento ao lado, não importava que eu não tivesse mais ninguém.

— Que é isso? — disse Xavier, esquivando-se do meu carinho maternal. — Aposto que você tem vários amigos.

— Na verdade não. Você sabe que minha mãe não aprova ninguém da escola e não gosta que eu saia sem ela. — Franzi a testa. —Nunca tive outros amigos. Não desde a filha do zelador, quando eu era pequena.

— Quantos anos você tinha? — Xavier perguntou.

— Acho que três ou quatro anos. Isso foi na última casa em que moramos, na cidade. — Eu não pensava em Sarah havia anos. — Ela era mais velha do que eu, cheia de encanto e coragem. Passávamos o dia todo juntas. Costumávamos nos vestir combinando.

— Com quatro anos?

— Sim. Acho que a ideia era dela. Mas além de Sarah, você é o único amigo que tive de verdade.

— Você não foi convidada para dormir na casa de uma amiga outro dia?

— Polly só me convidou porque a mãe dela estava tentando conseguir uma promoção.

— O quê?

— Os pais dela trabalham na UniCorp.

— Ah! — Xavier exclamou. — Os meus também.

— É verdade... mas somos amigos há uma eternidade. Quase desde que você nasceu — eu o lembrei.

Xavier voltou os olhos para sua caixa.

— Você já pensou em como isso é estranho? — ele perguntou. — Digo, você não cresceu do mesmo jeito que eu cresço. Eu me lembro de quando você era mais alta do que eu e me contava histórias porque eu não sabia ler. Agora temos a mesma altura e quase a mesma idade.

— Eu tenho catorze! — eu disse indignada e me endireitei, mas, mesmo assim, fiquei só alguns centímetros mais alta que ele. — Você só tem onze anos.

Ele me olhou profundamente.

— Meu aniversário foi há três meses. Eu já tenho doze.

Fiquei surpresa. Permaneci em estase por mais de um mês, eu não tinha me dado conta de que minha última ausência durara tanto tempo.

— Perdi o seu aniversário? Sério?

— Perdeu.

— Sinto muito. Vou comprar algo para compensar. O que você quer?

Os olhos de Xavier buscaram meu rosto. Ele hesitou por um longo momento antes de dizer:

— Nada.

— Nada mesmo?

— Não, nada mesmo. Eu só queria que você estivesse lá. Esse teria sido o melhor presente.

Sorri.

— Você é uma gracinha.

— Não conte para ninguém ou nunca mais terei sossego.

Dei um toque no seu ombro.

— Preciso ir embora — falei. — Minha mãe vai me levar na loja de artigos de pintura e depois vamos a uma loja de decoração. Estou sem marrom-avermelhado.

— Ah. — Ele pareceu desapontado. — Eu meio que esperava que você pudesse ficar e me ajudar a conectar isto à fechadura eletrônica da porta.

Fiz uma cara de medo.

— Você quer começar um incêndio? Eu não seria capaz de entender uma placa de circuito integrado nem que a minha vida dependesse disso!

— Mas o risco de explodir as tomadas é que dá mais emoção ao plano! — ele riu.

Balancei a cabeça.

— Vou lhe dar azar. Além do mais, não posso deixar de opinar nas cores dos móveis. Mamãe está redecorando o vestíbulo e quer a minha ajuda.

— Está bem — Xavier disse. Ele lançou um olhar tristonho para a placa de circuito integrado de seu novo cachorro holográfico.

Eu estava chateada. Fiquei imaginando se Xavier sabia que logo eu entraria em estase novamente.

— Ah... eu queria lhe contar. Papai e mamãe vão para a Lua na semana que vem.

A cabeça de Xavier se voltou na minha direção, seus olhos estavam arregalados.

— Por quanto tempo?

— Não sei.

Ele me encarou boquiaberto por um momento, antes de recompor a fisionomia.

— Bom. Vê se não perde o meu *próximo* aniversário, hein?

Aproximei-me para tocar em seus cachos loiros.

— Por nada neste mundo, Xavy.

Ele corou.

— Gostaria que você parasse de me chamar assim. Não sou mais uma criança.

— Não, você não é — eu disse. — Mas você é meu melhor amigo.

O galgo holográfico latiu.

— Sou o melhor amigo de uma garota — Xavier disse e, então, latiu também.

Agora, eu tinha um novo amigo. Ele não se parecia nada com Xavier, nem era tão bom quanto, mas era o melhor que eu poderia ter na atual circunstância.

O verdadeiro nome de Zavier, de acordo com os papéis de registro que encontrei na cozinha, era Pés Descalços das Estradas Desertas. Ele era um campeão aposentado, pois, três anos antes, havia perdido por uma polegada um dos mais conhecidos concursos de cães de raça. Ele era treinado para obedecer aos principais comandos e tinha recebido noções básicas para ser um cão de guarda. Ele tinha horário marcado no *pet shop* a cada duas semanas. Havia a sugestão de que eu o escovasse uma vez ao dia com uma escova que encontrei junto com os certificados. Perguntei a ele se preferia ser chamado de Estradas ou de Deserto, tentei mais uma dúzia de combinações com o nome, mas ele não ergueu as orelhas para nenhuma delas. Provavelmente o chamavam de um nome completamente diferente, que não estava anotado em lugar algum, por isso, Zavier foi um nome tão bom quanto qualquer outro.

Obviamente Patty e Barry já estavam esperando por Zavier, pois Barry chegou em casa com um saco de comida para cachorro. Não tive coragem de perguntar se eles tinham arrumado o cachorro para mim ou se fora o Sr. Guillory. Mas isso não importava. Zavier era meu agora. Naquela noite, ele se acomodou aos pés da minha cama e manteve meus pés quentinhos.

Infelizmente, ele não conseguiu afastar os pesadelos.

6

Os pesadelos eram implacáveis. Eles vinham quase todas as noites desde que saí da estase. Nesses sonhos, eu caminhava por corredores longos e vazios. A princípio eram os corredores do Condomínio Unicórnio, mas, na noite em que ganhei Zavier, os corredores eram os do Preparatório Uni, com suas janelas neogóticas e arcos de pedra. Havia sempre espelhos ao meu redor, confundindo e assustando-me. Percebia um movimento, virava para ver o que era e, então, descobria que era apenas eu, olhando de volta para mim mesma. Eu não sabia ao certo o que procurava naqueles corredores vazios, mas estava com medo do que iria encontrar.

Como sempre, despertei suando frio, gritando por minha mãe. Mas, no momento em que acordei de verdade e percebi que ela não estava lá, fiquei feliz. Ela teria sentido vergonha de mim, chamando por ela como se fosse uma criança indisciplinada.

— Será que sua mãe realmente sentiria vergonha? — perguntou Dra. Bija, na manhã seguinte. Tínhamos marcado uma consulta extra para a manhã do meu segundo dia de aula, assim, eu poderia contar como tinha sido o meu primeiro dia. Quando Mina me perguntou se eu dormira bem, não me segurei e contei a ela sobre os meus sonhos.

— É bem provável — eu disse. — Mamãe sempre mantinha a compostura. "O melhor que tem a fazer é se tornar uma pessoa refinada, pois assim as pessoas só verão perfeição quando olharem para você." Era o que ela me dizia.

Mina franziu o semblante.

— Você acredita que uma pessoa pode realmente ser perfeita?

Encolhi os ombros.

— Acho que, como uma estátua, sim. Se você puder aparar as arestas, eventualmente terá uma personalidade como a de Davi de Michelangelo.

Ela riu.

— Você realmente acha que tem o poder de se livrar de seus pesadelos do mesmo jeito que pode aparar as suas unhas?

— Não sei. — Suspirei. Desejei poder.

— Como foi a escola ontem? — Mina instigou.

Encolhi os ombros.

— Não entendi nada.

— Foi apenas o seu primeiro dia. Mas eu não estava me referindo ao seu desempenho acadêmico. Você tem algum amigo?

— Na verdade, não. Quer dizer, Bren, eu acho.

— Bren?

— Brendan Sabah. O avô dele aparentemente é o segundo no comando depois de Guillory ou algo assim.

— Ah, sim. Eu me lembro da coletiva para a imprensa. Você gosta dele?

— Sim. Ele deixou que eu me sentasse ao seu lado no almoço.

— Isso deve ter sido um alívio — ela disse. — É bom ter amigos.

Encolhi os ombros. Não estava certa se o relacionamento que eu tinha com Bren era de fato *amizade*. Não era nada parecido com o que eu tinha com Xavier, mesmo antes de começarmos a namorar, e eu não tinha nenhum amigo além de Xavier, portanto, não tinha um parâmetro para comparação. Tudo o que eu sabia era que precisava desesperadamente de Bren, embora não me sentisse tão à vontade ao seu lado quanto me sentia com Xavier. O que também me deixava uma sensação de confusão e de instabilidade da qual eu não estava certa se gostava. Apesar de gostar do Bren. Muito.

Saí da consulta tentando definir o que exatamente eu tinha com Bren. Não tinha certeza se sabia, mas Bren me tratava de um jeito amigável. Fiquei feliz, pois precisei desesperadamente de um rosto amigo depois da minha segunda aula de história.

Bren me pegou de surpresa no corredor enquanto eu corria, sem pedir licença, dos horrores que ouvira naquela segunda aula. No dia anterior, eu já tinha me sentido péssima só de ouvir as preliminares sobre os Tempos Sombrios. Mas, naquele dia, à medida que os Tempos Sombrios foram ganhando proporções cada vez maiores no telão da sala de aula, eu me sentia menor e menor até que tive de sair correndo. Passei voando por Bren, sem vê-lo, não via mais nada.

— Rose! — Sua voz ecoou no corredor vazio. — Você está bem?

Virei-me.

— Ei, o que foi? Parece que você viu um fantasma.

Fantasmas. Foi somente isso que restou da minha família, dos meus amigos, do meu Xavier. Segurei a bile e meus olhos buscaram desesperadamente pelo corredor. Lá estava, um latão incinerador de lixo! Enfiei a cabeça no cesto e vomitei, desperdiçando as poucas e preciosas porções de comida que eu conseguira engolir no almoço.

Durante alguns segundos continuei sentindo ânsia e então percebi uma mão quente sobre o meu ombro.

— Ei — disse Bren. — Devo levá-la para a enfermaria?

Cuspi um pouco da saliva com gosto de vômito.

— Não — respondi. Ergui o rosto do latão. — Não estou doente. Comecei a procurar um lenço em meus bolsos.

Bren puxou um do *dispenser* de produtos de higiene que ficava pendurado na parede. Assoei o nariz e joguei o lenço no lixo. Apertei o botão ao lado do cesto, que desapareceu nas profundezas do incinerador, sendo substituído por um novinho. Pude ouvir um zumbido surdo, indicando que o incinerador estava destruindo todas as provas da minha fraqueza.

O enjoo passou e tudo o que eu sentia agora era uma tristeza opressora.

— Você quer me contar o que foi aquilo? — Bren perguntou. — Foi o almoço? Você ainda não está comendo muito. Ainda está sofrendo da fadiga estase?

— Não. Quero dizer, sim e não. — Fui tomada por outra onda de náusea, mas consegui contê-la. — Por que ninguém me contou quão terríveis foram os Tempos Sombrios?

— Não contamos? — Bren pareceu confuso. —Pensei que Reggie tivesse lhe contado.

— Ele me contou um pouco — eu disse. — Mas acho que não registrei tudo. — Entre os resíduos da estase e o choque emocional, parece que nada conseguiu me atingir muito naqueles dias.

As histórias dessa tarde, de toda a cidade perecendo em agonia, das pessoas andando perfeitamente saudáveis em uma manhã e caindo mortas ao fim do dia, a perda da infraestrutura que tornou tudo ainda pior...

Bren ainda parecia confuso.

— O que trouxe tudo isso à tona?

— A aula de história — respondi. — Eles estão falando sobre como meus pais morreram. Como todos os meus amigos morreram. O meu namorado.

Uma expressão de compreensão tomou conta da fisionomia de Bren.

— Ah! — ele exclamou. Ele pareceu um pouco sem jeito por um momento, então disse: — Você quer falar sobre isso?

Suspirei.

— Não. Mas eu não...

— O quê?

Eu estava envergonhada, mas mesmo assim falei:

— Eu não quero ficar sozinha.

Bren franziu as sobrancelhas e pousou a mão sobre o meu ombro, era como um lastro quente que me mantinha no chão.

— Você não está sozinha — disse. Sua voz aveludada era reconfortante. — Vamos tomar um pouco de ar.

— Você não precisa voltar para a aula?

— Não tem problema.

Eu não ia discutir com ele. Com a mão sobre meu ombro, ele me conduziu até o pátio, onde me colocou sentada em um banco sob uma cerejeira. As flores tinham acabado de desabrochar, com a chegada da primavera. O perfume suave e levemente frio espantou a náusea. Ele se sentou ao meu lado, observando-me com aqueles seus olhos que pareciam folhas novas. Eu queria enterrar meu rosto no peito dele e chorar durante um milhão de anos, mas não o fiz.

— Você quer que eu pegue algo para você? — ele perguntou. — Quer um pouco de água ou qualquer outra coisa?

— Não.

Um silêncio desconfortável se seguiu.

— Tem algo que eu possa fazer?

Hesitei. Eu sabia o que ele poderia fazer, mas não tinha certeza se iria querer fazê-lo.

— Qualquer coisa — ele ofereceu, ao perceber a minha indecisão.

— Conte-me sobre os Tempos Sombrios — pedi.

Ele franziu a testa.

— Er... tem certeza?

— Sim — sussurrei. — Prefiro ouvir de um amigo. — Então, percebi o que eu tinha dito. — Você é um amigo, não é?

— Claro que sou — ele disse bruscamente. — Certo. — Ele coçou a cabeça. — Por onde você quer que eu comece?

— A professora estava falando... falando sobre a peste que atingiu primeiro a cidade de Nova York.

Bren assentiu.

— Aparentemente algum guru americano da moda decidiu que a última tendência em termos de pele era a da marmota, então ele viajou para a

China, onde coletou o máximo de pele que conseguiu. Seu nome era Marcus Alexios. Ele voltou da China carregando uma variante septicêmica da peste. Nova York estava movimentada, como sempre, por isso, ele resolveu pegar o metrô para chegar ao seu desfile e, então, caiu morto.

Supostamente as marmotas tinham a peste. Quem sabe? Normalmente o contágio da peste bubônica se dá apenas por meio do contato com sangue contaminado, mas duas proteinazinhas tinham se alterado. O que significa que todos que trabalharam com Alexios na China, todos que estavam no avião que o trouxe de volta aos Estados Unidos, todo mundo que estava naquela estação de metrô lotada e a nata da sociedade presente no desfile foram expostos ao vírus. Até que sua autópsia fosse realizada, todas aquelas pessoas já tinham se misturado na multidão. Uma pessoa pegou um avião para Los Angeles, um sujeito foi para um abrigo para sem-tetos no East Village, uma mulher pegou um trem para Vermont, e você pode imaginar como a doença se espalhou.

Bren me observava e eu sabia que meu rosto empalidecera.

— Vou deixar os detalhes de lado — Bren falou, e eu fiquei grata. — Bem, tínhamos remédios capazes de curar a peste, embora ela fosse resistente e nossos estoques estivessem muito baixos. Mas o meio de transporte que seria usado para o envio dos remédios estava inativo. Um terço da população já estava contaminada e nada funcionava. Assim, quando o remédio foi entregue nas cidades, a maioria das pessoas já estava morta. — Ele olhou com o canto dos olhos para mim. — Parece que a doença era muito rápida — disse, tentando me confortar. — Aparentemente assustadora, mas eles nem tiveram tempo de sofrer.

Cobri os olhos, tentando me recompor.

— Certo.

Ele respirou fundo. Aquilo tudo deveria ser história do passado para Bren, mas, aparentemente, contá-la para mim pareceu deixá-lo desconfortável.

— O surto da peste durou um verão, mas ela continuou ressurgindo depois. Os últimos surtos se espalharam menos, mas seu contágio ainda continuou sendo pelo contato entre humanos, além das pulgas. Enquanto isso, a tuberculose continuava se espalhando. Você soube da tuberculose?

— Sim — eu disse. — Eles tinham montado ambulatórios de controle quando... antes.

Bren sorriu.

— Sim, todas aquelas imposições feitas às pessoas não ajudaram na contenção da peste. As pessoas apareciam para fazer o teste da tuberculose e voltavam para casa quase mortas, por causa da peste. Foi estranho. Todos ficaram chocados ao saber que o problema não surgira de uma nova doença, mas sim de doenças antigas, das quais todos já tinham se esquecido.

Ele suspirou.

— Então veio o golpe final.

Comecei a ficar horrorizada.

— Ainda tem mais? — Como ainda podia ter *mais*?

— Tem mais — Bren disse. — A infertilidade. Você ouviu falar da Iniciativa Global em Prol do Alimento?

— Sim, isso foi antes de eu entrar em estase. Tratava-se da ampla distribuição de sementes de alta qualidade para países que estavam sofrendo escassez de alimento. Meu pai estava envolvido nisso.

Quando a proibição de alimentos geneticamente modificados, que durou um século, foi suspensa, meus pais me levaram a um banquete em homenagem a eles. A UniCorp tinha desenvolvido muitas daquelas sementes geneticamente modificadas. Minha mãe e meu pai estavam animadíssimos por terem sido incluídos na Iniciativa Global em Prol do Alimento e tinham feito muito *lobby* para que desse certo.

— Foi o maior processo judicial com o qual a UniCorp teve de lidar — Bren explicou. — A companhia quase afundou. Aparentemente, uma das sementes de um tipo de milho era geneticamente modificada de acordo com o que chamam de "semente terminal", o que significa que sua plantação não produziria sementes viáveis para o próximo ano.

— Eu sei — disse. — Isso é bom para os negócios. E significava que os agricultores tinham de voltar para comprar novas sementes da companhia. Papai reestruturou as patentes depois que eles revogaram a proibição de 2087.

— E todos desejaram que ele não tivesse feito isso.

— Ficou muito difícil transportar sementes novas depois da redução da população?

— Bem... a redução não *ajudou*, mas não, o problema ocorreu em uma inesperada mutação. Esse foi o verdadeiro motivo para a modificação genética ter sido proibida. No final, o risco ultrapassou os lucros. Ficou muito perigoso. O gene terminal passou para a corrente sanguínea e afetou os humanos, especialmente os homens. E o resultado foi a diminuição do tempo de vida dos espermatozoides para algo em torno de uma ou duas horas de vida. O que significa que, se um sujeito não ejaculasse regularmente, os espermatozoides poderiam morrer dentro dele e ele estaria dando tiros sem bala. E mesmo que não fosse o caso, se o óvulo da mulher não estivesse pronto e esperando ofegante no colo do útero, os espermatozoides não teriam tempo nem mesmo de fazer uma prece para alcançar o óvulo antes que este cantasse a marcha fúnebre e desse o fora.

Aquilo era tão nojento e macabro que fiquei surpresa quando ri, mesmo assim, eu ri. Estava certa, ouvir de um amigo tornava tudo bem mais fácil.

Bren encolheu os ombros.

— Ninguém notou isso antes da peste. As pessoas estavam adiando a gravidez, não era de se surpreender que mulheres na faixa etária que ia dos trinta e oito aos quarenta e cinco anos não conseguissem conceber uma criança, e acabou acontecendo que a maioria das pessoas não conseguia. Tínhamos perdido tantas pessoas e não conseguíamos reconstruir a população. Aquele milho assassino era usado em quase todos os alimentos e era misturado a tudo, ou seja, estava em toda parte. Ele também era usado para alimentar os animais para abate, o que significou que estes também não conseguiam se reproduzir. Isso resultou em mais escassez de alimento. — Bren balançou a cabeça. — Foi tudo por água abaixo. Ocorreram motins, guerras por recursos naturais e guerras por tecnologia. A tuberculose ainda estava se espalhando, e a peste continuava voltando. Nada realmente deu certo durante uns vinte anos.

— Isso foi tudo?

— Sim, no geral, foi. A Guerra, a Fome, a Peste e a Morte deram as caras, montados em seus cavalos, jogaram polo e, então, voltaram para o espaço celestial para esperarem pelo próximo apocalipse. — Ele elevou os braços abertos ao alto. — E nós ainda estamos aqui.

— Como? — perguntei. — Como a raça humana sobreviveu a tudo isso?

— Intervenção, preparação, aquele grupo de pessoas dentro de uma população que é imune a uma doença ou outra. Depois que o pior já tinha passado, as pessoas puderam se concentrar em como reparariam parte do estrago. Minha mãe e o irmão dela, por exemplo, foram fertilizados *in vitro* e parece que foi apenas na quarta tentativa que minha avó conseguiu segurar os embriões. Estou feliz que eles tenham conseguido ou eu não estaria aqui. Mas com um pouco de persistência, qualquer coisa pode voltar a crescer.

— Acho que tudo o que se tem de fazer é sobreviver — eu disse baixinho. Meus pais não conseguiram. Åsa não conseguiu. Meu Xavier não conseguiu.

— Eu não conseguirei mais voltar para aquela aula — eu disse. — Hoje foi apenas um panorama. Ela vai se aprofundar em cada erro e tragédia, e eu simplesmente não poderei suportar.

— Bom... — Bren pensou por um momento. — E se eu conseguisse uma transferência, para você vir para a minha turma de história? Acabamos de terminar os Tempos Sombrios e agora vamos começar a Reconstrução. Não vai fazer muito sentido se você não dominar todos os detalhes, mas a Reconstrução é bem menos... deprimente do que os Tempos Sombrios. Você só vai aprender sobre como nós reorganizamos o mundo novamente e tudo o mais.

Ergui os olhos para ele. Seus olhos mostravam sinceridade.

— Você faria isso?

— Claro que eu faria. Vou pedir para o meu avô. Ele pode fazer o que quiser nesta escola.

— Você realmente faria isso por mim?

— Claro que sim.

Não pude evitar. Lancei os braços ao redor do corpo de Bren e enterrei o nariz em seu pescoço. Ele cheirava a sabonete de sândalo.

— Obrigada!

Por um segundo, ele correspondeu ao abraço e então se afastou.

— Não precisa agradecer — ele falou. — Não é nada demais.

— É sim — eu disse.

Ele balançou a cabeça.

— Não, isso obviamente está incomodando você. Isto é das alturas! A gente se vê hoje à noite.

Eu realmente esperava que aquilo fosse algo das alturas. Eu não conseguiria suportar outra dose de Apocalipse.

O fato de saber que em breve eu poderia ser transferida da minha turma de história não chegou a causar nenhuma influência em meus pesadelos. Naquela noite eles foram ainda piores. Eu andava por corredores, mas eram corredores formados por corpos humanos, inchados, vermelhos e doentes, imagens dos horrores que a professora de história tinha descrito. Dessa vez, para meu horror, eu sabia o que estava procurando. Eu procurava por algo, ou alguém, *nas* paredes, um entre os milhões e milhões de mortos. E não tinha certeza se, quando eu encontrasse o corpo, ele estaria realmente morto, ou se despertaria e tentaria... Eu não sabia. E isso não importava. O que quer que ele tentasse fazer comigo, seria horripilante.

No início, parecia que cada face poderia ser a da mamãe, do papai, do Xavier, mas não era. Obriguei-me a olhar com atenção para o rosto angustiado e encharcado dos corpos, o odor era horrível e comecei a correr entre eles, em busca de um lugar para vomitar, mas só havia os corredores da morte. Eu sabia que Xavier estava entre eles e que eu nunca conseguiria encontrá-lo.

Dessa vez, quando acordei, estava chorando. Dos pés da cama, Zavier me olhou e choramingou, e seus olhos mostravam preocupação.

— Está tudo bem, Zavy — eu disse a ele, fazendo um afago em sua cabeça. — Bom menino.

Respirei fundo e levantei. Zavier rosnou, mas seguiu manso no meu encalço. Era sempre inútil tentar dormir outra vez depois que os pesadelos começavam. Eles sempre voltavam. Senti saudades dos meus sonhos estases. Eles nunca se tornavam sombrios.

Saí do quarto e segui pelo corredor rumo ao meu estúdio. O aquário emitia um brilho suave por todo o cômodo. Acendi a luminária acima da prancheta e descobri o desenho de giz que tinha começado naquela tarde. Era um retrato do Bren. Fitei os olhos verdes de Bren feitos de giz e sorri. Talvez fossem os olhos o que realmente me atraiu nele. Os olhos de Xavier eram verdes. Por outro lado, Bren não se parecia nem um pouco com Xavier, desde o formato dos olhos, a textura dos cabelos e o tom da pele, tudo era diferente. Mas os olhos de Bren me lembravam os do meu Xavier.

Eu estava ocupada desenhando Bren com uma camisa verde que combinasse com seus olhos quando ouvi um barulho às minhas costas. Achei que fosse Patty ou Barry, apesar de ter ficado um pouco surpresa por eles terem se preocupado em ir atrás de mim. Era estranho, meus pais marcavam cada passo meu, monitoravam cada atitude, para evitar que eu cometesse um erro, mas Patty e Barry mal falavam comigo, a menos que eu os procurasse.

Os passos às minhas costas eram lentos e firmes. Eu estava prestes a me virar quando uma voz masculina áspera e chiada disse:

— Você é Rose Samantha Fitzroy. Por favor, vire-se para confirmar identificação.

Aquela voz não era a de Barry.

7

Minha mão deslizou e bateu contra o retrato de Bren. Virei-me assustada e derrubei meia dúzia de gizes. Todos se espatifaram no assoalho.

O homem de cabeleira preta que estava parado atrás de mim não parecia ser de verdade. Sua pele brilhou sob a luz da luminária, como se ele fosse feito de vidro. Ele estava ereto como uma vara. Uma das mãos segurava um estranho aparelho redondo, com luzinhas piscando. Na outra, ele trazia um bastão preto, com luzes de alerta vermelhas e amarelas na ponta.

Ele realmente me assustou, mas dei um jeito de recuperar a voz:

— O que você quer?

O homem virou a cabeça, mas nenhum fio de cabelo se moveu.

— Combinação de voz confirmada — disse. Ele parecia asiático, mas tinha um leve sotaque alemão. Sua fala soou monótona, como se eu estivesse ouvindo uma mistura de sílabas pré-gravadas em vez de um discurso normal. — Permaneça parada para a identificação de retina.

Zavier começou a rosnar atrás de mim. O homem brilhante não reagiu. Em vez disso, olhou fixamente em meu rosto e, por fim, disse:

— Combinação de retina confirmada. Alvo confirmado.

Ao som daquela voz, Zavier avançou, agarrando a perna do homem com um rosnado feroz. Gritei. Achei que o homem fosse chutar Zavier para longe, mas ele ignorou completamente os rosnados do galgo afegão.

— Rose Samantha Fitzroy. Tenho ordens para retê-la e levá-la de volta ao princípio. Se o retorno se mostrar impossível de ser cumprido, minhas ordens são para exterminá-la. Permaneça parada.

Exterminar? Recuei desajeitada e bati com força o quadril na ponta da prancheta de desenho. Ele tentou me pegar, mas Zavier avançou, mordendo e rosnando. Fiquei surpresa com a qualidade do treinamento que Zavier tinha recebido. Eu ouvira dizer que galgos afegãos eram muito mansos.

Os dentes de Zavier não tinham efeito sobre a pele do homem, mas a perna de sua calça se transformou em farrapos.

O homem olhou na direção de Zavier.

— Você está impedindo o meu processo de busca. Pare e desista ou terei de eliminá-lo.

— Zavier! Senta! — gritei. Mas o pobre cachorro ainda não se acostumara com seu novo nome. Meu comando não surtiu efeito.

— Você foi alertado — o homem disse e tocou em Zavier com seu bastão.

Zavier ganiu e ficou duro, caindo no chão totalmente sem vida, como se tivesse sido empalhado.

— Você matou o meu cachorro! — gritei, horrorizada. Ao som da minha voz, Zavier começou a ganir fraquinho, o que me deixou aliviada. Mas ele ainda parecia incapaz de se mover.

Meu agressor veio para cima de mim, pisando em Zavier sem dar a menor importância. O objeto circular que ele trazia em uma das mãos se abriu, e então a coisa pareceu pronta para se fechar, como se fosse uma braçadeira. Dois negócios horrendos que pareciam eletrodos projetaram-se da parte de trás do círculo. De repente, reconheci aquilo. O aparelho era um colar controlador. O colar desconectava as ligações das funções da parte inferior do cérebro e fazia com que todos os movimentos passassem a ser conduzidos por uma força externa, geralmente, um computador. Eles tinham sido inventados para uso medicinal, para reabilitação física e para determinados procedimentos em que era necessária a submissão do paciente. Se ele colocasse aquele negócio no meu pescoço, eu seria forçada a segui-lo e nenhum treinamento de defesa pessoal iria me ajudar. Assim, eu tinha de evitar aquele colar a qualquer custo.

Meus pais sempre se preocuparam com sequestros, por isso me fizeram aprender defesa pessoal. Eu realmente corria risco; meus pais eram poderosos, eram pessoas altamente visadas e a filha deles poderia ser o alvo principal. Nunca fui muito boa nisso, não tinha nenhum talento para super-heroína, mas aprendi o básico. Corra, eles me ensinaram. Lute. Faça o máximo de barulho que puder. Faça tudo o que puder para não se deixar capturar. Uma vez que a pegarem, poderão fazer o que quiserem com você.

Então, corri. Ou tentei. Bati a cintura na prancheta. Perdi o equilíbrio e caí para trás, apoiando quase todo o meu peso sobre o tampo da mesa.

A prancheta subiu como se fosse uma gangorra, fazendo com que a caixa de giz de cera voasse contra a parede e derrubasse o relógio. Este caiu dentro do aquário, espirrando água para todos os lados. Caí e bati a cabeça contra o cavalete, que desmontou com o peso.

Meio atordoada por causa da pancada, estiquei o braço para trás, enfiando a mão em uma gaveta, na esperança de apanhar um estilete ou uma espátula de pintura, mas só encontrei uma imensa bisnaga de tinta a óleo. Já foi um começo.

Espremi o tubo na cara do homem e espirrei em seus olhos um jato de tinta a óleo verde grudenta. Ele hesitou por um segundo apenas, o suficiente para se reorientar. Para meu horror, ele parecia não reagir à dor, apesar de seus olhos estarem totalmente cobertos de tinta. Ele nem se mexeu para limpar. Quem era aquele sujeito? Ou o *quê* era ele? Ele parecia totalmente não humano, e eu não estava entendendo nada.

Mas também estava com muita sorte. A tinta a óleo se misturou à água que estava no chão, criando uma mancha escorregadia de água e óleo. Sem nenhuma dor, mas cego, meu agressor derrapou no óleo escorregadio quando tentou me alcançar com a arma bastão. Ele escorregou para trás, caindo ruidosamente no piso de madeira.

Não fiquei esperando. Saí correndo e fechei a porta com um estrondo.

Mas agora que eu estava fora da sala, não sabia para onde ir. Por que Patty ou Barry não vieram correndo? E se o estranho tivesse matado os dois? Abri a porta do quarto deles.

Escuridão total. A cama estava vazia. Eu sabia que eles tinham ido ao teatro, mas não notara que ainda não haviam retornado.

Deixando a porta do quarto aberta, corri pelo corredor, desejando que Zavier estivesse ao meu lado. Eu não sabia para onde ir, ou o que fazer. O que aquele homem queria comigo? De onde ele viera?

Abri a porta da sala e corri pelo corredor até o elevador, lutando contra a fadiga estase. Eu não iria conseguir correr muito mais, mas quando cheguei perto do elevador, empaquei. E se o homem brilhante não estivesse sozinho?

Afastei-me do elevador e abri a porta da escada. Silêncio. Não havia ninguém esperando por mim na austeridade de cimento da escada de serviço. Desci do modo mais suave que pude, torcendo para que meus pés descalços não fizessem barulho. No fim das contas, eu sabia que havia apenas um lugar onde me sentiria segura.

Arrastei-me pelo subsolo, desviando dos entulhos, dos restos guardados da vida de antigos moradores. Bati o dedo do pé contra um engradado de madeira e quase gritei quando um mancebo empoeirado veio para cima de mim na escuridão, e um casaco fora de moda havia uns quarenta anos se enroscou no meu pescoço. Escapei desses perigos, encontrei o depósito e, tremendo, me encolhi dentro do meu tubo de estase abandonado.

Por um segundo pensei em ligar o tubo e permitir que a ondas suaves dos meus coloridos sonhos estases me afastassem dos pesadelos, do horror dos anos que eu perdera, de quem quer que estivesse me assombrando. Mas o medo de ser capturada enquanto estivesse em estase me impediu de apertar o botão de acionamento. Em vez disso, me encolhi quietinha sobre o cetim do forro acolchoado, enrolada no casaco empoeirado que pensei estar me atacando.

O frio penetrante do subsolo infiltrou-se em meus ossos. Esfreguei o rosto contra a lateral macia e senti o perfume da estase química envelhecida. Acho que me afetou um pouco. Após os primeiros minutos tremendo de pavor, mergulhei em uma letargia semiconsciente, não a estase propriamente dita, mas os primeiros estágios dela. O que me tirou daquela letargia confusa foi o meu telefone celular, com seu toque agudo na escuridão. Puxei o telefone, que estava preso ao meu pescoço e atendi.

Era Patty. Sua cabeça minuciosamente enfeitada surgiu em um holograma diante de mim, sua boca estava retorcida em sinal de desagrado.

— Onde você está? — ela quis saber. — Você sabe o que o imprestável do seu animal fez? Deixe aquela criatura no *pet garden* quando você sair, ou vou mandá-lo de volta para o lugar de onde ele veio! Eu não queria aquele bicho tonto!

— O que tem de errado com Zavier?

— Ele é uma ameaça! Comeu metade do tubo de tinta a óleo verde e estraçalhou completamente o estúdio. Meu único consolo é que pelo menos ele não estava na *minha* sala de estar. Venha para casa e limpe tudo antes de ir para a escola. Senão, com ou sem contrato, vou encontrar um castigo para você.

— Já estou indo — eu disse, apertando o botão de desligar. Desvencilhei-me do casaco e corri para o elevador. Meu medo tinha passado. O resíduo da estase química ainda afetava meus receptores nervosos, se não estivesse, acho que eu ainda estaria encolhida no subsolo, balbuciando coisas sem sentido.

Quando cheguei, Patty estava gritando com Zavier, que estava encolhido embaixo da minha prancheta. Meu estúdio estava em ruínas. Realmente Zavier tinha sido o responsável por parte daquilo. Havia pegadas de cachorro e manchas por todo o cômodo, e o tubo de tinta que estava no chão tinha sido mastigado, deixando os pelos dourados de Zavier rajados de verde. A água tinha se misturado ao óleo da tinta, formando arquipélagos verdes oscilantes no piso de madeira. Para finalizar, ainda havia vários pedaços de giz se dissolvendo que, depois disso, ficariam inutilizáveis. Patty tomou todo cuidado para não pisar com seus sapatos caros nos resíduos.

— Aí está você! — ela disse. — Limpe tudo antes de ir para a escola. E, quando sair, leve aquele cachorro miserável com você. Por que você foi deixar aquela coisa aqui?

— Está bem, Patty — respondi obediente. Abri a boca para contar sobre a noite passada, mas ela já tinha saído. De qualquer maneira, eu não saberia como abordar o assunto.

Depois que ela se foi, tentei convencer Zavier a sair de baixo da prancheta. A princípio ele não quis se mexer. Quando viu que ninguém mais iria entrar no quarto, ele se levantou lentamente e pulou em cima de mim, choramingando. Estava claro que sentia dor.

Peguei meu celular e apertei o botão da informação.

— Meu nome é Hally e sou a sua operadora de informação. — O holograma de uma bela mulher me perguntou educadamente o que ela poderia fazer por mim hoje. Perguntei a ela o nome das clínicas veterinárias locais.

A operadora citou vários nomes, um deles era o mesmo do *pet shop* de Zavier. Pedi para ela ligar para o lugar e, em um segundo, a imagem de uma recepcionista chique surgiu diante de mim.

— Meu cachorro está... ferido — eu disse.

— Você gostaria de marcar uma consulta? — ela perguntou.

— Não sei — falei confusa. — Não tenho muito tempo antes da aula. Acho que ele tem um horário fixo com um de seus tratadores. O nome do cachorro é Pés Descalços das Estradas Desertas.

— Ah, sim — a recepcionista sorriu. — Estradas Desertas é um dos nossos pacientes VIPs. Se você o deixar aqui a caminho da escola, nós cuidaremos do resto.

— O que é um paciente VIP? — perguntei.

— Todas as consultas de Estradas Desertas já foram pagas e pré-aprovadas. Basta deixá-lo aqui e ligaremos para o seu celular quando soubermos o que ele tem.

— Obrigada — respondi, e desliguei.

Não tive tempo de limpar o estúdio antes de ir para a escola e ainda deixar Zavier no veterinário. Depois de pescar o relógio de parede de dentro do aquário (que miraculosamente não tinha eletrocutado nenhum dos meus peixes), tranquei a porta do estúdio para que Patty não visse a bagunça. Vesti o uniforme e, com todo cuidado, levei Zavier para a minha limobarca. Ordenei que nos levasse para o *pet shop* e me sentei no assento de trás com o cachorro.

Ele espalhou tinta verde em todo o barco e no meu uniforme, mas não me importei. Eu abracei seu pescoço. Ele gemeu e ganiu, mas me lambeu carinhosamente.

Quando deixei Zavier no veterinário, contei-lhes sobre a tinta, mas omiti a história do homem brilhante com o bastão estranho. Eles me garantiram que iriam verificar se havia algum resíduo de toxina no organismo de Zavier e que iriam lhe dar um bom banho. Segui para a escola me sentindo um pouco melhor com relação ao Zavier. Eu tinha enterrado a lembrança do homem brilhante firmemente sob o resíduo da estase e não ia pensar sobre aquilo o máximo que conseguisse.

Brendan estava esperando por mim no pátio.

— Está tudo das alturas! — ele disse, pegando meu *supertablet*. Depois de todo o horror da noite anterior e de tudo o que acontecera com Zavier, eu tinha me esquecido do meu novo horário. Bren tocou na tela algumas vezes e então me devolveu, mostrando meu novo horário. — Aí está: segundo período, história, Sr. Collier. Tivemos de trocar as suas aulas de literatura inglesa por romantismo, espero que você não se importe.

— Não, está ótimo — eu disse. Isso na verdade resolvia dois problemas de uma só vez, pois tive de me segurar para não dizer à professora que aqueles autores da virada do século, considerados famosos, não passavam de escritores obscuros e desconhecidos para mim. Eu não queria ofendê-la.

A escola estava um pouquinho melhor agora que eu não tinha mais que temer pela aula de história. Mas tinha muita sorte em estar na mesma classe de Bren. Era uma delícia observá-lo durante a aula, sempre muito animado; ele entrava em debates impressionantes com outros alunos, surpreendia o professor com fatos desconhecidos que lera por acaso em algum lugar e chegava a conclusões a partir de detalhes aparentemente desconexos. Ele fazia tudo o que eu sempre desejei poder fazer na escola, mas nunca fui inteligente o bastante.

Eu realmente adorava observá-lo. Ver o modo como suas mãos se moviam habilmente sobre a tela do *supertablet*. É verdade que ele usava o aparelho desde o jardim da infância, enquanto os *supertablets* eram novidade para mim, mas, mesmo assim, seus longos dedos morenos pareciam executar um balé encantador. Eu me peguei imaginando como seria a sensação de sentir aqueles dedos tocando a minha pele, me dando um abraço apertado.

Engoli em seco. De jeito nenhum. De jeito nenhum. Aquilo não era correto. Eu não estava sentindo aquilo por Bren. Não *podia* pensar nele daquela maneira. Eu amava Xavier. Esse negócio estranho que eu estava sentindo não era amor, não era nem um pouco parecido com o que eu sentia por Xavier. Mas...

Quando Bren percebeu para onde eu estava olhando, fiquei vermelha e baixei os olhos para a minha tela. Não tive coragem de olhar em seus olhos. Não conseguia pensar nele sem a estranha sensação de que havia um peixe nadando dentro do meu estômago. Que droga!

Saí da aula de história entorpecida e acabei perdendo o caminho para a aula de mandarim. A professora não brigou comigo quando entrei cinco minutos atrasada. Comecei a suspeitar que o Sr. Guillory dera instruções sobre isso também.

Eu continuava a achar a matéria sem pé nem cabeça. Aproximadamente vinte minutos depois, meu celular apitou, dando-me uma chance para escapar daquele vocabulário incompreensível. Voei para o corredor.

— Seu cachorro parece estar passando bem, mas ele se cansou — disse o veterinário. — Verificamos se havia toxinas, mas a tinta parece ser relativamente inofensiva. Você caminhou muito com ele ontem?

Neguei com um aceno de cabeça.

— Não.

— Bem, nossos aparelhos indicaram que toda a musculatura dele está fatigada. Ele sofreu uma *overdose* de ácido láctico. Basicamente, os músculos do seu cachorro estão muito enrijecidos. Ele ficará bem dentro de um ou dois dias, mas deveria descansar. Tem certeza de que você não o sobrecarregou?

— Não que eu saiba — respondi. Eu não sabia exatamente como contar a ele que meu cachorro tinha sido golpeado com um bastão por um estranho homem brilhante que parecia um robô e queria me eliminar.

Odiei ter de voltar para a aula. Eu não queria pensar no homem brilhante, não conseguia entender quase nada das aulas e, agora que eu sabia que Zavier ficaria bem, era um peso a menos na minha cabeça. O que me deixou espaço para pensar em Bren.

Eu não sabia exatamente o que estava sentindo. O único garoto que amei foi Xavier e aconteceu gradualmente, ao longo de muitos anos e com muitas mudanças, por isso, eu não sabia como lidar com esse tipo de sentimento impetuoso. Meu coração doeu. Doeu mais porque eu não fazia ideia do que Bren sentia.

Eu sempre soube o que Xavier sentia. Eu o conhecia havia tanto tempo, todas as mudanças de humor, e tão bem, que era impossível interpretar suas reações de maneira equivocada. De qualquer maneira, ele nunca esconderia nada de mim. Ele era meu melhor amigo, meu irmão, meu amor. E agora estava morto e eu sofria por ele. Eu me perguntava se era aquele sofrimento que me aproximou de Bren ou se era algo mais do que isso.

Lembrei-me de que ele me salvara, pensei por que Bren, entre todas as pessoas no mundo, tinha sido o único a trombar com o meu tubo de estase, tinha sido o único a me despertar... despertar-me com um beijo, igual à Bela Adormecida? Eu ainda não tinha pensado sobre aquele beijo. Tentei imaginar se ele tinha.

Avistei Bren quando eu estava saindo da última aula, agora sobre os poetas do romantismo. Meu coração disparou e me vi correndo na direção dele.

— Muito obrigada por tudo — agradeci a ele. — O romantismo é muito melhor do que a literatura da virada do século. Eu estava... um pouco por fora daquilo.

Ele sorriu.

— Sim, meu avô disse que você provavelmente iria gostar mais do romantismo. Ele disse que se lembra de ter lido os livros da virada do século, quando ainda eram novos, e não tinha se impressionado com nenhum deles. O que você achou da aula de história? Você prefere a Reconstrução?

— O tema é fascinante. Como eles conseguiram manter as colônias fora do planeta?

— Ainda não chegamos nesse ponto — Bren disse. — Mas sei que abandonamos os postos de Ganymede e Ceres, e que tivemos de abortar os planos de ter uma colônia em Enceladus. — Ele olhou por cima do ombro. Nabiki e Otto estavam parados adiante, esperando por ele. — Ah, preciso ir, vou perder o rasante.

Suspirei. O efeito da estase química tinha desaparecido por completo, deixando-me assustada e apreensiva, e eu estava com medo de ficar sozinha. Apesar de não ter conseguido contar para ninguém sobre meu encontro da noite anterior, estava trêmula. Também queria ficar ao lado de Bren.

— Eu posso... levá-lo para casa na minha limobarca — ofereci, tentando não transparecer meu desespero. — Quer dizer, nós dois vamos para o Unicórnio.

Bren hesitou, depois deu de ombros.

— Está certo — ele disse. Fez, então, um sinal com a cabeça para Nabiki e Otto. Nabiki encolheu os ombros e seguiu rumo ao ponto do rasantesolar. Otto permaneceu parado e me encarou por um momento, seus olhos amarelos brilhavam ao sol.

Aquilo me deixou desconfortável.

— Será que ofendi Otto de alguma maneira? — perguntei.

Bren se virou para olhar para seu amigo alienesco e sorriu. Otto retornou com aquele seu sorriso forçado, acenou e seguiu Nabiki.

— Não — Bren respondeu. — Ele acha você interessante. Mas, tecnicamente, você é dona da patente dele, o que significa... bem, ele é humano o bastante para ter os mesmo direitos dos humanos, mas é tudo muito complicado. Ele está sempre com medo de que tentem outros experimentos. Depois que você atingir a maioridade, então, a decisão será sua.

Parei de repente.

— Eu não faria algo como aquilo! Você não disse que a maioria deles morreu?

— De modo horrível — Bren disse. — Não pense nisso. Acho que ele só queria ousar falar com você, mas você o assusta.

Engoli em seco.

— Eu o assusto? — perguntei.

Bren olhou bem para mim, suas sobrancelhas escuras estavam contraídas. Foi como ter um holofote apontado para mim. De repente, me dei conta do meu estado. Eu não tinha ido a um cabeleireiro desde a coletiva com a imprensa. Minhas roupas estavam amassadas e manchadas de tinta de quando levei Zavier ao veterinário. Eu tinha roído as unhas durante as aulas, umas vezes de nervoso, outras de tédio. Sob o olhar de Bren eu me transformei em uma órfã magricela, cheia de ferimentos e perdida no tempo.

— Você tem de concordar que é estranha — ele finalmente disse, e a luz se apagou. — Metade das frases que você usa está fora de moda, é como se eu estivesse falando com a minha avó. Aí, então, você faz algo ou diz qualquer coisa que parece... não leve isso a mal, mas parece muito infantil. Sem ofensa.

— Não estou ofendida.

— Então, você é diferente. Quase como se fosse alguém de outro país, mas não é. Sei lá. — Ele encolheu os ombros, e pareceu nervoso. Senti um desejo repentino de me aproximar e bagunçar seu cabelo. — Isso responde a sua pergunta?

— Acho que sim. — Engoli em seco. — A limobarca me pega logo ali — falei sem jeito. Ele me seguiu até o barco e subiu depois de mim. — Tenho de fazer uma parada no caminho de casa. Você se incomoda com cachorros?

— Não. Eu tinha um até o ano passado. Mas ele finalmente se rendeu à idade avançada. Pobre Jack.

— De que raça ele era? — perguntei.

— Era um *retriever* — Bren disse. — Ele era um ótimo gandula, pegava todas as bolinhas de tênis que caíam fora da quadra.

Quando eu trouxe Zavier para a limobarca, ele inclinou a cabeça para Bren e cheirou suas pernas.

— Olá, amigo — Bren disse, esfregando as orelhas de Zavier.

— Seja bonzinho com ele — pedi. — Ele teve uma noite difícil, engoliu um pouco de tinta.

— Você comeu tinta? — Bren perguntou a Zavier em um tom amigável. Em seguida, olhou para mim. — Onde ele arrumou tinta?

— No meu estúdio.

Bren me olhou com um novo respeito.

— Seu estúdio?

— Sim, é o meu... passatempo — respondi sem jeito.

— Os Pipher lhe deram um estúdio?

— Acho que foi Guillory — respondi. — Creio que estava em algum lugar dos meus arquivos que eu gostava de arte.

Bren encolheu os ombros, voltando a atenção para Zavier.

— Eu não encontrei nada — ele falou. — E tentei buscar algo sobre você.

— Tentou?

Bren encolheu os ombros outra vez.

— Não consegui encontrar nada em lugar nenhum. Na verdade, não encontrei nenhum registro sobre os seus pais terem tido uma filha. Acho que eles prezavam pela privacidade. Havia uma foto sua com seus pais, escondida em um dos arquivos da Uni, em que você tinha aproximadamente dez anos, mas seu nome nem constava na foto. Você é quase um fantasma. Não tem rastros digitais. Não consegui nem mesmo descobrir a data do seu aniversário.

— Como se eu nunca tivesse existido — falei. — Às vezes me sinto assim. Todos que eu conhecia estão mortos.

Bren soltou Zavier e ficou desconcertado.

— Sinto muito.

Dei de ombros.

— Já estou me acostumando com a ideia.

— Mesmo assim, sinto muito.

A limobarca se moveu rapidamente. Nós já estávamos no condomínio e eu ainda estava com medo de ficar sozinha.

— Você gostaria de conhecer o meu estúdio? — perguntei. — Está um pouco bagunçado. Zavier esparramou algumas coisas, mas... Bem, preciso limpar tudo antes que Patty e Barry voltem para casa.

— Você vai ficar sozinha até lá? — Bren perguntou.

Assenti.

— Sim. Exceto por Zavy.

Bren pareceu hesitar e então disse:

— Vou subir com você.

Quando abri a porta do estúdio, esperava ver tudo bagunçado do jeito que eu tinha deixado de manhã. No entanto, aparentemente a faxineira tinha a chave e não tinha ouvido as ordens que Patty dera. Ela limpou o cômodo todo, deixando muito mais arrumado do que eu faria.

— Uau! — Bren exclamou ao entrar. Ele olhou as pinturas espalhadas ao redor. Fiquei feliz que o desenho a giz que eu fizera dele no dia anterior tinha sido destruído. Pude ver as pontas amassadas do desenho escapando do cesto de lixo incinerador. Se ele tivesse visto meu desenho no dia anterior, eu não teria me incomodado. Teria lhe dito a verdade, que costumava desenhar as pessoas ao meu redor. Já tinha até feito alguns esboços de Patty e Barry, e um desenho a lápis do Sr. Guillory. Mas, naquele momento, com aquela sensação estranha que ele despertava em mim... bem, eu ficaria sem jeito.

Estava louca para pintar um retrato de Bren. Eu o colocaria sentado em um banquinho no canto, com a estante como cenário de fundo. Ou talvez o deixasse diante da janela, especialmente se conseguisse convencê-lo a abrir a camisa, só um pouquinho. Talvez um pouco mais. Talvez tirar a camisa completamente e deixar o sol reluzir sobre a sua pele, realçando os contornos do seu peito musculoso. E, então, pintaria seus olhos no mesmo tom das plantas ao fundo, e...

Percebi que ele tinha acabado de me fazer uma pergunta. Balancei a cabeça para limpar as visões de Bren seminu no meu estúdio.

— O que foi que você perguntou?

— Por que você não está frequentando as aulas de arte na escola?

— Não sei. Imagino que o Sr. Guillory achou que eu não precisava. — Apontei o estúdio ao redor. — Não me importo, tenho tudo isso.

Bren se aproximou da parede onde o maior quadro que eu tinha pintado ainda estava secando. Era a paisagem de um dos meus sonhos estases, uma pintura a óleo com montanhas ondulando em cores vibrantes e nuvens sarapintadas de raios que despontavam mais alegres do que ameaçadores. Eu dera à pintura o nome *Dunas Azuis*.

— Você pintou tudo isso?

— É apenas um passatempo.

Bren olhou para mim.

— São muito bons — ele disse. — Não se menospreze. — Ele inclinou a cabeça para o lado e ficou admirando o meu quadro. — Noide, isso é das alturas! — ele disse, assombrado. — Tem algo muito... visceral nessas paisagens.

Olhei para ele.

— Você realmente acabou de usar a palavra visceral? — perguntei. Eu não escutava aquela palavra desde que tinha sido esquecida em estase.

Bren encolheu os ombros.

— Meus avós sempre me arrastaram para galerias de arte. Aprendi o vocabulário de arte.

— Paisagens sempre foram o meu forte — contei a ele. — Ganhei um prêmio por um quadro de paisagem.

— É mesmo? — Ele ergueu uma sobrancelha, olhando ainda mais de perto a tela. Após um momento, ele assentiu. — Posso perceber. — Então, virou-se para ver os outros quadros. — Este seria de uns sessenta anos atrás?

— Sessenta e dois — falei. — Foi um pouco antes de eu entrar em estase.

— Que nome você deu a ele?

— *Sob o Céu.*

— Meu, merecia um prêmio! — ele disse, sorrindo.

— O Prêmio Jovens Talentos. Era para eu ter ganhado um *tour* de arte de um mês pela Europa. — E uma bolsa de estudos, mas provavelmente eu não poderia aceitar.

— Você não foi? — Bren perguntou.

— Bem, eu estava... indisposta quando chegou o dia da viagem — expliquei. Entrei em estase na véspera da viagem. De qualquer maneira, não teria ido mesmo.

— Ah, claro. Sinto muito.

— Está tudo bem — falei. — Sei que parece estranho.

Ele encolheu os ombros.

— Só um pouquinho. — Ele passeou por alguns desenhos inacabados que estavam sobre a bancada. — Esta é a minha mãe? — Ele pegou um desenho que eu fizera a lápis em uma folha de sulfite.

— Sim — eu disse, olhando por cima de seu ombro. — Eu fiz no hospital. — Foi fácil desenhar a Sra. Sabah. Seus traços tinham linhas limpas e uma fluidez natural. Só não consegui transpor o mesmo brilho de seus olhos verdes.

— Eu poderia tirar uma cópia deste? Ela iria adorar ver.

— Pode levar para ela —respondi.

— Você está falando sério?

Encolhi os ombros.

— É só um rascunho.

Ele olhou para mim, quase emocionado.

— Você poderia assinar?

Franzi a testa, mas apanhei um lápis em uma gaveta.

— Por quê?

Bren riu.

— Porque com o seu talento, você será uma artista famosa e este desenho provavelmente vai valer o peso da minha mãe em ouro.

Cocei o nariz.

— Não vou não — eu disse. — O Sr. Guillory precisa de mim na UniCorp.

Bren zombou.

— *Todos* dizem isso. — Ele se virou para os desenhos. — Isso me deixa louco. Você deveria fazer o que quer.

— Não sei o que quero — falei. Mas assinei "Rose Fitzroy" no cantinho do desenho da mãe de Bren, e batizei o retrado de *Annie.*

— Você desenhou todo mundo. Noide, olhe para este! — Ele pegou o desenho do Sr. Guillory. — Você o desenhou como se ele fosse um *troll*!

Inclinei a cabeça encabulada.

— Quem, eu? — disse inocentemente.

Bren riu. Em seguida, pegou outro desenho.

— Quem é este? Acho que o reconheço. É algum garoto da escola?

Franzi o cenho.

— Não — eu disse. E me virei de costas.

Só então Bren notou que havia mais cinco desenhos de Xavier pendurados nas paredes. Havia muito mais, é claro, mas duvido que ele ligasse os desenhos do bebê aos retratos de Xavier adolescente. Seu tom se tornou ainda mais sério e ele perguntou:

— Quem é ele?

Eu não queria falar sobre aquilo com Bren. Mas o fiz mesmo assim. Eu queria que Bren me abraçasse e dissesse que sentia muito por mim, que beijasse carinhosamente minha testa, minhas pálpebras e me dissesse que tudo ia ficar bem. Voltei-me na direção da prancheta e fiquei observando o aquário atrás dela.

— Era o meu namorado.

— Ah! — Bren exclamou. Então, disse metade do que eu desejei: — Sinto muito.

Encolhi os ombros.

Um silêncio desconfortável se seguiu. Pude sentir o calor dele às minhas costas, atraindo-me em sua direção.

— Bem, ah... obrigado pelo desenho. A minha mãe vai adorar.

— Não há de quê — respondi.

— Acho que nos vemos na escola.

Quando dei as costas para o aquário, Bren já tinha saído.

8

Naquela noite, não dormi nada. Encolhi-me no meu quarto, minha mão segurava firmemente a coleira de Zavier, meu telefone celular ficou ao meu alcance. Cada ruído, cada vez que Zavier mudava de posição, cada farol de veículo que passava e refletia nas paredes aumentava a minha certeza de que seria atacada novamente. Durante o jantar, considerei a possibilidade de contar para Patty e Barry sobre o ataque que eu sofrera, mas não tive coragem. Eles me tratavam com tanta indiferença que me pareceu impossível. Eu não era boba. Verifiquei os registros do sistema de segurança e não havia nenhum sinal de violação. Uma perícia policial iria indicar que não tinha acontecido nada. Aquilo não fazia o menor sentido.

Quando os primeiros raios de sol começaram a penetrar através da janela, apanhei meu celular.

— Consultório da Dra. Bija — disse a imagem holográfica da secretária do consultório.

— Gostaria de marcar um horário — eu disse. — Para esta manhã, se for possível.

A secretária respondeu brusca e desdenhosamente.

— É urgente?

Pensei na pergunta. Meu impulso natural quando alguém me fazia esse tipo de pergunta era responder *não*.

— É — eu disse, sentindo um pouco de vergonha.

— Você é aluna da escola?

Assenti.

— Nome?

— Rose Fitzroy.

— Ah! — De repente, a conduta da secretária mudou e seus olhos começaram a se desviar dos meus, como se ela estivesse olhando acima da sua tela. — Bem, não posso arrumar um horário para você antes da aula, mas posso marcar um para às dez, no início da terceira aula. A dra. Bija pode assinar um pedido de dispensa para você e enviar pelo correio eletrônico.

— Obrigada — murmurei.

— De nada, Srta. Fitzroy. — Ela desapareceu e parecia aliviada por encerrar a ligação.

Dormi durante a aula de psicologia social. Permaneci acordada na aula de história, para observar Bren, mas, depois do intervalo, fiquei feliz com a desculpa para escapar da aula de mandarim.

A Dra. Bija me pareceu preocupada quando entrei em seu consultório.

— Algum problema, Rose? — ela perguntou. — A minha secretária me disse que você marcou uma sessão extra.

— Sei que só nos encontraríamos novamente na segunda-feira, mas não consigo dormir.

— Os pesadelos pioraram?

— Não exatamente — respondi, mas eu vinha me perguntando isso desde que chegara em casa no dia anterior. Não havia nenhum rastro da existência do homem brilhante além do cansaço de Zavier, o que pode ter ocorrido devido à bagunça que ele fez no meu estúdio enquanto eu dormia. — Acho que mais ou menos. — Sentei-me no sofá, sentindo-me confusa e exausta.

— O que a está incomodando? — Mina perguntou.

— Eu... acho que fui atacada na noite retrasada — eu disse. — Por um homem brilhante de olhar morto que queria colocar um colar controlador em mim... — contei a ela tudo o que tinha acontecido, incluindo como eu tinha corrido para o subsolo e adormecido no meu tubo de estase. — E quando voltei para casa, meu estúdio estava todo bagunçado — terminei.

— Você falou com Patty e Barry sobre essa... experiência? — Mina perguntou.

— Não — respondi. — Patty estava tão brava quando cheguei, o estúdio estava todo bagunçado e eu precisava ir para a escola. Quando voltei para casa, no fim da tarde de ontem, tudo isso me pareceu muito estranho.

Dra. Bija assentiu.

— Você sabe que o seu prédio conta com um forte sistema de segurança, não é? Pessoas sem autorização não podem nem andar nas proximidades, muito menos pelos corredores do seu prédio, sem que um milhão de alarmes dispare.

— Eu sei — respondi. — Verifiquei os registros do sistema de segurança. Ele não apareceu. Na maioria dos meus sonhos sou perseguida por alguma coisa, mas esse parecia muito mais real. E o meu estúdio ficou de pernas para o ar.

— Será que não foi o seu cachorro que fez isso? — Mina perguntou.

— Talvez. Mas como eu poderia ter sonhado que o meu estúdio foi bagunçado e depois acordado e constatado que, de fato, isso aconteceu?

— Isso costuma acontecer com muita frequência — Mina me contou. — Ouvimos coisas enquanto estamos inconscientes e incorporamos isso aos nossos sonhos. Estou mais preocupada com a possibilidade de você ter sofrido um ataque de sonambulismo. Isso já lhe aconteceu antes?

Neguei com um aceno de cabeça.

— Não. Na verdade, nunca tive pesadelos antes. Mas, na noite passada, estava tão assustada que simplesmente passei a noite toda sentada.

Dra. Bija assentiu.

— Vou arrumar uma receita de remédios para ajudá-la a dormir. Algo fraquinho — ela me garantiu —, nada que irá deixá-la viciada. Tome-os apenas se você realmente tiver problemas para dormir, como na noite passada. Você sabe o nome do seu médico? Vou pedir a ele que faça a prescrição.

— Não — eu disse.

— Vou entrar em contato com o Sr. Guillory. Ele deve saber.

— Você tem mesmo de falar com Guillory? — Ele fazia com que eu me sentisse muito desconfortável.

— Não vou contar a ele nada sobre isso — Mina assegurou. — Mas não posso prescrever a medicação a você.

Suspirei.

— Certo. Rose "a esquisita" se torna ainda mais esquisita.

Mina riu.

— Você realmente se considera esquisita?

— De que outra maneira você pode chamar uma adolescente que tem cem anos de idade?

— Acho que são apenas setenta e oito — Mina disse, e percebi que eu havia falado demais. Alguns dias antes eu tinha me dado conta de que, quando Bren me acordou, havia se passado um século desde o dia do meu nascimento. Um século e sete semanas. Havia algumas coisas que era melhor a Dra. Bija não saber.

Não sonhei mais com o homem brilhante, nem tive crises de sonambulismo. As pílulas que a Dra. Bija tinha arrumado para mim me ajudaram um pouco com os pesadelos. Ou melhor, elas me ajudavam a voltar a dormir depois que eu despertava de algum pesadelo.

Continuei indo à escola que, por sua vez, continuou assustadora. Continuei com a fisioterapia, e finalmente ela começou a surtir efeito. Cheguei ao ponto de poder levar Zavier para um bom passeio depois da escola sem que meus músculos reclamassem, apesar de ainda não conseguir correr. Continuei com a minha arte que, surpreendentemente, estava ficando ainda melhor do que antes — sessenta e dois anos de sonhos estases não tinham sido uma total perda de tempo. Continuei com as sessões com a Dra. Bija uma vez por semana. E continuei, quase contra a minha vontade, observando Bren.

— Você trouxe uma de suas obras de arte para eu ver hoje? — a Dra. Bija perguntou quando entrei.

Balancei a cabeça, negando. Tinham se passado quase quatro semanas desde o meu incidente de sonambulismo e eu nunca me lembrava de pegar uma de minhas paisagens antes de sair de casa para as sessões.

— Sinto muito.

Mina ergueu uma sobrancelha.

— Vejo que você trouxe um bloco de desenho. Há algo aí que gostaria de me mostrar?

— São apenas rascunhos — eu disse, surpresa.

— Qual o problema? Não preciso ver a *Mona Lisa*.

Encolhi os ombros.

— Certo. — Entreguei o bloco a ela.

As primeiras páginas eram de paisagens.

— Fale um pouco sobre estes desenhos — Mina pediu.

— São apenas paisagens — eu disse.

— Onde você as desenhou?

— Ah... a maioria foi durante as aulas — admiti. Ao longo do último mês eu tinha enchido muito mais páginas do meu bloco de desenho do que feito as lições de casa no meu *supertablet*. Poucos dos meus desenhos eram coloridos, mas ela pareceu apreciar até mesmo as paisagens cinzentas, feitas a carvão. Várias paisagens eram de tempestades, elas sempre ocorriam em meus sonhos estases. Ela virou mais algumas páginas.

— E quem é este? É o Bren?

Umedeci os lábios, nervosa.

— Não — respondi. — Esse é Xavier. — Havia me esquecido que tinha feito um desenho dele ali. Estava tentando com tanto afinco evitar mencionar qualquer coisa sobre a minha vida passada, e agora eu tinha acabado de entregar algo de bandeja para ela.

— Quem é Xavier?

— Alguém que eu conheci... antes.

De repente, senti que ela estava cheia de perguntas, todas as perguntas que ela evitara fazer sobre a minha vida pregressa. Não ofereci mais nenhuma informação e, a seu favor, ela respeitou isso. Ela simplesmente virou a página seguinte.

— Esses são Nabiki e Otto — falei.

— Sim, eu sei.

— Você conhece o Otto?

— A situação de Otto é um pouco parecida com a sua. Acho que todos sabem quem ele é — Mina falou.

Captei algo em suas palavras que provavelmente não deveria.

— Ele é seu paciente?

— Não posso responder isso — Mina disse. — Você deveria perguntar a ele se estiver curiosa.

Suspirei.

— Não posso. Ele não vai me responder.

— Você ficaria surpresa em saber o quanto Otto pode dizer, se permitir que ele fale.

— Sei tudo sobre o modo como ele se comunica — respondi. — Mas ele não permite que eu o toque. Por algum motivo, minha mente o assusta.

— Ah! — Mina exclamou pensativa. — Ele lhe disse por quê?

Balancei a cabeça.

— Nabiki não conseguiu traduzir muito bem.

— Você tentou perguntar a ele pessoalmente?

— Eu já lhe disse, ele não vai falar comigo.

Mina torceu os lábios.

— Você já tentou entrar em contato com ele através da rede?

Eu a encarei como se ela tivesse ficado louca.

— Se ele não pode falar, como poderá usar um celular?

— Através do *supertablet* — Mina esclareceu. — Ele escreve muito bem.

Eu simplesmente não tinha pensado nessa hipótese. Raramente abria meu *supertablet*, muito menos escrevia nele. Nunca tive com quem me comunicar.

— Vou pensar a respeito — eu disse, virando a página para ela. — *Este* é o Bren.

Mina sorriu.

— Ele é bonito. Veja esses olhos!

Eu os encarei.

— Eu sei — sussurrei. Eu tinha destacado os olhos dele no desenho. Eles pareciam brilhar entre os espaços sombreados. Os olhos de Bren sempre me atraíram, até eu me dar conta que estava desenhando-os.

Eu tinha desenhado, naquele bloco, a turma toda que almoçava comigo e, assim, Mina pôde colocar rostos em todos os nomes que eu mencionava. Em seguida, ela virou a página e lá estava outro retrato de Xavier.

— Este é o mesmo garoto de antes — Mina comentou —, mas ele parece mais novo aqui. Ele é seu irmão?

— Não — respondi. — Esse também é o Xavier. Nossa amizade foi longa.

— Durou quanto tempo?

Senti uma pontada de dor.

— Durante toda a vida dele — eu disse.

Então, ela fez a primeira pergunta direta sobre a minha situação.

— Você sente saudades dele?

Pensei em ignorar a pergunta ou mudar de assunto, mas não o fiz.

— Todos os dias — confessei. — Tento não pensar nele.

— Mesmo assim você o desenha.

Suspirei.

— Não posso pensar nele, mas também não consigo esquecê-lo. Não é certo esquecer uma pessoa que você amou.

Um silêncio muito, muito longo se seguiu, e então Mina perguntou:

— Você acha isso?

Essa linha de perguntas tinha ido demasiadamente longe.

— Então é isso, esse é o meu bloco de desenho — eu disse, pegando-o de volta. — Não passa de um monte de rabiscos.

— Eles são muito bons — Mina falou, recostando-se de volta na cadeira. — Você acha que irá dar continuidade à sua arte?

— Claro que vou.

— Quero dizer, você acha que gostaria de fazer isso para viver?

— Tenho a UniCorp para assumir — eu a lembrei.

— Claro — Mina disse. — Esse é um desafio e tanto. Você acha que tem capacidade para administrar uma corporação interplanetária multifacetada como a UniCorp?

Ninguém nunca me perguntara isso antes. Senti um peso nos ombros.

— Não — admiti. — Mas talvez eu possa contratar alguém para administrar tudo. Talvez depois que eu me formar...

Ela riu.

— Felizmente, você não tem de se preocupar com isso agora.

— Não, você tem razão — eu disse. — Eu deveria estudar mais.

* * *

Eu deveria estudar mais. Essa se tornou tanto a minha ladainha quanto a minha vergonha, pois, por mais que a repetisse, não conseguia me concentrar nos estudos. Eu sabia que era muito burra para entender as coisas, então, como as matérias da escola poderiam me interessar?

Bren me interessava. Otto me interessava ainda mais.

Eu estava muito interessada em Otto, mas achei difícil conseguir descobrir mais sobre ele. Não tive coragem de lhe passar o meu número na rede, especialmente por causa de Nabiki (e ela estava sempre por perto). Nabiki gostava de falar sobre ele, e foi assim que consegui descobrir algo mais. Otto sempre estava lá quando eu descobria mais alguma coisa a seu respeito, e parecia muito estranho eu não ter conseguido as informações diretamente dele — pelo menos, não falávamos de Otto pelas costas.

Descobri que ele ganhara uma bolsa de estudos do Uni sem contar a ninguém exatamente quem ele era. A bolsa de estudos era concedida com base em uma redação. Otto não falava, mas tinha uma mente brilhante e isso se mostrava por meio de sua escrita.

Apesar da bolsa de estudos, Otto quase não conseguiu entrar no Preparatório Uni. Levou seis meses e uma ação de direitos civis para que ele conquistasse o direito a uma educação externa. Antes, ele e sua família frequentavam a escola do laboratório da UniCorp, cada mínima alteração de seu cérebro era monitorada e registrada.

Otto estudava com afinco no Preparatório Uni. Seus irmãos, as outras três crianças do Projeto Europa que não tinham deficiência mental, ainda estavam sendo monitorados pela UniCorp e, ele os visitava nos fins de semana. Apesar de não serem maltratados, todos não viam a hora de atingir a maioridade e serem oficialmente seus próprios guardiões.

Bren era pura energia em minha cabeça, um passarinho de sentimentos batendo asas e constantemente distraindo meus pensamentos. Otto, por outro lado, era um peso. Ele se esquivava, tornando-se um fardo pesado que ficava em um canto da minha mente e que eu arrastava para todos os lugares. Consumia-me saber que todo o seu sofrimento advinha da empresa que eu herdaria.

E o fato de eu surpreendê-lo me observando (encarando mesmo), em várias ocasiões, não ajudou muito, mas Otto não tinha expressão. Eu não conseguia decifrá-lo. Além do sorriso forçado que obviamente tinha cultivado como um lubrificante social, era impossível dizer o que ele estava pensando. Eu não sabia dizer se Otto estava interessado em mim ou se sentia muita raiva de mim.

Minha oportunidade surgiu por puro acidente. Na hora do almoço, dias depois de eu ter mostrado meu bloco de desenhos para a Dra. Bija, Nabiki e Otto deixaram a mesa rapidamente e se esqueceram de levar seus *supertablets*. Sorrateiramente alcancei o *supertablet* de Otto e liguei-o. Lá estava. Salvei seu número no meu *supertablet* para entrar em contato com ele mais tarde.

E bem nesse momento, Nabiki voltou correndo, e eu peguei os dois *supertablets* para disfarçar.

— Vocês os esqueceram — eu disse, entregando-os.

Nabiki pareceu um pouco irritada.

— Obrigada — ela agradeceu.

Nabiki era sempre muito educada, mas eu podia perceber que ela não gostava de mim.

Eu me senti estranha quando me conectei com o *supertablet* de Otto mais tarde, naquela noite. Ele ainda usava o sistema do tipo *messenger* para se comunicar, o que era uma tecnologia ultrapassada, já era antiquada quando eu era criança. Os programas de mensagem instantânea foram substituídos pelos celulares, que atendiam com um comando de voz e utilizavam pequenos gravadores holográficos que permitiam ver a pessoa enquanto se conversava com ela. Aquilo pareceu tão antiquado para mim quanto uma caneta tinteiro teria parecido para alguém nos tempos de Gates.

Ativei o teclado na minha tela, respirei fundo e comecei a escrever.

"Otto, desculpe incomodá-lo. Aqui é a Rose."

Esperei.

Quando a resposta despontou na minha tela, quase não consegui ler de tão nervosa.

"Não é incomodo algum. Legal falar com você."

"É, olá." — Uma vez estabelecida a conversa, eu não sabia ao certo como continuar. — "Acho que eu já disse olá." — Fiquei feliz por ele não poder ver a cara que eu fiz quando percebi que estava soando como uma boba. — "Sinto muito. Mas é estranho falar com você por meio da Nabiki o tempo todo."

"É mesmo. Estou feliz que você tenha pensado em me escrever. Isso é realmente muito... uau. Isso é tão das alturas! Sabe! Eu realmente não estava esperando."

Eu também não esperava. Otto parecia tão mais amigável comparado ao seu olhar frio e à indiferença de Nabiki.

"Sinto muito."

"Por quê?"

"Por interromper seja lá o que você esteja fazendo."

"Você não está interrompendo nada. Para falar a verdade, eu também queria falar com você. É que... este seria o único modo, e eu não conseguia encontrar um jeito de pedir. É uma pergunta um pouco estranha para se fazer por meio de outra pessoa. A maioria das pessoas considera esse tipo de comunicação muito antiquado."

"Na verdade, eu também considero."

"Sério? Pensei que você já tivesse se comunicado dessa maneira antes."

"Bem, já, mas só quando eu era criança."

"Foi o que pensei."

Uma longa pausa se seguiu. Eu realmente não sabia o que dizer em seguida.

"Existe algum motivo específico para você querer falar comigo?"

"Mais ou menos." — escrevi. — "Foi a Dra. Bija quem sugeriu que eu escrevesse para você."

"Mina? Ela não é legal?"

"Gosto dela. Você frequenta o consultório dela?"

"Semanalmente."

"Eu também."

"Eu sei."

"Ela não me contou sobre você."

"Não foi ela quem me contou. Foi você. Ela estava na sua mente."

"Ah. Não sei ao certo como me sinto com relação a isso."

"Não se preocupe. Não mostro para ninguém o que eu vejo na mente das outras pessoas. Tenho um código de ética tão rígido quanto o de Mina. Quanto o de qualquer médico."

"É mesmo?"

"Você tem a minha palavra. Por escrito."

Percebi um tom de humor naquela frase.

"Obrigada" — escrevi. — "Eu queria lhe fazer uma pergunta um pouco pessoal e não queria que fosse através da Nabiki."

"Hmm. Por que não?"

Tentei pensar em algo que não fosse ofensivo, uma vez que eu realmente não tinha nenhum motivo para não gostar de Nabiki. Na verdade, eu a considerava muito — qual era mesmo a palavra que eles usavam? — *das alturas*, considerando o seu bom gosto para escolher amigos.

"Ela parece não gostar muito de mim."

"Ah. Vou ter de avisá-la, ela não está conseguindo esconder bem sua hostilidade."

"Ela está tentando esconder?"

"Desesperadamente."

"Então, ela realmente não gosta de mim?"

Houve uma pequena pausa antes dele responder.

"Ela não a culpa por isso. Ela sabe muito bem que a culpa não é sua."

"O que não é culpa minha?"

Outra pausa longa se seguiu.

"Ela está com ciúme" — ele finalmente escreveu.

Fiquei indignada.

"Com ciúme? Mas de quê?"

"Por quem você é, eu acho."

"Olhe! Diga para Nabiki que ela pode ficar com tudo. Com toda a minha vida. Pode ficar com a maldita empresa inteira, com os repórteres odiosos, com a fadiga estase, com mais dois anos de fisioterapia, sem mencionar os pesadelos! Eu trocaria de lugar com ela num piscar de olhos."

No momento em que enviei a mensagem me arrependi.

"Desculpe" — escrevi no mesmo instante.

"Ela sabe de tudo isso. Não é disso que ela tem ciúme."

Fiquei confusa.

"Do que ela tem ciúme, então?"

"Eu acho você interessante, e ela acha isso irritante."

Engoli em seco.

"Ah."

"Pois é. Sabe, isso não costuma acontecer com muita frequência. A maioria das pessoas me cansa. A maioria das mentes é muito simplória."

"Não sou muito inteligente" — escrevi.

"Não tem nada a ver com a sua inteligência, apesar de eu não ver nenhuma asneira em seus pensamentos. Não, é a capacidade de pensar e refletir que considero interessante. Todos possuem a habilidade de ampliar a sua mente, mas poucos fazem uso dessa habilidade."

Eu não sabia o que dizer, por isso, fiz outra pergunta:

"Nabiki é interessante?"

"Muito. Ela possui várias camadas de pensamento. Creio que seja por isso que ela consiga sentir hostilidade e simpatia por você ao mesmo tempo."

"Como vocês se conheceram? Se não for uma pergunta muito pessoal."

"Não é. Quando entrei no Uni, a minha situação não era das melhores. Eu era quase tão solitário quanto você e ainda mais estranho. Tive muitos aborrecimentos. Nabiki sempre me protegeu com ardor, mesmo quando ainda mal nos conhecíamos. Havia algo naquilo que me lembrava uma mãe leoa. Ela ficou tão lisonjeada com a ideia que praticamente se apaixonou no mesmo instante."

"Espere, depois de um elogio?"

"Bem. É um pouco difícil de explicar. Primeiro, um elogio vindo de mim normalmente é bonito, bem, intenso. Deus, isso soou arrogante. Mas é verdade, sou estranho, e isso é a coisa mais estranha sobre mim. E em segundo lugar, Nabiki simplesmente gostou do elogio. Tudo o que ela sente é de todo o coração, não deixa escapar nada. Foi muito estranho absorver os pensamentos de uma pessoa que estava se apaixonando por mim. Era como se um arco-íris de luzes penetrasse na minha mente."

Gostei da descrição do amor.

"Eu não tinha planejado arrumar uma namorada, mas era uma ideia tão linda que acabei baixando a guarda. Já estamos juntos há mais de um ano."

"É uma bela história."

"Acho que é melhor do que a maioria das suas histórias."

Encolhi os ombros, apesar de ele não poder ver o gesto.

"É verdade."

"Não se preocupe. Tenho muito mais histórias ruins do que boas."

"Sinto muito."

"Eu não. Não posso viver a vida de ninguém a não ser a minha. Qual era a pergunta pessoal você queria me fazer?"

"Ah. É uma pergunta só. O que o assustou na minha mente?"

"Você não quer a resposta para essa pergunta."

"Quero sim."

"Se eu pudesse ter dado uma resposta apropriada, da primeira vez, você não teria de me perguntar novamente. Não estou acostumado a encontrar palavras para aquele tipo de coisa."

Meus ombros penderam de desapontamento.

"Mesmo assim, ainda estou perguntando. Responda do modo que conseguir."

"A mente é sua" — Otto escreveu. — "O que você acha que eu vi?"

"Quando você me tocou, só me senti confusa."

"E solitária. E assustada. E perdida. E um pouco ressentida."

"Não estou ressentida com você."

"Não comigo. Mas com alguma estátua dourada."

"Ah. É assim que penso em Reginald Guillory."

"Isso é engraçado!"

Um pensamento me ocorreu.

"Você ri?"

"Não muito bem. O som... é estranho. Costumo não fazer isso em público."

"Por que você não fala?"

"Não consigo. Já tentei. Tem uma caixa de ressonância nos humanos adultos que possibilita a fala. A minha ainda é do mesmo tamanho de uma criança de um ano. Consigo sussurrar às vezes, se estiver desesperado, mas isso também soa estranho e as pessoas têm dificuldade para entender. Sei a linguagem de sinais, mas ela é inútil se os outros não sabem também. Isso pode ser muito frustrante."

"E as suas expressões? A sua pele?"

"Creio que, como herdeira da UniCorp, você pode acessar o meu prontuário médico se quiser."

"Não é preciso" — escrevi o mais rápido que pude. — "Sinto muito."

"Eu não quis ser rude" — Otto escreveu. — "Meu conceito sobre a UniCorp não é dos melhores."

"Eu não o culpo."

"Eu também não a culpo."

Foi bom ouvir isso.

"Fico feliz. Mas ainda quero entender. Eu gostaria de saber por que o assustei, para que este não seja o único meio que possamos usar para conversar."

"Certo. Deixe-me pensar." — Houve uma longa pausa antes que as palavras começassem a surgir novamente. — "Isso é irritante" — ele finalmente escreveu. — "Seria muito mais fácil se eu pudesse lhe MOSTRAR. Mas, se eu pudesse lhe mostrar, não teria de fazê-lo, porque eu estaria na sua mente e o problema não teria surgido."

"Isso é irônico" — escrevi.

"Um pouco. Mas tudo bem. Existe um... vazio na sua mente. Não é falta de intelecto, e não se trata de bloqueios ou falhas de memória. Sua memória me parece muito sólida. Forte em alguns pontos, mais do que a da maioria das pessoas. Tão forte que parece correr em alta velocidade. Não consegui ver muito, por isso me corrija se eu disser algo que a ofenda."

"Duvido que tenha qualquer coisa que você possa dizer que irá me ofender" — respondi com sinceridade.

"É algo que está ao redor das áreas onde aquelas memórias fortes circulam desenfreadas. Tanto antes quanto depois dessas áreas existem vastos buracos, e tenho medo de olhar dentro deles. Sinto que o que está lá dentro é muito perigoso. Como se fosse uma roseira cheia de espinhos que pudesse me arrastar para dentro e me prender para sempre. Mas não sei por que sinto isso."

Engoli em seco.

"Otto?" — escrevi. — "Você já entrou em estase?"

"Não, mas planejo fazê-lo um dia. Eu, minhas irmãs e meus irmãos gostaríamos de ir para Europa depois que atingirmos a maioridade e, então, termos o direito de fazer tudo o que quisermos."

Sorri ao ler aquilo.

"Por que você perguntou?"

"Só estava tentando imaginar se foi isso que você viu."

"Duvido que tenha sido. Existe mais de um espaço vazio."

"Bem, passei por mais de uma estase."

"É mesmo? Por que você passou por mais de uma estase?"

Tive de mudar de assunto.

"Você acha que vai conseguir ir para Europa?"

"Eles não poderão nos impedir depois que completarmos vinte e um anos."

"Fico feliz que você seja humano o bastante para que a UniCorp não possa ser sua dona por completo."

"Mesmo assim eles ainda podem fazer muito mais conosco" — Otto escreveu. — "Não conhecemos nem o nosso próprio sangue. Tente picar um de nós, pensa que não sangramos? Não sem uma autorização por escrito. A UniCorp é a detentora dos nossos direitos de reprodução também. Se um dia pudermos ter filhos, eles serão os donos deles."

"Isso é horrível!"

"Sim. Mas a sua situação no momento é quase tão ruim quanto a minha. A UniCorp tem todos os direitos sobre você também."

"Até que eu possa assumir a UniCorp."

"Isso se a sua estátua dourada deixar."

Fui tomada por um pressentimento terrível.

"Você acha que ele não permitiria?"

"Sei que ele gosta do poder. Ele ficou extremamente ofendido quando ganhei a bolsa de estudos do Uni. E tem nos perturbado desde então."

Quando li aquilo, me senti mal. Tentei não pensar no Prêmio Jovens Talentos há muito perdido.

"É claro que não sou totalmente livre" — Otto continuou. — "O Uni também é administrado pela UniCorp. Foi só por isso que ganhei a ação. O juiz decidiu que qualquer escola administrada pelos meus guardiões era o mesmo que qualquer outra entidade administrada por eles e que, se eu tive a capacidade de ganhar a bolsa, poderia escolher. Citando a linguagem jurídica." — Houve uma pausa no seu fluxo constante de palavras, então, elas recomeçaram. — "Preciso ir. Eles apagam as luzes às onze horas para os internos e Jamal é meu companheiro de quarto. Ele reclama se deixo a tela ligada."

"Boa noite, Otto."

"Boa noite, Rosa Selvagem. Escreva para mim novamente. Eu ainda acho você interessante."

9

Foi bom falar com Otto. Conversar com ele antes de dormir fez com que eu me sentisse um pouco menos solitária. Aquela foi a primeira noite em semanas em que não tive um pesadelo. Eu estava mais do que disposta a repetir qualquer coisa que me ajudasse a afastar os horrores.

Por isso, no dia seguinte, na hora do almoço, fiquei contente quando Otto lançou seu sorriso contido na minha direção, em um momento em que Nabiki não estava olhando. Ele tocou no seu *supertablet* duas vezes e então ergueu as duas mãos. Às dez. Concordei silenciosamente.

Às dez horas daquela noite, com Zavier sentado aos meus pés, mantendo-os aquecidos, eu me acomodei e liguei o meu *supertablet*. Mal tive tempo de abrir um arquivo antes que a janelinha de conversa começasse a piscar.

"Olá, outra vez."

"Olá" — escrevi. — "A quê devo a honra?"

"Eu só queria falar com você."

"Sobre o quê?"

"Sobre nada e sobre tudo. Quero lhe fazer todas as perguntas banais que você nunca respondeu aos jornalistas."

"Do que você está falando? Não fiz outra coisa senão falar com jornalistas durante dias!"

"Dizendo a eles exatamente o que eles queriam ouvir. Estou certo?"

Hesitei.

"Hmmm" — finalmente escrevi, meio de brincadeira.

"Você é engraçada. Conte-me a verdade. O que sentiu ao despertar sessenta anos depois de dormir?"

"Estase não é exatamente um sono" — escrevi, querendo me esquivar da pergunta. — "Apesar de permitir que você descanse. E de ocorrerem... sonhos, na falta de um termo melhor."

"Não são sonhos de verdade?"

"Não" — escrevi. — "É como se você estivesse vendo dentro de sua própria cabeça." — Franzi a testa. — "Acho que é um pouco parecido com o que você fez quando me tocou, só que é dentro de sua própria cabeça. E a maioria deles vem em forma de imagens, tempestades e mares, e muitas cores."

"Ah!" — Uma longa pausa se seguiu. — "Deve ser muito fantasmagórico, então."

"Não. A estase química elimina os centros do medo no seu sistema nervoso. Você não sente nenhum tipo de medo durante a estase. Preocupação e tristeza são particularmente eliminadas também, uma vez que a maioria desses sentimentos envolve o medo."

"Isso é estranho."

"Mas foi necessário. Antes dos supressores do medo, as pessoas instintivamente entravam em pânico enquanto seus corpos paravam de funcionar. É um processo estranho, digo, suas células parando de envelhecer ou de se dividir, e você sentindo seu corpo, bem, como se estivesse morrendo. Você não está morrendo de fato, mas esse é o único parâmetro que seu corpo tem. Você pode sentir isso por um segundo apenas, mas antes dos supressores começarem a fazer efeito, aí a estase é extremamente desagradável. As pessoas ficavam paralisadas em um estado de terror por... todo o tempo que permaneciam em estase. Havia também os claustrofóbicos, que entravam em pânico muito antes de a estase começar, e..." — Era tudo o que eu sabia. — "Havia outros motivos. Antes de ser introduzida a segunda carga de químicos, a estase era muito menos prazerosa de se usar."

"Você sabe muito sobre o assunto."

"Já passei por várias estases."

"Do jeito que você fala, isso parece com uma droga."

Tive um sobressalto. Demorei tanto para responder, que Otto escreveu:

"Rose? Você ainda está aí?"

"Estou aqui" — escrevi. — "Você me pegou de surpresa, só isso. Tem razão. De certo modo, acho que é um pouco parecido com uma droga."

"Desculpe, acabei de perceber que foi um pouco insensível da minha parte dizer aquilo. Eu não quis dizer que você ficou drogada durante sessenta anos."

"De acordo com o que me disseram, foram sessenta e dois" — eu disse. — "Não, não foram sessenta e dois anos drogada. Foi mais como uma meditação sobre a minha arte durante muito tempo mesmo."

"E ajudou na sua arte?"

"Parece que sim. Não que eu tenha escolhido aquela opção de estudo. Dificultou um bocado os meus relacionamentos. E a fadiga estase não é muito divertida."

"Imagino que não seja mesmo. Quanto tempo você ficou no hospital?"

"Eu deveria ter ficado três semanas, mas eles me deram alta depois de uma semana. Os jornalistas estavam chegando. Quatro semanas depois, eles me matricularam na escola. Eu ainda não consigo correr mil e seiscentos metros."

"Isso eu consigo fazer. Todos nós somos ótimos corredores. Eles escolheram os melhores embriões para nós. Mas Tristan é a mais rápida."

Percebi que ele tinha mudado de assunto por minha causa e fiquei grata.

"Tristan?"

"Tristan Due. A minha irmã."

"É um nome diferente."

"Significa 32. Todos nós arrumamos nomes baseados em nossos números embrionários."

"Como você acabou se chamando Otto, então?"

"Tecnicamente significa Octavius, nos registros do tribunal. É meio que para encurtar. Octavius Sextus. Acho bem melhor do que 86."

"Registros do tribunal?"

"Sim. Nós lutamos para ter nomes de verdade."

"Quando vocês fizeram isso?"

Uma pausa muito mais longa do que eu imaginara que ele precisaria para responder uma pergunta tão inofensiva se seguiu.

"Quando nós tínhamos treze anos" — Otto escreveu.

"Por que não antes?"

"Isso foi quando..." — então ele não escreveu mais nada durante um bom tempo. — "Quando começamos a morrer" — ele terminou.

"Sinto muito. Você não precisa continuar."

Outra pausa se seguiu.

"Não tem problema" — Otto escreveu. — "Pensei que seria mais difícil para mim, mas acho que essa forma de comunicação veio a calhar. Eu me esqueci do quão intenso é ficar pensando em tudo na mente de outra pessoa. Não posso contar para alguém sobre isso do modo como normalmente eu falaria com as pessoas, acabo perdendo a fala. Nem mesmo para Nabiki.

Mas, por este meio de comunicação que estamos usando, não estou me sentindo tão incomodado. Estranho."

"Bem, isso é bom. Eu acho."

"Sim. Estranho, mas bom. No começo éramos trinta e dois. Perdemos quase meia dúzia por causa de complicações inesperadas durante a infância, a maioria ainda era muito pequena, aconteceu antes de completarmos cinco anos. Mas, quando atingimos a puberdade, começamos a cair como moscas. Dezesseis de nós morreram em um período de oito meses, ou sete no caso daqueles que eram organismos mais simples. Incluindo a minha melhor amiga. Ela se chamava 42."

"Mas o que aconteceu? O que levou vocês a escolherem nomes?"

"Foi ideia da Una. Una Prima. Onze. Ela tinha certeza absoluta de que ia morrer. É claro que eu também tinha a mesma certeza. Aqueles que fazem o que eu sou capaz de fazer morrem mais rápido."

"Você quer dizer os que têm a capacidade de ler a mente?"

"Isso mesmo. Quando éramos crianças, haviam muitos mais de nós que conseguiam. Então, as coisas começaram a desmoronar. Alguns enlouqueceram antes de morrer. Outros tiveram uma hemorragia cerebral muito forte. Foi isso que aconteceu com a 42. Ficamos assustados. Especialmente a Una. Ela acabou morrendo. Só restam Tristan e eu agora. Nós somos os únicos que não são organismos simples e que podem compartilhar pensamentos, que sobreviveram." — Houve uma pausa. — "Bem, até agora. Ninguém tem certeza absoluta da nossa expectativa de vida."

"Deus. Você está me assustando."

"Eu também fiquei assustado. Acabei me acostumando com isso. Mas Una Prima tinha medo de morrer e tinha apenas onze anos quando foi enterrada. Por isso acho que aqueles de nós que conseguiram sobreviver resolveram escolher nomes. Somente eu, Tristan, Penny e Quin conseguimos até agora. Os organismos simples ainda são chamados pelos seus números."

"Quem são Penny e Quin?"

"Pen Última é a minha outra irmã. Ela se chamava 99. E Quint Essencial é o meu irmão, ele se chamava 50. Quin consegue falar. Você precisa conhecê-lo. Ele é muito engraçado."

"Eu gostaria muito de conhecer sua família. Vocês sempre se consideraram uma família?"

"Sim. Mas não éramos oficialmente irmãos e irmãs até colocarmos os nossos nomes. Una queria que sua família cuidasse do funeral, por isso enviamos o pedido ao juiz e nos adotamos uns aos outros. Agora somos parentes com direitos de herança e tudo, por isso, se morrermos (presumindo que já estejamos livres até lá), a Uni não ficará com a nossa propriedade. Tudo o que ganharmos será repartido entre nós. Legalmente somos parentes. Sempre me incomodou o fato de 42 ter morrido antes de termos conseguido isso. É como se ela tivesse morrido sozinha."

"Mas vocês não são irmãos de verdade?"

"Não. Tivemos mães diferentes, e DNAs distintos provenientes de micróbios distintos. Quer dizer, do mesmo tipo de micróbio, em termos genéticos, mas de indivíduos distintos. Acho que eles esperavam que tentássemos procriar entre nós. Mas é muito estranho. Nós simplesmente não nos vemos desse modo. Sempre estivemos juntos. Bem, isso até eu vir para a escola."

Algo sobre toda aquela história tocou fundo em mim. A lembrança da bolsa do Prêmio Jovens Talentos ainda me perseguia. Será que eu simplesmente não poderia ter aceitado o prêmio e fugido da minha mãe e do meu pai? Em vez de tocar naquela ferida, perguntei a Otto:

"Sua família ficou chateada com você por causa do Uni?"

"Não. Nós quatro tentamos. Sabíamos que somente um de nós tinha a chance de conseguir. Quin soube do programa de bolsa de estudos por meio de seu tutor. Quin tinha um tutor diferente do nosso, porque ele pode falar. Tristan e eu costumávamos compartilhar o mesmo tutor. Precisávamos de alguém que tivesse especialidade em psicologia, por nosso meio de comunicação ser tão" — ele fez uma pausa antes de continuar — "diferente. O tutor da Penny é surdo, pois ela só consegue se comunicar por meio de sinais e escrevendo, como estamos fazendo. A menos que eu esteja com ela, é claro, então posso traduzir."

"Isso deve ser estranho."

"Você precisa ver quando Guillory vem verificar o nosso progresso! Tristan e eu nos recusamos a tocá-lo, e ele não sabe a linguagem de sinais, por isso, Quin faz toda a conversa. E como eu disse, Quin tem senso de humor. Você precisava ver a cara do Guillory! Quin ficou famoso por andar para cima e para baixo fazendo ruídos 'bip, bip', só para assustá-lo."

"Você me fez rir" — escrevi. — "Obrigada, não costumo rir muito."

"Já percebi" — Otto escreveu.

"Fico feliz de não ser a única pessoa em quem você se recusa a tocar" — escrevi. — "Apesar de ter ficado um pouco desapontada por ter Guillory como companheiro."

"Existem milhares de pessoas em quem eu me recuso a tocar" — Otto contou. — "Você está longe de estar sozinha."

"Alguém mais o assusta?"

"A maioria das pessoas me cansa, ou me incomoda. A mente de quase todas as pessoas não é um lugar muito agradável de estar."

Suspirei.

"Não é de se surpreender que você não queira me tocar, então."

"Na verdade, eu quero" — ele escreveu. — "Só que tenho medo. Isso é irritante. Nunca me deparei com um problema como esse antes. Depois de ter passado toda a minha vida em um corredor da morte biológico, existem poucas coisas que me assustam." — Uma pequena pausa se seguiu antes de ele dizer — "Por isso estou feliz que você ainda goste de mim. Isso é bom."

"É sim" — escrevi. E era. — "Você contou a Dra. Bija que queria falar comigo?"

"Claro. Sou um péssimo mentiroso e, se me sinto à vontade, também não consigo esconder as coisas muito bem."

"O que a Dra. Bija pensa sobre mim?"

"Lá vamos nós outra vez. Ela não pensa sobre você ou sobre qualquer outro de seus pacientes quando estou com ela e, se pensa acidentalmente, evito o pensamento e não leio. É preciso muita confiança da parte dela, mas a Dra. Bija é sincera. É como estar em uma sala com documentos secretos e jurar que não vai ler nenhum dos que não estejam à sua disposição. Mantenha os olhos fixos à frente e não preste atenção ao restante da sala."

"Ah! Não estou tentando burlar o seu código de ética. Eu meio que esperava poder saber como as outras pessoas me veem."

"Posso dizer como eu a vejo" — Otto escreveu.

Fiquei com um pouco de medo de saber, mas escrevi:

"Certo."

"Você é muito calada. Você fala mais comigo do que já a vi conversando na escola." — Ele tinha razão. Acho que eu escrevia mais com ele do que jamais tinha falado com Bren ou com a Dra. Bija. — "Você me parece triste" — ele continuou. — "Seus olhos são escuros, e não estou me referindo apenas ao tom profundo de chá preto que eles têm." — Hum. Otto tinha olho bom para cor. — "Você se dedica à sua arte, está sempre desenhando. Isso parece ser muito importante para você, meio que uma válvula de escape, mais do que um passatempo, eu acho."

"Você está certo" — escrevi, oferecendo alguma informação, uma vez que ele tinha dito tanto sobre ele mesmo. — "Uso a arte para compreender as coisas."

"Você tem problemas para compreender as coisas?"

"Sim. Eu sempre me senti um pouco estranha, mesmo antes de tudo isso. Desenhar me ajuda."

"Isso é bom. Deixe-me pensar. O que mais? Bem, pessoalmente, eu me preocupo com você. Você não reclama, apesar de eu perceber que você odeia quase tudo sobre a escola. Isso me leva a pensar se aconteceu algo com você. É claro, todos concordam que passar sessenta anos fora é o bastante para confundir a cabeça de alguém."

"Então, todo mundo me vê como uma pessoa confusa? Que bom."

"Claro que sim. Mas acho que a maioria está enganada em pensar isso. De acordo com as fofocas (de que não guardo segredo, como faço com os pensamentos dos outros), a maioria das pessoas acha que você quis permanecer em estase e que você só queria se tornar o centro das atenções e a única herdeira da UniCorp. A maioria das pessoas acha que você sofre de distúrbio alimentar, porque tem fixação por permanecer bela."

"Eu me pareço com um esqueleto."

"Também acho e fico observando você tentar comer."

"É por causa da fadiga estase."

"Ah. Desculpa."

"Muitas coisas não estão funcionando bem dentro de mim. Todos os meus órgãos estão protestando por terem ficado inativos por tanto tempo. Foram colocados alguns pequenos nanorrobôs dentro de mim, eles mantêm meus rins funcionando e o meu coração feliz."

"Quin tem uns desses" — Otto disse. — "Eles serão retirados quando ele tiver idade suficiente. Provavelmente quando estiver próximo da maioridade."

"Quando será?"

"Com vinte e um anos."

"Por que ele precisa da ajuda de nanos?"

"Estamos morrendo. Tentaram nos manter vivos. Metade dos organismos simples também precisa de ajuda, especialmente porque não consegue dizer para ninguém quando está sentindo dor."

"A vida deles é muito difícil?"

"Tentam mantê-los felizes. Nós os visitamos por uma hora mais ou menos nos fins de semana. Eles gostam de nós, especialmente de mim e de Tristan, pois nós podemos mostrar a eles, através da mente, imagens e coisas bonitas." — Houve uma pausa. — "Apagaram as luzes. Jamal vai ficar bravo."

"Boa noite."

"Boa noite, Rosa Selvagem."

Sorri. Eu estava começando a gostar de ser chamada de Rosa Selvagem.

10

Apesar de eu ter resolvido me dedicar mais aos estudos, a escola continuava drenando as minhas forças, física e mentalmente. Não que eu estivesse me esforçando tanto assim. Passei dias mergulhada no meu bloco de desenho, encerrada no meu estúdio. A única hora em que me mantinha acordada na escola era durante a aula de história, quando podia observar Bren e seus brilhantes olhos verdes.

Só de vê-lo caminhando pelo corredor já iluminava meu dia, era como se um raio de sol estivesse penetrando as nuvens. Eu não sabia o que estava sentindo. Com Xavier não havia esse fluxo vertiginoso de emoções conflitantes. Com ele, a afeição tinha sido concreta, serena, era a minha pedra de salvação. Xavier fora a única coisa constante na minha vida e agora que ele tinha partido, eu me sentia sem raízes. Se Bren se fosse, eu sabia que meu mundo não iria desmoronar por completo, mas havia algo, algo no meu hábito de observá-lo, que estava quase se tornando um vício. O que eu sentia por ele tinha algumas semelhanças com o que eu sentia por Xavier, mas isso não era uma equação matemática, o que me confundia.

Eu sempre convidava Bren para ir para casa comigo, na minha limobarca. Na maioria das vezes ele aceitava, o que achei que era um bom sinal. Ele me contava sobre os jogos de tênis de que ia participar, ou sobre os trabalhos da UniCorp, coisas das quais ele costumava ouvir muito a respeito. Ele me contou fofocas sobre seus amigos, de como as pessoas reagiram quando Otto e Nabiki começaram a namorar, de quando Anastásia se apaixonara por Wilhelm, mas Wil era louco por uma menina mais velha que assistia com ele às aulas avançadas de astrofísica. Era divertido conversar com Bren.

A princípio, Bren e seus amigos me pareceram ser os meus salvadores, mas depois ficou muito claro que, tirando Otto, que não falava, os amigos dele só andavam comigo porque Bren parecia gostar de mim. Não que *não gostassem* de mim, mas não me tratavam de modo caloroso. O que não era de surpreender. Aparentemente o grupo todo já era amigo desde o ensino fundamental. Eles pareciam ser muito diferentes, vindos de planetas e colônias distintas, mas o fato de seus pais trabalharem na UniCorp os atraíam de alguma maneira, quase como se eles fossem a nobreza da UniCorp, e Bren fosse o príncipe herdeiro. As únicas adesões ao grupo tinham acontecido havia três anos, no início do ensino médio, quando os pais de Anastácia enviaram-na da Nova Rússia, em Io, e Molly e Otto conseguiram suas bolsas de estudo. Apesar de Otto ter me chamado de "princesa" desde a primeira vez que falou comigo, eu não parecia me encaixar naquele conceito de realeza da UniCorp. Tecnicamente, eu ocupava uma posição mais elevada do que a de Bren, mas, até poucos meses antes, nunca tinham ouvido falar a meu respeito. Eles não sabiam o que fazer comigo.

Bren, por outro lado, parecia completamente cego à frieza dos amigos. Ele realmente tentava me incluir nas discussões do grupo quando nos sentávamos juntos na hora do almoço, e eu era muito grata a ele por isso.

E um pouco obcecada. Quando não estava tendo pesadelos, tentava preencher meus sonhos com Bren. Xavier era uma lembrança muito dolorosa, e nada mais era poderoso o bastante para prender a minha atenção. Fiz retratos e mais retratos de Bren, em vários ângulos e com expressões diferentes, tentando entender o que se passava por trás daqueles olhos. Tinha medo de que ele visse meu bloco de desenho e descobrisse o quanto eu pensava nele.

Até que percebi que tal segredo era bobagem. Eu *queria* que ele soubesse o que eu sentia.

"Otto?"

Isso foi menos de dez segundos depois de a minha tela ter carregado. Agora nós nos conectávamos quase todas as noites, às dez.

"Estou aqui! Olá, novamente!"

"Oi. Posso lhe fazer uma pergunta?"

"Você sempre me faz perguntas. Agora é a minha vez."

"Droga" — escrevi. — "Acredite, não há nada de interessante sobre mim."

"Muito engraçado. Você não respondeu a esta pergunta quando a fiz antes. Como é sair da estase?"

"Dói" — escrevi. — "Na verdade, Otto, nada faz muito sentido. Entre a estase e meu choque emocional, durante a primeira semana, tudo foi muito confuso. Tudo desmoronou desde aquele dia. Eu não sabia como o fogão funcionava, todos os computadores me pareceram incompreensíveis e mal entendia o que as pessoas me diziam. Eu não podia sair para comprar roupas íntimas sem que metade dos jornalistas do mundo estivesse seguindo cada passo meu. Antes das aulas começarem eu me sentia como uma água-viva encalhada na praia, meio disforme e elétrica. Como se a água onde eu deveria nadar tivesse sido roubada. Patty e Barry podiam muito bem não estar aqui. Todos que eu conhecia estavam mortos. Junte tudo isso com a fadiga estase e a crueldade do mundo de uma só vez e, provavelmente, sou tão infeliz quanto você."

"Não sou infeliz. Não mais."

"Não desde Nabiki?" — perguntei, pensando em Xavier. E Bren.

"Não desde a bolsa de estudos."

Aquilo soou vazio para mim. Eu me sentia desolada sem Xavier. Todas as bolsas de estudos do mundo não poderiam me ajudar a suportar isso.

"Nabiki não tem nada a ver com isso?"

"Todos os meus amigos têm algo a ver com isso. Jamal me introduziu no grupo. Ele é o meu companheiro de quarto desde o começo. Bren e Wil eram amigos dele."

Suspirei.

"Eles fizeram amizade com você logo de cara?"

"Claro que não. Leva um tempo para as pessoas se acostumarem." — Um momento se seguiu antes de ele continuar escrevendo. — "Fiquei surpreso que você tenha feito amizade comigo tão rápido."

"Você é legal."

"Você descobriu isso falando comigo só uma vez? A vez em que eu a rejeitei de imediato?"

"Bem..."

"Estou acostumado com as pessoas desviando os olhos, agindo de modo estranho, até mesmo com total aversão. Você não fez nada disso."

"Eu teria sido muito hipócrita se tivesse feito isso" — escrevi. — "Além do mais, você me assustou da primeira vez."

"Você também me assustou" — ele escreveu.

"Somos um par de patinhos feios."

"É verdade. Mas o que você queria me perguntar?"

"Ah. Era só sobre o Bren."

"O que você quer saber?"

"Você o conhece bem?"

"Eu o conheço há quase três anos."

"Você pode me dizer se ele gosta de mim, ou se está apenas sendo educado?"

"Não vou contar para ninguém o que vejo na mente de outra pessoa."

"Eu não lhe perguntaria isso" — escrevi, um pouco ofendida.

"Ah. Desculpa."

"Só de observá-lo. Ou de algo que ele tenha dito. Ou algo que outra pessoa tenha dito. Estou perguntando se ouviu alguma fofoca, mesmo."

Após um longo, bem longo momento, Otto escreveu:

"Realmente não sou a pessoa certa para você perguntar isso."

"Quem é a pessoa certa então?" — escrevi, irritada. — "Tirando você e Bren, não converso com mais ninguém."

"Você não conversa?"

"Não!"

"Sinto muito. Mas, por que não?"

"Não conheço ninguém."

"Se você falasse com as pessoas, isso mudaria."

"Não sei como me aproximar das pessoas. Nunca fiz isso antes. Só tive um amigo, de verdade. E com ele, era meio como o que você faz, eu quase podia ler a mente dele."

"Como isso aconteceu?"

"Eu o conhecia desde os meus sete anos."

"Ele era seu namorado?"

"Sim."

Ele respirou fundo antes de sua exclamação saltar na tela:

"Ops!"

Ri, apesar de tudo.

"Sim. Um grande ops."

"Sinto muito."

"Estou me acostumando com isso."

"É aquele garoto que você está sempre desenhando no seu bloco?"

"Como você sabe disso?"

"Vi por cima do seu ombro. Eu reconheci todos os rostos exceto um. Você está gostando do Bren?"

"Ok, pensei que você só pudesse ler a minha mente quando estivesse me tocando."

"Peguei escondido seu bloco de desenho na hora do almoço, na semana passada, quando você não estava vendo. Aquele garoto e o Bren estão em todas as páginas."

"Seu ladrãozinho azul!"

"Sou eu" — ele escreveu, aparentemente sem ter se ofendido. — "E como você conseguiu o meu número *on-line*, posso saber?"

"*Touché*" — escrevi.

"Sinto muito se aquilo era particular."

"Na verdade não é. Especialmente para você, que sabe todos os meus segredos. Posso confiar que você não vai espalhar nada por aí, não é?"

"Duas vezes."

Quase ri com aquilo.

"Só queria que você tivesse me pedido."

"Sinto muito. Eu estava curioso. Queria saber o que você pensa que precisa entender melhor."

Ri.

"Tudo. Não me sinto à vontade nesta época."

"O que você está tentando entender com as paisagens?"

Pensei sobre aquilo durante um longo tempo.

"Acho que eu mesma" — escrevi. — "A vida. A estase. Elas são mais... acho que eu poderia usar a palavra 'meditações' do que desenhos. Apesar de os meus retratos também serem meditativos, uma vez que, por meio deles, estou entendendo uma pessoa."

"Por falar nisso, belo desenho de mim e Nabiki. Não imaginei que você pudesse capturá-la com... um jeito tão meigo, uma vez que ela é sempre tão fria com você."

"Ela estava olhando para você."

"Ah" — Otto escreveu. — "Isso explica tudo! Então, você está ou não gostando do Bren?"

"Não sei. Só tenho certeza de que estou com muito tempo livre e com pouco bom senso."

"Não sei se ele gosta de você ou não. Ele não tem namorada, se é isso que você quer saber."

"Ele gosta de alguém?"

"Não que eu tenha notado."

"Certo." — Bom saber.

"Agora eu tenho uma pergunta" — Otto revelou.

"Manda."

"O que você vê nele?"

"Tirando o óbvio?"

"O que é óbvio? Acho que eu não sou uma garota."

Tentei encontrar um modo de dizer aquilo, sem parecer uma adolescente empolgada.

"Ele é esteticamente muito agradável."

"Só isso?"

"Bem, ele é legal. Ele conversa comigo. Ele é mais legal do que todos os outros."

"Mais do que eu?"

"Não é nada pessoal, Otto, mas você não fala comigo."

"Sim. Eu sei."

"Eu realmente não sei o que é. Tem algo nele que simplesmente me atrai. Sou fascinada por ele. Fico querendo desenhá-lo. Isso deve significar algo, certo?"

"Claro que você quer desenhá-lo, com todos aqueles músculos atléticos e aquela pele morena e os olhos que se parecem dois pontos de luz!"

Olhei surpresa para a tela.

"É, acho que sim. De onde veio tudo isso?"

"Molly, há cerca de um ano. Mas ela superou."

Tentei me lembrar bem de Molly, avaliando minha concorrente. Não fiquei preocupada. Por ter nascido em Calisto, a estrutura óssea dela era mais compacta do que o que seria considerado atraente. Ela certamente passava muito tempo fazendo exercícios gravimétricos, mas seus pais não eram ricos o suficiente para bancar o *kit* corretivo completo, que incluía uma cirurgia externa, por isso dava para perceber os sinais em seu corpo. Então, dei uma olhada de relance para o meu pulso, fino como um palito de dente, e tentei imaginar por que estava me sentindo tão confiante.

"Ainda está aí?"

"Sim. Estava apenas pensando sobre minha configuração estética, ou sobre a falta dela."

"Acho você muito bonita."

"Você disse que eu parecia um esqueleto."

"Eu disse que você ficaria melhor um pouco mais cheinha. Não que você não era bonita."

"Ah!" — De repente eu queria um espelho. Olhei para a minha imagem refletida na janela. Eu era apenas uma sombra. — "Obrigada."

"Claro que não acho que 'bonita' seja o melhor elogio que eu possa lhe fazer."

"Pare no 'bonita'. Vá mais longe e eu não sei como vou conseguir lidar com isso."

"Acredito."

"Além do mais, não tem muito mais a ser dito sobre mim."

"Ah, eu tentaria: talentosa, receptiva, encantadora ou reservada, mas vou parar no 'bonita'. Não quero que você fique convencida."

"Pare com isso. Você me fez corar."

"Que se dane! Estou perdendo essa." — Houve uma pequena pausa. — "Se você realmente gosta dele, acho que deveria lutar por isso."

"Você acha que eu realmente devo tentar?"

"Não sei. Tudo o que sei é que você deveria ser feliz. Posso lhe fazer outra pergunta?"

"Acho que sim." — Fiquei com medo de que fosse mais alguma coisa sobre Bren, pois eu estava começando a me sentir sem jeito.

"Você não ficou ofendida quando eu disse que não poderia tocá-la?"

"Nem um pouco."

"Por que não?"

Encolhi os ombros, então me lembrei de que ele não poderia ver o gesto.

"Não sei" — escrevi. — "Só me pareceu... não sei. Acho que se tivesse de resumir o que estava pensando, seria algo como, 'claro, tudo bem!'."

"Você está tão acostumada assim com a rejeição?"

"Acho que não" — escrevi a princípio. Então, pensei sobre todas as escolas que eu frequentara, e todas as criadas que passaram pela família, e todas as vezes em que papai me disse para não tocar em seu cabelo. — "Sim" — escrevi.

Houve uma pequena pausa e Otto escreveu:

"Eu também."

Não sabia exatamente o que responder. Passado um minuto, Otto acrescentou:

"Eu queria poder falar com você. Eu realmente não estava tentando rejeitá-la. Estou muito feliz que você tenha escrito para mim."

"Desculpe se o assustei."

"Sinto muito por você ter coisas na sua mente que me assustam. Você faz alguma ideia do que elas são?"

"Não" — escrevi. — "Já os momentos de lembranças luminosas eu posso explicar. A estase fixa pensamentos dentro de sua cabeça até que eles se tornem mais claros do que normalmente seriam."

"Havia um montão desses" — ele escreveu.

Engoli em seco.

"É, acho que sim."

"Então o que são os lugares obscuros, espinhosos e confusos? Pois eles não são a mesma coisa."

"Não sei" — escrevi. Eu não sabia ao certo o que tinha causado aqueles espaços confusos na minha mente durante as minhas estases. — "Não creio que sejam falhas na memória."

"Eu também não acho. Eles parecem mais com emoções."

Franzi a testa.

"Talvez eu esteja confusa por ter perdido todo mundo."

"Pode ser" — ele escreveu, mas não acho que nenhum de nós tenha acreditado nisso.

"Você também perdeu muitas pessoas" — escrevi. Preferia ter falado essas palavras bem baixinho; era algo terrível. — "Foi isso que você viu?"

"Sim" — Otto escreveu —, "mas havia algo mais. Acho que essas perdas foram mais imediatamente brutais para mim do que no seu caso. Há algo no seu caso que se parece mais com um pesadelo. Acho que tem uma parte sua que ainda acredita que você vai acordar e encontrar tudo como era antes. Estou certo?"

"Como você me conhece tão bem?"

"Observação, meu caro Watson! Além do mais, não precisa ser gênio para saber que é bem menos concreto despertar e descobrir que todos se foram do que amparar a sua melhor amiga enquanto ela sofre uma hemorragia cerebral."

A frieza daquelas palavras me surpreendeu.

"Minha nossa, Otto! Você estava com ela quando aconteceu?"

Ele esperou um bom tempo antes de retomar a escrita.

"Morri junto com ela. Ou a minha mente morreu. Céus, não posso acreditar que estou contando isso para você. Eles tiveram de me tirar à força de perto dela, e deixei quatro deles inconscientes antes que percebessem que não podiam tocar em mim. Eles simplesmente não imaginavam."

"Fico surpresa que você não os odeie."

"Não foi culpa deles. São apenas empregados."

O modo como ele se referiu às pessoas que cuidavam de sua família me fez pensar.

"Nenhum deles ama vocês?"

"Você é esperta."

"Sinto falta dos meus pais" — eu disse com toda a honestidade, a título de explicação. O que, aparentemente, fez sentido para ele, pois não pediu mais detalhes.

"Nunca ninguém me perguntou isso antes. Nós nos amamos uns aos outros. Somos parentes biológicos. Algumas das nossas portadoras (as mães implantadas) se reuniram depois que nascemos para garantir nossos direitos como seres humanos. Mas apenas a portadora de Penny participou desse grupo. As outras poucas eram todas portadoras de organismos simples. Elas, às vezes, também os visitavam nos fins de semanas."

"E o que aconteceu com a portadora da Penny?"

"Ela se casou e teve outro filho. Mas ainda envia presentes de Natal para Penny."

"Só isso?"

"É. Não importa. Somos felizes por termos sido considerados humanos."

"Posso imaginar que sim! Mas eles não lhes deram pais adotivos, ou qualquer coisa do tipo? Quem cuidava de vocês quando eram bebês?"

"Enfermeiras contratadas. Elas eram carinhosas, mas isso fazia parte do trabalho. Tivemos tutores, supervisores. Muitos são simpáticos, mas não, eles não nos amam. Eles são contratados pela UniCorp. Nós não pertencemos a eles. Nem estamos com eles."

Engoli em seco. Refleti durante um bom tempo se ia ou não escrever aquilo e, então, decidi, que se dane! Eu não tinha nada a perder.

"Você poderia ser meu" — escrevi. E tive de escrever rápido, pois sabia que, do contrário, não iria conseguir. — "Eu poderia lhe dar amor. Sou tão anormal quanto você, e não pareço pertencer a ninguém. Você é o único que parece combinar comigo. Podemos ser uma família."

No momento em que cliquei em "enviar" desejei ter tido tempo de apagar tudo aquilo. Houve uma longa pausa, quase tão longa quanto a que eu fiz antes de escrever. Permaneci ali, me sentindo uma tonta. Só de ler novamente, soou como se eu estivesse desesperada e sem esperança. Eu tinha falado demais. Sem dúvida, agora ele estava assustado e prestes a desligar.

"Obrigado." — As palavras surgiram na tela. — "Isso significa muito."

"Espero que sim."

Uma longa pausa se seguiu antes de ele escrever:

"Você vai se declarar para o Bren?"

Acho que foi para mudar de assunto. Se comparado, era um tema mais fácil.

"Ainda não sei."

"Quem sabe a Mina não possa ajudar? Ela me ajudou uma dúzia de vezes a acertar as coisas com Nabiki."

"Posso imaginar que seja difícil para você ter um relacionamento."

"É mais fácil em alguns sentidos, mais difícil em outros, eu acho. É bem mais difícil para Nabiki. Ela sofre muito. E os pais dela não aprovam."

"Por que não?"

"Você deixaria sua filha namorar um alienígena azul?"

"Se o alienígena fosse tão adorável quanto você, claro que sim."

Uma breve hesitação se seguiu antes de Otto escrever:

"Você sabe que meu rubor é roxo? Jamal está rindo de mim por isso."

"Ele está lendo isto?" — perguntei, apavorada.

"Não."

"Sinto muito se o fiz corar."

"Eu não. Boa noite, Rosa Selvagem."

"Boa noite, alienígena azul."

* * *

— Muito bem — eu disse à Dra. Bija. — Eu realmente tenho algo em que você pode me ajudar.

— O que é? — Mina perguntou, com o rosto radiante.

— Como sabemos se estamos gostando de alguém?

A pergunta pareceu confundi-la.

— O quê?

— Como podemos saber se estamos gostando de alguém? Quero dizer, para namorar.

— Não estou muito certa sobre o que você está me perguntando. Geralmente as pessoas simplesmente sabem.

Franzi a testa. A resposta não me ajudou.

— Por que você está perguntando isso? É por causa do Bren?

— Dá para perceber? — perguntei sem jeito.

Mina encolheu os ombros.

— Por eliminação. Você não fala sobre mais ninguém.

Suspirei.

— Eu realmente não falo com mais ninguém.

— Não?

Balancei a cabeça.

— Exceto com Otto. Mas não falamos de verdade um com o outro.

— Com ninguém mais?

— Não.

— Por quê?

Às vezes era realmente muito irritante o modo como ela simplesmente continuava fazendo perguntas.

— Porque sou uma aberração — eu disse, como se fosse óbvio. — Estou ultrapassada, desatualizada, deslocada.

— Você acha que está fazendo algum progresso na sua adaptação?

Suspirei. Tentei o máximo que pude falar apenas sobre aspectos triviais da vida. Falávamos muito sobre a minha arte. E Patty e Barry, por quem eu era muito pressionada a encontrar algo para dizer. Basicamente, eu não sabia nada sobre eles. Ambos ainda eram dois estranhos com quem eu compartilhava os jantares.

— Não sei.

— O que a fez perguntar isso? — Mina perguntou.

— Acho que gosto do Bren. Mas... não é a mesma coisa. — Eu não sabia ao certo o que eu estava tentando dizer, mas Mina sabia.

— Não é igual ao Xavier?

Balancei a cabeça.

— Como você e Xavier se conheceram?

— Eu tinha sete anos — disse, mas não terminei a história. Isso poderia implicar ter de explicar que eu tinha acabado de sair de um longo período em estase e que sofria de um leve surto de fadiga estase que não me permitiu fazer quase nada durante semanas além de sentar no jardim. E a Sra. Zellwegger, a vizinha ao lado, tinha um bebê. Ele ainda não tinha completado um ano, estava aprendendo a engatinhar, e ela o levava para o jardim para tomar ar. Uma vez que meus olhos ardiam se eu ficasse lendo durante muito tempo, e eu tinha apenas sete anos, não me restava muito mais para fazer. Por isso acabei me envolvendo com Xavy. Eu passava horas a fio me divertindo, colocando brinquedos na grama e engatinhando com ele. Nós ríamos um bocado. Eu o colocava sentado no meu colo e lhe contava histórias, e, quando ele cresceu um pouco mais, nós fazíamos desenhos no tanquinho de areia.

O jardim ainda existe no condomínio, mas o tanquinho de areia se foi há muito tempo. Assim como Xavier.

— Então vocês se conheciam havia muito tempo.

— Sim — eu disse. — Eu realmente não quero falar sobre Xavier.

— Tudo bem. Você acha que vai contar ao Bren o que está sentindo?

— Você acha que eu deveria? — perguntei.

— Não posso responder isso por você — Mina disse. — *Você* acha que deveria contar a ele como se sente?

Suspirei.

— O problema é que não tenho certeza do que ele sente.

— Bem, só posso lhe dizer uma coisa. Cada amor, cada relacionamento é diferente. Um nunca será igual ao outro.

Suspirei. Fiquei mais do que desapontada com aquele pensamento. A ideia de nunca mais ter uma pedra de salvação, de continuar para sempre como uma semente vagando por aí, sem raízes, era terrível.

— Este pode ser tão bom quanto o outro — Mina disse. — Mas sempre será um pouco diferente.

Respirei fundo. Se fosse esse o caso, talvez esse temor vertiginoso, confuso e inflexível fosse um tipo novo, diferente, de amor. Ou pelo menos o início de algo. Se fosse esse o caso, eu realmente queria que Bren soubesse como eu me sentia.

Então, eu contaria a ele.

11

No dia seguinte, parecia que havia um bando de pássaros assustados batendo contra meu peito por causa da minha decisão. Eu não sabia ao certo como agir nesse tipo de situação. Com Xavier foi tão fácil. Nós nos conhecíamos havia tanto tempo que nosso relacionamento foi natural. Mesmo assim, tinha uma noção geral de como conduziria a situação. Já havia visto holofilmes o suficiente.

Resolvi esperar até que estivéssemos sozinhos na limobarca. Fiquei morrendo de medo de não conseguir alcançá-lo. Se ele pegasse o rasantesolar do Uni, acho que não conseguiria esperar mais um dia. Eu literalmente saí correndo da última aula e alcancei Bren no pátio, no exato momento em que ele estava prestes a ir embora com Otto e Nabiki.

— Vocêquerumacarona? — balbuciei.

Bren pareceu ter sido apanhado de surpresa, a princípio, até conseguir decifrar a minha pergunta ansiosa.

— Ah. Hum. — Ele deu uma olhada para Nabiki e Otto. Nabiki revirou os olhos e continuou andando, mas Otto apenas ficou olhando para nós. Para mim, na verdade, como se tornara seu hábito. — Acho que sim.

Quando ele aceitou, senti uma estranha mistura de alívio e medo. O primeiro obstáculo tinha sido ultrapassado. Eu sabia o que planejara dizer. Tinha ensaiado um milhão de vezes desde a noite anterior. Mas, no momento em que me vi sozinha com Bren, dentro da limobarca, toda a cuidadosa preparação foi por água abaixo, deixando minha boca seca e as mãos úmidas de suor.

Bren tentou me contar sobre o seu próximo jogo de tênis, mas eu mal ouvi uma palavra entre doze. Os quilômetros corriam sob o meu *hovercraft*, e todo o meu precioso tempo a sós com ele foi ficando para trás. O barco entrou no estacionamento do condomínio. O tempo se esgotara.

Todo aquele tempo desperdiçado!

— Quero namorar você — deixei escapar.

Bren estava recostado casualmente, contando sobre o ângulo da quadra e de como se adaptar à proximidade da plateia. Ele parou no meio de uma sentença e me encarou, suas costas eretas.

— Como? — ele perguntou.

— Eu... gosto de você, e... — engoli em seco.

A reação dele foi pior do que eu poderia imaginar. Eu não esperava que fosse cair aos meus pés com juras de adoração. Mas também não esperava que fosse sair correndo pela porta da limobarca, tão desesperado para ficar longe de mim, com uma cara apavorada de quem tinha caído em uma armadilha, o que cortou meu coração. Confuso, ele derrubou seu *supertablet* no chão e, pegando-o desajeitadamente, respondeu, quando já parecia seguro, fora da limobarca:

— Sinto muito, Rose. Não...

Não sei que tipo de impulso perverso me levou a continuar falando. Mas não consegui manter a boca fechada.

— Eu sei — disse. — Não esperava que você dissesse sim. Quer dizer, isso não é... tão importante. Eu só... — minhas bochechas estavam quentes e as orelhas também. Eu estava pegando fogo de vergonha e ouvi minha própria voz terminando. — Eu pensei quc você gostasse de mim.

— Capete! — Bren deixou escapar um palavrão. — Veja bem, Rose. Ah, vamos lá. — Ele olhou para o céu como se estivesse buscando por forças. — Sinto muito se lhe dei a impressão errada. Certo? Não era a minha intenção. Acho-acho que foi culpa minha, e talvez tenha rolado... algo... Meu avô me disse para eu ficar de olho em você, só isso. Quer dizer, ele e Guillory estavam preocupados com a empresa, certo? Eles só me pediram para garantir que você não fosse... Sei lá, "desviada", acho que foi essa a palavra que Guillory usou. Meu avô estava preocupado com você, e ele não tem a mente tão mercenária quanto Reggie. Por isso eu sempre estava ao seu lado, mas realmente não tinha a intenção de levar você a pensar nada, e não faço a menor ideia de como essas coisas funcionavam há sessenta anos. Sinto muito. Sinto muito mesmo.

Ele não parecia sentir. Parecia estar em pânico.

— Então... você não gosta de mim — sussurrei.

— Não... desse modo. Quer dizer, você é legal, mas me dá calafrios! Você é como um fantasma ou algo assim! — Ele engoliu as palavras seguintes, ao se dar conta de que falara demais. — Desculpa — acrescentou. — A culpa não é sua. É que simplesmente... não posso, tá?

Uma mão forte pareceu agarrar meu peito, apertando meus pulmões. Não, não eram os meus pulmões. Era o meu coração. Ele estava se partindo.

Será que eu era mais forte do que isso?

— Sinto muito — sussurrei.

Bren me encarou e o pânico desapareceu de seu rosto. Então, percebi remorso, e... ah, não. Eu não queria aquele olhar. Era de pena.

— Eu também. — Ele apertou o *supertablet* contra o peito e me olhou sem jeito. — Eu... eu ainda vejo você no almoço amanhã. Como se não... — ele parou.

— Certo — sussurrei.

— Certo — Bren disse. — Adeus.

Permaneci sentada dentro da limobarca durante um bom tempo depois que ele se foi. Meus olhos afetados pela fadiga estavam sempre ardendo e embaçados, por isso não percebi que estava chorando até ver um rastro molhado na saia do uniforme. Enxuguei as lágrimas e segui rumo ao elevador, esperando que nem Barry nem Patty tivessem voltado para casa mais cedo do trabalho. Eu tive sorte. Eles não estavam em casa. Como sempre.

Zavier me encontrou na porta, com o rabo abanando, esperando que eu o levasse para um passeio. Não poderia deixar de passear com ele, por isso me arrastei até o jardim e me joguei sobre a grama.

Zavier correu de um lado para o outro e perseguiu borboletas. Desejei poder ser tão livre. As lágrimas começaram a cair novamente quando olhei ao redor. Em sessenta anos, muitas plantas tinham sido trocadas, algumas trilhas alteradas, mas muitas das árvores ornamentais ainda estavam ali, arqueando sobre o jardim com suas flores e folhas vermelhas. Só que estavam com os troncos quatro vezes mais largos e, dessa vez, quando eu caminhasse sob elas, nunca mais encontraria o meu Xavier.

Tudo era tão perfeito com Xavier. A amizade se transformou em amor tão rapidamente que mal sabíamos dizer qual era a diferença entre as duas coisas.

* * *

Mamãe e papai me deixaram sair da estase e tivemos um café da manhã de boas-vindas fabuloso, com champanhe e tudo. Era final de outono quando entrei em estase, mas agora o verão começava. Eu tinha perdido o fim das aulas e fiquei feliz por isso.

Depois do café da manhã, mamãe me levou até Jacquard para fazermos compras e nos divertirmos. Ela renovou todo o meu guarda-roupa, comprou tudo de acordo com a última moda do verão. A moda naquele ano era o algodão indiano, substituindo as leves saias de seda que tinham sido tão populares no meu guarda-roupa anterior. Quando terminamos as compras já era meio da tarde, por isso mamãe precisava ir para casa e se acomodar para o seu cochilo de depois do almoço. Papai estava em algum lugar, fazendo algo para a UniCorp, e eu não estava com vontade de cochilar. Poderia ter descido para a piscina ou para as quadras de tênis, mas não me sentia disposta. Tinha ficado em estase por um período longo o bastante para sentir os músculos enrijecidos, os primeiros sinais de fadiga estase. Em vez de sossegar no meu quarto, vasculhei até encontrar meu bloco de desenho e desci para o jardim, para desenhar.

Eu não o reconheci. Não imediatamente. Pensei que o rapaz alto e esguio que caminhava pelas trilhas era um morador novo, evitei-o pegando outro caminho. Houve uma pausa nos passos apressados às minhas costas e, então, ele começou a correr atrás de mim.

— Rose?

Gelei. Eu conhecia aquela voz de algum lugar. Desde que perdera sua linda voz de soprano, aos treze anos de idade, a voz de Xavier tinha se tornado quente e marrom como um sofá de couro macio. Eu me virei, com as sobrancelhas contraídas.

— Xavier? É você mesmo?

Xavier tinha mudado. Muito. Seus cabelos loiros acinzentados tinham escurecido para um tom de castanho dourado nos últimos nove meses, e ele tinha crescido como uma erva daninha. Estava mais alto do que eu agora. Dez centímetros não eram muita coisa, mas eu sempre fora mais alta do que ele. Assim como sempre fui mais velha do que ele. Este Xavier não era mais uma criança. A penugem que ele cultivava quando entrei em estase tinha se transformado, da noite para o dia, em um cavanhaque bem-cuidado. Quando eu disse seu nome, o sorriso que ele lançou para mim já não era mais de todo inocente. Mas, acima de tudo, seus olhos me fitaram com um apetite que eu nunca tinha visto antes.

Minhas mãos se aproximaram dele, agarrando as lapelas da camisa aberta, que estava sobre uma camiseta com o logo da UniCorp, que era um unicórnio branco saltando.

— Olhe para você! — sorri, erguendo os olhos para o seu novo rosto. — Você está tão alto!

Ele riu.

— Você sempre diz isso.

— Isso sempre é verdade. — Eu estava atordoada com a aparência dele. Fiquei na ponta dos pés para tocar em seu rosto e me surpreendi com a aspereza da barba curta aparada pela lâmina. — O que aconteceu com você?! Está... *diferente.*

Ele sorria para mim, os olhos verdes brilhando no rosto sardento.

— Deus! — ele disse. — Gosto de ficar diferente para você. — Ele estendeu o braço e tocou meu cabelo, enrolando uma mecha ao redor do dedo. — Mas você continua a mesma.

Encolhi os ombros. Eu não queria falar sobre mim.

— O que foi que eu perdi? — perguntei. Toquei nos seus músculos peitorais recém-adquiridos. — Quer dizer, tirando o óbvio.

Seus dedos continuaram brincando com o meu cabelo. Senti leves tremores passando por meu couro cabeludo. Aquilo era... diferente. Ele já tinha brincado com meu cabelo antes. Na verdade, tinha sido ontem... ou eu achava que tinha sido ontem. Por que então isso parecia diferente? Bem, ele estava diferente, eu acho, mas algo mais tinha mudado.

— Não muito — Xavier disse. Ele olhou dentro dos meus olhos e sua fisionomia suavizou. — Quanto tempo se passou?

Não consegui conter o riso na minha voz.

— Você deveria saber melhor do que eu.

Ele sorriu, puxou-me para mais perto e me apertou com força.

— Senti *saudades* de você!

— Eu também — respondi. Eu não havia planejado isso. Nunca tinha sentido tanta saudade dele. Ele me apertou ainda mais e ergueu meus pés do chão. Ofeguei. Ele nunca fora forte o suficiente para fazer isso. Eu ri e ele olhou para mim, encantado. Com um brilho travesso nos olhos, ele me girou e eu gritei.

— Pare com isso! — eu disse. — Coloque-me no chão, seu gigante!

Ele me colocou delicadamente no chão.

— O que você achou? — perguntou. — Acha que eu cresci o bastante?

— Eu sempre disse que você daria um belo malandro! — disse provocando-o. Estava maravilhada. Olhei-o de alto a baixo, seu peitoral desenvolvido, o belo corte de cabelo, os braços fortes que ainda me seguravam pelos ombros. Balancei a cabeça. — Olhe para você! — sussurrei.

— Você gosta de mim, então?

Tentei pensar exatamente no que dizer, mas me vi sem palavras.

— Ah, sim — eu disse. — Ah... — desisti, finalmente mostrando aprovação com um assovio expressivo.

— Mmm. — O murmúrio saiu baixinho. Ele fechou os olhos e sua respiração acelerou. Desviou o olhar de mim por um momento como se estivesse lutando consigo mesmo. Então, suas mãos apertaram meus ombros. — Rose? — ele perguntou, seu tom era profundamente sério. — Nós sempre fomos amigos, certo?

— Sim — eu disse. — Acho que sempre fomos.

— Sabe... isso nunca mudará. Não importa... o que mais possa mudar.

Fiquei como medo daquilo. Sempre soube que um dia iria sair da estase e ele teria me esquecido. Um menino não anda ao redor da irmã mais velha para sempre.

— Sim, eu sei disso. — Suspirei. — Eu só... trouxe meu bloco de desenho, você pode ir fazer... o que quiser. A gente se vê mais tarde.

— Eu não estava planejando ir a lugar algum — ele murmurou.

Agora eu estava confusa.

— Então o que você quis dizer com...? — minha voz foi sumindo, distraída pelo olhar dele. Era um olhar muito, muito profundo. — Xavier... — sussurrei.

— Ah — Xavier gemeu, fechando os olhos. — Você não mudou nada. Eu queria esperar por isso, pelo menos mais alguns dias, mas acho que não posso.

— Esperar o quê?

Ele permaneceu em silêncio por um momento, as sobrancelhas contraídas, olhando no fundo da escuridão que se ocultava atrás das pálpebras fechadas.

— Rose — ele finalmente disse. — Se você não quiser, basta dizer. Não fará nenhuma diferença.

— O quê?

— Psiu. — Ele pousou um dedo sobre a minha boca e me fitou. Seus olhos ardiam com uma chama amarelada contornada por raios esverdeados. — Tenho pensado nisso desde o último outono. Bem, na verdade, em cada dia insuportável durante os últimos quatro anos. E se eu não fizer algo a respeito agora que eu... *posso*, acho que vou enlouquecer.

Ele afastou o dedo e eu abri a boca.

— A respeito do quê? — sussurrei, mas acho que eu sabia.

— Disso — Xavier murmurou e se aproximou de mim.

O tempo passou muito devagar. Tive tempo de pensar sobre todas as repercussões se eu permitisse que ele me beijasse. Nove anos de amizade mudaram em um instante. Dezesseis anos, se contássemos a partir da idade dele. Ajudei a trocar as fraldas dele quando eu tinha sete anos. Agora nós estávamos ali e ele estava mais alto do que eu, lindo, encantador e confiante. Tão seguro. Essa não era a atitude de um garoto que nunca beijara uma menina antes.

Só de pensar na possibilidade, já foi o suficiente para que eu me atirasse nos braços dele e soltasse o meu bloco de desenho, que acabou caindo abandonado sobre a grama. Quando o calor do seu hálito tocou meus lábios, minhas mãos subiram até seu pescoço, até seus cabelos recém-escurecidos, e agarrei-me a ele. Xavier era *meu*! Ele sempre fora meu! Que direito tinha outra garota de roubar de mim o primeiro beijo dele? Não importava, lá estava eu, dando *meu* primeiro beijo com ele.

No momento em que nossos lábios se encontraram, houve uma agitação de cores que pude sentir, mas não ver. Uma explosão de luz, com toda a intensidade de um sonho estase, e só isso era real e tangível, uma sólida e impenetrável conexão com o meu Xavier, sempre meu. Minhas mãos enlouqueceram, tentando puxar diferentes partes do seu corpo contra o meu, seus cabelos, seus ombros, seu pescoço, sua nuca. Entrelacei os dedos entre seus cabelos. Seus braços estavam parados, firmes e sólidos como uma pedra, puxando-me mais para perto dele, como se isso fosse possível. Seus dentes mordiscaram de leve meu lábio inferior, sua língua explorou minha boca e fiquei irritada outra vez por causa de sua segurança, de sua clara experiência.

Meus ciúmes me empurraram ainda mais para perto dele, e as luzes intensas do meu corpo começaram a ficar cinza, junto com tudo o mais. Minhas pernas se enroscaram ao redor do seu corpo, para que não pudesse escapar. E mesmo enquanto eu o beijava, estava chorando.

Após um momento Xavier me empurrou. Olhei assustada para ele, ofegante. Seu rosto estava cinza e o céu estava cinza e o mundo estava cinza. Eu estava sem fôlego.

— Calma — sussurrou, sua voz soou rouca. Ele me segurou com força suficiente para que eu não desmoronasse aos seus pés. Sentiu meu tremor e lentamente nos colocou de joelhos sobre o gramado verdinho. Xavier beijou as lágrimas do meu rosto, dos meus olhos, então, inclinou a cabeça e sussurrou ao meu ouvido. — Eu sei.

Ele sabia o que eu estava sentindo? Sabia por que eu estava chorando? Nem mesmo eu tinha certeza se sabia. Eu estava respirando com dificuldade e, à medida que o oxigênio retornava ao meu organismo, as cores ao meu redor também foram retornando. Nós nos abraçamos. Xavier estava com os lábios sobre os cabelos atrás da minha orelha. Enterrei o nariz em seu pescoço, sentindo seu cheiro familiar, misturado ao novo odor inebriante de suor masculino que não estava lá da última vez em que eu o vi.

Quando nossa respiração desacelerou, Xavier me segurou firme pelos ombros.

— Uau. — Ele soltou um suspiro na minha orelha, e eu estremeci com a sensação. — Eu não estava esperando por *aquilo*.

— Quem era ela?

Xavier se afastou um pouco e olhou para mim.

— Quem?

Como ele podia perguntar *quem*?

— A garota que tomou você de mim. A garota que roubou seu primeiro beijo, que o ensinou tudo aquilo.

Xavier sorriu, mas foi um sorriso um pouco trêmulo.

— Isso importa?

— Siiiim! — a palavra saiu como um chiado venenoso. Eu não sabia que me sentia tão possessiva com relação a ele.

— O nome dela era Claire — Xavier disse pacientemente —, e eu a conheci na escola. Mas, Rose, ela não foi importante. — Ele tocou carinhosamente meu rosto, deixando um rastro de calor sobre a minha pele. — Ela serviu de... instrumento para um propósito. E ela sabia disso. Eu certamente não fui o primeiro. Ela passou por mais quatro depois. Era você. Sempre você. — Ele pressionou os lábios sobre os meus cabelos com um suspiro. — Só permiti que ela me tocasse para que assim eu soubesse o que fazer quando finalmente a visse novamente. — Seus lábios passearam com uma doçura dolorosa sobre a minha testa, ao longo da linha dos meus cabelos, ao longo do meu rosto. — Ah, tenho esperado por você — ele sussurrou com um suspiro pesado que não deixava dúvidas quanto à sua sinceridade. — Ela não me amava, e eu com certeza não a amava. — Seu nariz acariciou minha face. — Não foi *nada* parecido com isso.

Mesmo distraída como eu estava com o que seus lábios estavam fazendo sobre a minha pele, ainda consegui ouvi-lo.

— Você está... dizendo que me ama?

Xavier se afastou e me encarou com espanto sincero.

— Rose! — ele sussurrou. Então seus olhos suavizaram. — Eu *sempre* a amei. — Ele me beijou novamente e, dessa vez, o beijo foi hesitante, quase provocador, ou teria sido, se seus olhos não estivessem tão desesperados. Quando nossos lábios se encontraram outra vez não foi de um modo agitado ou furioso, e a paixão já não era mais como um fogo envolvente e sim um ardor quente, difuso e poderoso. A sensação foi melhor do que a dos primeiros minutos da estase, melhor do que a segurança envolvente da primeira infusão química. Quando Xavier e eu nos beijamos pela segunda vez, eu sabia, sem sombra de dúvida, que estava em casa.

Aquele nariz que me tocava agora pertencia ao meu cachorro, que estava começando a ficar preocupado com o fluxo constante de lágrimas que caía dos meus olhos. Ele lambeu-as das minhas faces, e eu soltei uma risada vazia. Meu Zavier beijando minhas lágrimas. Mas já não era a mesma coisa.

Arrastei-me de volta para casa. Zavier esperava que eu fosse trabalhar no estúdio, como costumava fazer todas as tardes, mas eu não ia suportar ficar lá dentro. Os rostos de Xavier e Bren poderiam olhar para mim e esmagar meu coração até que ele virasse pó de giz. Em vez disso, enrolei-me na colcha da minha cama, com estampa de botões de rosa, ainda vestida com o uniforme da escola. E nem me movi quando Patty me avisou que estava na hora de jantar. Eu ainda não conseguia comer muito e só a ideia de tentar, nas condições em que me encontrava, era horrorosa.

Em algum momento, quando já era noite, arrastei-me até o banheiro e bebi, de uma vez, um copo de água para repor o líquido perdido com as lágrimas. Cinco minutos depois corri de volta ao banheiro e vomitei. Então, quando voltei para a cama, levei o copo comigo e bebi lentamente, para garantir que meu estômago pudesse absorver cada gole.

Por volta das dez, meu *supertablet* apitou, mas eu não estava com vontade de explicar a Otto o que tinha acontecido. Ignorei o sinal, e ele não tocou novamente.

Foi uma noite terrível. Minhas pílulas para dormir só me deixaram sonolenta o suficiente para que eu tivesse pesadelos, mas não conseguiram me manter dormindo. Oscilei entre pesadelos e lágrimas. Os pesadelos eram particularmente terríveis, dessa vez eu era atacada por versões brilhantes e mórbidas do olhar de Bren ou de Xavier, apanhando várias vezes com o bastão que o agressor carregava durante as aventuras do meu ataque de sonambulismo.

Fiquei feliz quando o despertador sinalizou uma trégua para os meus pesadelos. Alimentei Zavier e entrei na limobarca, desprezando o café da manhã.

Quando cheguei à escola, abri a porta do barco e só então percebi que ainda estava com o mesmo uniforme amassado e manchado de lágrimas que usara durante a noite. Estremeci quando a barulheira da escola invadiu o veículo. A garotada gritava pelo pátio e o time de vôlei do Uni estava cantando algum hino esportivo ritmado que me pareceu árabe. Celulares tocavam, passos ecoavam. Minha cabeça começou a doer antes mesmo de eu colocar os dois pés no chão. E então eu *o* vi.

Bren estava com seus amigos no meio do pátio. Eu sabia que estava com cara de acabada. Eu me sentia como se tivesse sido arrastada de costas sobre uma cerca. Será que eu tinha me lembrado de pentear os cabelos? Bren tinha a mesma aparência radiante de sempre. Ele olhou de canto de olho na minha direção e deve ter me visto na limobarca, pois virou-se rapidamente, dando-me as costas e rindo com Anastásia. Meu coração se contorceu.

Otto se afastou um pouco do grupo e olhou para mim. Seu rosto inexpressivo inclinou para o lado e ele me fitou silenciosamente. Eu daria qualquer coisa naquele momento por um rosto inexpressivo como o dele. O meu estava amassado e as lágrimas começaram a descer novamente. Otto avançou um passo na minha direção, seu braço estava esticado como se ele pudesse me tocar do meio do pátio. Quanto ele sabia? Não pude suportar aquilo. Voltei para a limobarca.

— Casa! — ordenei. — Casa, casa, casa, casa, casa!

O barco fechou as portas, obediente, e saiu deslizando.

Quando cheguei ao apartamento, tirei o saco de comida para cachorro do Zavier de baixo da minha cama e deixei ao lado dele, aberto, para que ele pudesse comer quando sentisse fome. Eu sabia que ele poderia beber água do vaso sanitário. Roubei um breve momento de conforto ao abraçá-lo, mas isso foi muito, até mesmo para o meu belo e fofo cão. Enxuguei as lágrimas em seu pelo, saí do apartamento e entrei determinada no elevador.

Desci lentamente até o subsolo. Senti-me mais calma só de pensar no esquecimento que estava por vir.

Entrei ávida dentro do meu tubo de estase e apertei o botão pré-ajustado. Raramente usávamos esse botão. Meus pais sempre sabiam quando era o melhor momento para me colocar em estase. Programei para duas semanas e me deitei enquanto a música começou a soar ao redor da minha cabeça.

O perfume das substâncias químicas rapidamente varreu o horror e a dor da minha mente. Inalei o odor prontamente e pensei em Xavier. Eu tinha esperanças de que, quando acordasse, todo esse terrível incidente nunca tivesse acontecido, e que teriam se passado apenas algumas semanas ou meses desde que meus pais me fecharam em meu tubo de estase, e mamãe estaria cuidando de mim, oferecendo um café da manhã com champanhe. Xavier ainda seria meu vizinho e eu poderia me atirar em seus braços e pedir desculpas por todos os momentos perdidos.

Qualquer coisa parecia possível durante aqueles primeiros momentos de estase.

12

Com apenas três por cento da visão, ele seguiu de volta para o seu posto. Seu alvo havia fugido da localização identificada. Ele não estava programado para acreditar que o alvo pudesse retornar para o mesmo lugar. Ele não conseguia localizar o alvo, suas diretrizes estavam suspensas. Ele se sentou, acionou o modo *standby* e esperou.

— A famosa Rose Fitzroy foi dada como desaparecida nesta manhã, correm rumores de um possível sequestro. O último paradeiro conhecido de Rose foi o apartamento da família, no Condomínio Unicórnio, que fica na ComUnidade, a cidade da UniCorp. A polícia está de prontidão.

NOME ALERTA: ALVO REFERENCIADO. ROSE SAMANTHA FITZROY.

A nova localização era conhecida. Não ocorreu a ele que era a mesma de antes. Padrões de comportamento não eram algo que seu programa levava em consideração.

Ele implementou sua diretiva primária. RETORNAR AO PRINCÍPIO.

Buscou então na rede. Uma vez que estava funcionando com capacidade de 98,7%, a varredura durou uma hora.

PRINCÍPIO INDISPONÍVEL.

Elétrons disparando, ele restabeleceu a diretiva alternativa.

ELIMINAR ALVO.

STANDBY, VARREDURA REDUNTANTE PENDENTE.

Seu verificador de *status* registrou automaticamente que sua visão ainda estava em apenas três por cento. Seus nanos levaram mais ou menos quatro horas para remover de seus olhos cada partícula de tinta a óleo seca antes que ele se levantasse de seu posto para implementar a diretiva.

Quando abri os olhos, desta vez, o rosto que me observava não era um vulto. Eu não tinha permanecido em estase por um período demasiado longo para sofrer os efeitos da fadiga estase. Brendan me encarou, seus olhos cintilavam como se tivesse peixinhos dourados nadando em um lago verde.

— Você sabe que tentativa de suicídio é comportamento abusivo, não sabe?

Balancei a cabeça, lamentando a perda do sonho estase. Estava sonhando com Xavier, apenas Xavier, e Bren, de algum modo, tinha se misturado a ele, e eu não sabia ao certo quem era quem. Disse a Bren que sentia a falta dele, mas na verdade eu sentia saudade de Xavier. O garoto, seja ele quem fosse, abraçou-me, e estávamos nadando nas paisagens vibrantes de cores primárias que permeavam meus sonhos estases. Pouco me importava se o garoto em meus braços mudava. Aquilo ainda era bem melhor do que o rosto zangado que estava diante de mim.

— Eu não estava tentando suicídio — respondi. Minha voz ainda parecia lânguida por causa da estase química.

Bren me fitou.

— Certo. Que outro nome você dá para voltar ao seu caixão de vidro?

Fiquei surpresa. Nunca pensara daquela maneira. Olhei para o meu confortável tubo de estase. A maciez da seda que me protegia, a música suave que completava o último instante antes da estase iniciar, o primeiro perfume doce dos gases que precediam os momentos finais do estado de sonho antes da estase profunda tomar conta. Um caixão?

Bren bufou para mim e se afastou enquanto dizia:

— Volte para a sua família. Eles estão preocupados.

Eu sabia que era mentira. Barry e Patty mal notavam quando eu *estava* em casa, quanto tempo levara para eles perceberem que eu não estava? Engoli em seco.

— Quanto tempo? — perguntei.

— Dois dias — Bren respondeu com rispidez. — Quando eles me contaram que você tinha desaparecido, achei que pudesse estar aqui embaixo.

— Ninguém mais pensou nisso?

Bren me encarou.

— Ninguém tinha nenhum motivo para pensar que você estava tentando fazer com que alguém se sentisse culpado.

Segurei nas laterais do tubo aberto e coloquei os pés no chão.

— Eu não estava tentando fazer com que você se sentisse culpado.

— Ah, não estava — Bren disse, incrédulo. — Nunca passou por sua cabecinha egocêntrica que se você voltasse para seu tubo de estase, *então*, eu me sentiria arrependido.

Aquilo foi injusto.

— Não — respondi. — Imaginei que você ficaria feliz.

Bren ergueu uma sobrancelha.

— Feliz? Dane-se! Você acha que sou totalmente insensível, só porque não quis namorar você?

Aquilo me confundiu.

— Não.

— Então por que acha que eu ficaria feliz? Só porque eu não a *quero*, não significa que eu deseje ver você magoada ou morta ou... desaparecida nessa maldita estase.

Balancei a cabeça.

— Não foi nada disso! Eu simplesmente não sabia para onde ir.

Bren escarneceu.

— Sim, escolher entre a vida e a morte, claro que esta foi a melhor opção. — Ele balançou a cabeça.

— Mas... *isto* é o que eu sempre faço.

— O que você quer dizer com sempre? — ele perguntou. Então ficou paralisado. — Capete! Você já... fez isso antes?

— Sim. Várias vezes.

Ele me encarou descrente.

— Mas *por quê?* — perguntou, arrastando as palavras.

Encolhi os ombros.

— Mamãe chamava isso de "o nosso mecanismo de superação". Quando brigávamos, ou quando eles estavam muito cansados, ou quando as coisas ficavam muito complicadas para mim na escola, ou se precisavam viajar; eles me colocavam em estase.

Bren pareceu ficar sem chão. Ele se sentou pesadamente sobre um baú empoeirado.

— Quer dizer que seus pais a colocavam em estase o tempo todo?

— Sim — respondi. — Como você acha que entrei aqui da outra vez?

— Eu... não sabia. Você não foi colocada em estase para ser protegida dos Tempos Sombrios?

Neguei com um aceno de cabeça.

— Eles ainda não tinham começado quando fui colocada em estase. Não totalmente. Havia alguns casos de tuberculose, mas não era tão grave.

— Seus pais realmente a colocaram em estase... várias vezes? Só por que eles estavam saindo de férias ou algo assim?

Encolhi os ombros.

— Sim. Eles diziam que ninguém seria capaz de cuidar de mim tão bem quanto eles. E que era a melhor opção para mim.

Bren me olhava, incrédulo.

— *O que foi?* — perguntei.

— Você... você sabe que isso é ilegal?

— O que é ilegal?

— Colocar um indivíduo em estase para a própria conveniência é considerado um crime grave. Isso se enquadra na mesma categoria de assalto.

Eu não sabia o que dizer. Estase era algo bem-vindo e reconfortante, um alívio relaxante às pressões da vida. Como alguém poderia comparar isso com um assalto?

— Seus pais fizeram isso com você? — ele perguntou com voz mais suave. — Várias vezes? Simplesmente roubaram grandes pedaços da sua infância?

— Não — disse, na defensiva. — Não foi nada disso. Eles estavam impedindo que eu desperdiçasse grandes pedaços da minha vida. O período mais longo que me mantiveram em estase foi de quatro anos e foi apenas porque eles precisavam supervisionar a formação da colônia de mineração em Titan. — Quando disse isso, franzi o cenho, tentando me lembrar se o que eu contara era verdade. Eu não estava certa. Era comum eu perder a noção do tempo enquanto estava em estase. — Eles fizeram uma festa para mim quando voltaram — contei, tentando recuperar a sequência dos fatos. — Isso foi no meu aniversário de sete anos.

Bren me olhou de um modo estranho.

— Sete... como agora que você tem dezesseis, mas na verdade está com setenta e oito?

— Ah! — eu disse. — Sim, acho que é isso.

— Rose... — ele disse. — Quantos anos demorou para você completar dezesseis anos?

— Bem... não tenho certeza. Só me dei conta algumas semanas atrás de que estou com cem anos de idade, tecnicamente. A última estase foi há sessenta e dois anos, portanto... vinte e oito anos? Eu acho — encolhi os ombros.

Bren se levantou lentamente e fez algo que realmente me surpreendeu. Ele pousou os braços ao redor dos meus ombros e me envolveu em um abraço forte e caloroso.

— Sinto muito — ele sussurrou no meu ouvido.

Isso simplesmente não era justo. Era como se ele estivesse tentando dilacerar meu coração, para que assim pudesse fazer com que virasse pó. Seu hálito estava pesado sobre a minha orelha, e seu corpo estava tão confortável contra o meu como em um sonho. Não consegui conter um suspiro, mas fiquei com raiva. Ele não estava sentindo o mesmo que eu, estava apenas me torturando. Afastei-me.

— Sente pelo quê? Estou bem. — Fiquei surpresa por minha voz ter soado tão forte.

Ele me encarou, sua fisionomia era tão suave e sincera como eu nunca tinha visto antes. E balançou a cabeça lentamente.

— Rose, você *não* está bem.

— Estou sim — retruquei, fitando-o. — Quem é você para julgar o meu mecanismo de superação? Você bate em uma bolinha de tênis, eu entro em estase. Não há diferença.

Bren me olhou incrédulo e, então, lentamente fechou os olhos. Balançou a cabeça algumas vezes.

— Está bem — ele disse, abrindo os olhos. — Acredite, se isso lhe conforta. — Segurou a minha mão. — Temos de levar você de volta para casa.

Recusei-me a sair do lugar.

— Não.

Bren se voltou para mim.

— Não?

— Ainda não estou pronta para voltar.

Bren fitou-me pelo que me pareceu um minuto inteiro.

— Que pena — ele finalmente disse. — Metade da força policial da ComUnidade está em alerta, à sua procura. Seus pais adotivos tiveram um ataque histérico. Guillory e meu avô parecem tão irritados que estão prestes a explodir. Por isso cresça, controle-se e volte.

Franzi a testa.

— Deixe-me sozinha — resmunguei. — Diga a eles que estou bem, diga que estou aqui. Eu simplesmente não posso voltar ainda. — Esquivei-me dele e me sentei sobre um caixote.

— Por que não?

— Ainda é muito... cedo — disse. — Era para ter passado tudo. Era para ter passado tanto tempo que nada mais importaria. — Olhei-o de relance. Lindo miserável! E meu coração disparou. Não, não tinha passado tempo o bastante. — Mas não foi isso que aconteceu.

Bren ainda me encarava. Ele, então, avançou, como se eu fosse um felino selvagem, e se agachou aos meus pés, para que eu pudesse olhar em seus olhos.

— Rose — disse. — Eu realmente sinto muito. Não deveria ter dito o que disse para você. Aquilo foi... cruel, mas você me pegou de surpresa. Interpretei-a mal. — Ele suspirou. — Não sou muito bom em conhecer pessoas novas, nosso grupinho é muito...

— Fechado — completei.

— Sim. É isso mesmo. — Ele soltou uma risada triste. — E você é tão calada. Foi isso que eu quis dizer quando disse que você parece um fantasma, não tinha nada a ver com essa coisa de estase. É difícil conhecê-la melhor, pois você não fala. Eu não esperava por aquilo. Não mesmo. — Ele lutou em busca das palavras certas. — Você é indecifrável. Para mim, pelo menos. Otto viu você naquela manhã, quando foi embora da escola. Ele ficou preocupado. Eu disse a ele que você estava interessada em mim e que estava exagerando, mas ele acha... — Bren hesitou. — Otto acha que tem algo errado com você. Não com *você*, quer dizer, ele não acha que pode ser algo congênito ou qualquer coisa do tipo. Mas você tem aqueles *vazios* na sua mente. Eu não sei o que significa, mas agora acho...

— Não foi por causa da estase — eu disse com convicção. — Experimente acordar em uma manhã e descobrir que todo o seu mundo se foi, que todas as pessoas que você conhecia e amava morreram de uma só vez, que todos os lugares que conhecia mudaram de maneira tão radical que você nem reconhece mais, até as expressões nos rostos das pessoas está diferente, e veja o buraco que fica na sua mente! — Quando terminei esse pequeno discurso, lágrimas brotaram novamente em meus olhos cansados. — Capete! — resmunguei, e tentei empurrá-las de volta. Eu estava certa. Não tinha permanecido em estase por tempo suficiente.

— Esse foi o discurso mais longo que já ouvi você fazer. — Bren tocou no meu rosto. — Pode chorar — disse calmamente. — Eu também choraria.

— Não, eu não posso. Não posso permitir que ninguém veja. Sou muito tensa. Preciso me controlar.

— Não tem mais ninguém aqui para vê-la, além de mim.

— Não importa — respondi. — Isso não é apropriado. Preciso de muito tempo para conseguir relaxar, é por isso que uso a estase, entendeu? Sou muito emotiva. Além do mais, passei a noite chorando. Eu não deveria sentir vontade de chorar outra vez.

Bren inclinou a cabeça para o lado, sorrindo.

— Na noite passada, você estava em estase — ele corrigiu.

— Ah! — exclamei. A boca de Bren se curvou para o lado, ele então se aproximou ainda mais e se sentou ao meu lado no caixote. Em seguida, pousou um braço ao meu redor e esfregou meu ombro. A carícia me pareceu totalmente platônica, mas realmente de coração. Suspirei. Desde que eu saíra da estase, era o primeiro toque que eu sentia que não parecia forçado. A menos que Zavier contasse. Inclinei a cabeça sobre o ombro de Bren. — Sinto muito se o fiz se sentir mal, ontem — eu disse.

— Foi há três dias — Bren lembrou.

— Certo — eu disse. Organizar o tempo quando se esteve em estase é sempre um enigma. — Nunca namorei ninguém de verdade, não sei reconhecer os sinais.

Bren soltou um leve bufar.

— Ninguém sabe — falou. — É sempre acertar ou errar. Pensei que você tivesse dito que teve um namorado.

Assenti.

— Xavier — eu disse. — Mas nós não precisamos reconhecer nenhum sinal. Nós nos conhecíamos tão bem que foi como água se juntando com água. Eu o conhecia desde que ele nasceu.

— Você quer me contar sobre ele? — Bren perguntou gentilmente.

Respirei fundo.

— Ele era filho do nosso vizinho. Eu o conheci quando ele ainda era um bebê e eu já tinha sete anos. Nós costumávamos brincar no jardim. Crescemos juntos. Ele era como meu irmão mais novo, e então acabou se tornando meu melhor amigo. Meu único amigo de verdade. Ele era a única pessoa que me entendia, o único que me ouvia. Quando tínhamos quinze anos, ou, acho que ele já estava com dezesseis, nós... — As lágrimas começaram a cair novamente e, dessa vez, eu simplesmente permiti que elas rolassem.

Bren apertou meu ombro e pressionou o rosto sobre o topo da minha cabeça.

— Sinto muito, Rose. Deve ter sido muito difícil ter tido alguém desse jeito, e nunca ter podido dizer adeus.

Mas era exatamente isso que piorava mais as coisas.

— Eu disse adeus — contei, e minhas lágrimas distorceram minha voz. — Só nunca tive a chance de pedir desculpa.

Bren não entendeu, mas não precisou. Tudo o que eu precisava naquele momento era que ele me deixasse chorar.

Mas eu não tive chance. Uma voz rouca perfurou a penumbra silenciosa do subsolo, arrancando-me do meu sofrimento.

— Você é Rose Samantha Fitzroy. Por favor, permaneça parada para confirmação de identificação.

13

Afastei-me de Bren.

— Você ouviu isso? — sussurrei, rezando para que ele dissesse não. Eu preferia estar tendo uma alucinação a ter aquela coisa atrás de mim de verdade.

— Sim. Olá? — ele chamou na escuridão. — Quem está aí?

Não houve nenhuma resposta imediata, exceto pela minha.

— Capete!

— O que está acontecendo?

— Ele é *real*!

Bren pareceu confuso.

— Quem é real?

Olhei para ele, apavorada.

— Pensei que tivesse sido um sonho, mas...

— Combinação de voz confirmada. Por favor, permaneça parada para identificação de retina.

Fechei os olhos e saí para o lado, puxando Bren comigo. Escondi-me atrás do caixote e olhei para a esquerda e para a direita em busca de uma saída. Não havia nada. Somente corredores e mais corredores de caixotes e caixas empoeirados. Talvez tivesse uma arma ou algo assim por lá...

— O que está acontecendo aqui? — Bren perguntou.

— Não temos tempo! — eu disse. — Corra! Ele está atrás de mim, não de você!

— Correr? O que você está...?

Mas eu já estava correndo.

Ele tinha perdido o sinal do seu alvo. O alvo se escondera atrás do caixote e, então, correu por um dos corredores formados por prateleiras. Ele ativou o sinal de alerta.

— Permaneça parada. Minhas ordens são para capturar e retornar. Se a captura se mostrar impossível, minhas ordens são para exterminar.

Enquanto isso, caminhava entre os corredores. Depois de tanto tempo em modo *standby*, seu mecanismo de audição não se encontrava em sua capacidade máxima, por isso não podia ver ou ouvir o alvo. Ele se conectou à rede e buscou por um mapa do subsolo.

ANÁLISE ESTATÍSTICA, POSSIBILIDADES DE OCULTAMENTO DE ACORDO COM O TAMANHO. Iniciou um programa de estratégia, pronto para buscar sistematicamente em cada canto do depósito, enquanto ainda bloqueava o acesso à saída.

INICIAR PROGRAMA DE ESTRATÉGIA.

O labirinto de depósitos e prateleiras no subsolo mostrou ser muito para meu corpo afetado pela fadiga estase. Eu me perdi de Bren e não consegui alcançar o corredor que levava ao elevador. Ofegante, com o peito ardendo, agachei-me em um canto atrás de uma cadeira quebrada e tentei me lembrar em que direção ficava o elevador. Uma mão segurou meu ombro. Gritei e, então, mordi meu braço, odiando-me por ter feito barulho. Era apenas Bren.

— Por que você não correu? — sibilei. — Ele estará aqui dentro de um minuto. Não espere por mim.

— Quem estará aqui? Do que você está falando?

— Seus pais nunca o ensinaram como fugir de um sequestro? — perguntei.

— Não — Bren respondeu. — Por que iriam?

Fiquei boquiaberta diante de tamanho descuido.

— Rose, você não vai me dizer o que está acontecendo? — Bren gritou mais exasperado do que preocupado.

— Esse homem brilhante maluco que parece de plástico me atacou em meu estúdio há algumas noites. Pensei que tinha sido um sonho, mas acho que estava enganada. Ele ia colocar um colar controlador em mim e me levar de volta para algum princípio.

— Ah! — Bren se levantou e olhou pelo corredor. — Você quer dizer ele?

Olhei. Meu agressor se aproximava, lentamente, mas a passos firmes. Ele estava no meio do caminho, mas ia acabar conseguindo me apanhar.

— Ah, Deus! — ofeguei. — Vamos! — puxei Bren pelo braço. — Ele vai pegar você, também!

Bren me segurou pela blusa, impedindo-me de correr.

— Aquilo não é ele — Bren disse, de um modo um tanto arrogante, pensei. — É uma máquina. Pare de correr, ele irá se colocar entre você e o elevador, e você irá se cansar muito antes do que ele.

— Ele disse que ia me exterminar! — eu disse. — O que eu deveria fazer? Oferecer chá com bolinhos? Da última vez ele quase matou o meu cachorro!

— O que Barry e Patty disseram da última vez?

— Nada.

— Tentaram eliminar você e eles não disseram nada?

— Não contei a eles — sussurrei.

— Por que não?

Abri a boca, mas não tinha um motivo de verdade. Tinha me convencido de que tudo não passara de um sonho, mas por que eu não tinha dito nada na manhã seguinte?

— Não sei.

Bren ficou olhando para mim durante um momento e então balançou a cabeça.

— Ei, Rose! Aprenda a *falar*! — Bren se levantou e apontou para o homem. — Abortar missão! — ele disse em voz alta. — Abortar, abortar, abortar!

— Bren!

— Abortar! Abortar! Alvo em localização de retorno especificado! Abortar! Abortar!

— Combinação de voz inválida — disse a voz mecânica com um acentuado sotaque alemão. — Alvo secundário impedindo a missão. Exterminar alvo secundário.

Bren gelou.

— Capete! — ele sussurrou. Agarrou-me pelo ombro. — Você tinha razão da primeira vez. *Corra!* — empurrou-me para longe da cadeira quebrada e por um dos corredores. Então, correu para o lado oposto.

É claro que a coisa veio atrás de mim. Corri o mais rápido que pude, mas quando ele me avistou, correu muito mais rápido. Meu coração pulsava descompassado enquanto meus nanos esgotados reclamavam dos maus-tratos. Com um estrondo apavorante, uma parede de prateleiras desabou atrás de mim, derrubando caixas de roupas fora de moda e quebrando brinquedos de plástico à medida que caíam. Com uma determinação implacável, o homem brilhante caminhou com dificuldade entre os entulhos, amassando o alumínio das prateleiras sob os pés. Bren tinha razão, a coisa definitivamente não era humana.

Aquilo era igualzinho aos meus pesadelos. Eu queria correr, mas meu corpo afetado pela fadiga estase estava esgotado. Meus pulmões ardiam, meu coração estava disparado e meus pés pareciam presos em cimento. Eu não conseguia correr rápido o suficiente.

A coisa corria atrás de mim, e pude senti-lo se aproximando cada vez mais. Até que algo atingiu as minhas costas.

Não tinha sido um golpe; ele apenas me tocara com o bastão. Mas mesmo por cima da jaqueta do meu uniforme, o bastão conseguiu cumprir seu papel.

Meu corpo parou de funcionar. Era como se eu fosse uma máquina e tivesse sido desligada. Eu queria gritar, mas não conseguia. Caí como uma boneca de pano, todos os músculos do meu corpo estavam tensionados e sem forças, eu parecia uma marionete cujas cordas tinham sido cortadas. A sensação era pior do que se eu tivesse sido eletrocutada. Uma dor aguda irradiou do ponto onde o bastão me tocara. Eu tinha certeza de que causara um curto-circuito em meus nanorrobôs. Por quanto tempo eu ainda conseguiria sobreviver com meus órgãos funcionando por conta própria?

Senti um toque ardente quando meu agressor me virou de frente. Eu não conseguia me mover. Um estranho som saía da minha garganta, era o som da dor agonizante que eu estava sentindo.

Eu ainda podia mover os olhos e avistei o colar controlador que o agressor tentava prender ao redor do meu pescoço. Sabia que, uma vez que ele colocasse aquela coisa em mim, eu não poderia mais assumir o controle de meu próprio corpo. Mas estava além das minhas forças agora. Pelo menos ele não tinha apanhado Bren.

Então, arregalei os olhos quando vi algo brilhante sobre a cabeça do agressor, mas ele não viu. Mais uma das prateleiras muito altas estava começando a tombar. Tudo se movia muito lentamente. Vi uma caixa caindo da prateleira, um caixote, mais duas caixas e, então, toda a prateleira despencou sobre as costas do agressor e sobre as minhas pernas.

Ele pareceu mais abalado do que desmaiado. Choraminguei quando uma nova onda de dor se espalhou pela metade do meu corpo. Bren surgiu triunfante atrás das prateleiras, mas se assustou quando me viu.

— Rose! — Ele correu sobre os entulhos e começou a me tirar de baixo de meu agressor.

— Vamos — Bren disse, agachando-se ao meu lado. — Temos de sair daqui antes que ele reinicie.

— Estou com muita dor — reclamei. Não conseguia elaborar nada mais coerente.

— Eu sei — Bren disse. — Ele deslizou o braço ao redor dos meus ombros e me colocou em pé.

Eu mal sentia os pés para conseguir firmar o peso sobre eles. Na verdade, choraminguei, igualzinho Zavier tinha feito.

— Você foi atingida por um bastão paralisante. — Ele buscou entre os escombros e arrancou o bastão do homem brilhante, imóvel. — Precisamos ligar para a polícia. Você está com o seu telefone?

— Acho que o deixei sobre a minha cama — murmurei. Eu não estava nada bem quando desci para entrar em estase.

— Vamos levá-la para cima e para longe dessa coisa, antes que ele reinicie.

— Coisa? Reiniciar?

— Sim, coisa — Bren disse. Ele me arrastou pelo depósito rumo à porta e tirou um antigo cartão magnético do bolso. Fui atingida por uma onda de nostalgia. Eu não via um daqueles desde que voltara da estase. Ele passou o cartão por uma fenda ao lado da porta. — Cancelar, Sabah — ele disse. — Trancar.

Um leve gemido soou da fenda e a porta fez clique.

— Pronto — Bren disse. Ele me segurou pelos ombros novamente e chamou o elevador.

— O que você fez?

— Tenho a chave mestra — ele respondeu. — Somente eu e meus pais podemos abrir a porta agora. — As portas do elevador se abriram e ele me puxou para dentro. Arquejei quando o elevador começou a subir lentamente. Cada parte do meu corpo doía. Quando o elevador parou, minhas pernas se curvaram e eu caí. — Droga. Segure isto. — Bren colocou o bastão paralisante em minhas mãos e me ergueu nos braços como se eu fosse uma criança.

— Não faça isso — eu disse, pois ficou evidente que ele pretendia me carregar até o meu apartamento. — Sou muito pesada.

— Como você acha que eu a tirei do subsolo da primeira vez? — ele perguntou. — Você só está um pouquinho mais pesada agora.

Fiquei surpresa quando Bren me ergueu como se fossemos recém-casados.

— Você me *carregou*?

— Eu não poderia simplesmente deixá-la lá — Bren disse bruscamente.

A ideia de Bren carregando meu corpo inconsciente para fora do porão era ao mesmo tempo embaraçosa e atraente. Um príncipe encantado de verdade. Aparentemente, o tênis dava-lhe alguma força, ou pelo menos encorajava a teimosia. Fechei os olhos enquanto ele me carregava, dizendo para mim mesma que, apesar da situação daquele momento, aquilo não significava nada. Mas meu corpo não me ouvia. Recostei a cabeça sobre a sua camisa, inalando o cheiro de sabonete de sândalo. Seus braços pareciam tão fortes ao meu redor, dane-se ele! Brendan chutou a minha porta. Ninguém respondeu. Ouvi o som de vozes se alterando vindo de lá de dentro. Será que Barry e Patty estavam brigando?

— Abram a maldita porta! — Bren gritou.

Para minha surpresa, foi a Sra. Sabah quem abriu a porta e seus olhos amendoados se arregalaram ao me ver nos braços de seu filho.

— Meu Deus, traga-a para dentro! — ela berrou.

— Ela está bem — Bren disse, apesar do esforço por estar me carregando começar a se mostrar na sua voz. Ele passou pela mãe e entrou na sala de estar.

O Sr. Guillory estava gritando com um senhor mais velho e grisalho que imaginei ser o avô de Bren. Eu não via o avô de Bren desde o dia em que saí da estase, quando ele não passou de um vulto branco. A discussão continuou enquanto Bren caminhava comigo pela sala.

— Não, eu acho que os federais poderiam cuidar do trabalho; simplesmente não creio que precisamos de mais forças militares do que a polícia da ComUnidade! — Guillory disse, e sua voz soou muito alta no apartamento.

— E se ela não estiver mais *na* ComUnidade. Isso já lhe ocorreu? Nós nunca a encontraremos! Ah, por que estou discutindo isso com você? Você foi o primeiro a pensar que nunca deveríamos tê-la encontrado!

— A verdade é que eu gostaria que isso não tivesse acontecido! — Guillory gritou. — Isso tudo não passa de um pesadelo de logística e de relações públicas! Não vai ser nada fácil, você sabe. Ou acha que poderá continuar com os seus projetos de estimação depois que ela colocar as mãos no conselho?

— Ei! — Bren interrompeu, chamando a atenção deles. — Saiam do caminho.

Os dois homens se assustaram, ambos tinham a mesma fisionomia de surpresa. Então, afastaram-se apressados, abrindo caminho até o sofá. Bren passou entre eles e me colocou com todo o cuidado sobre o sofá.

— Ro... Ela está bem? — perguntou o avô de Bren.

— Telefone para a polícia — Bren disse, ignorando a pergunta. — Ela foi atingida por um bastão paralisante.

— Eles são ilegais — disse Guillory.

Bren arrancou o bastão das minhas mãos e passou para o avô.

— Diga isso ao plastine lá embaixo.

— Um plastine?

— Sim, alguém está tentando assassiná-la.

— Onde ela estava? — perguntou o avô de Bren.

Bren hesitou, então disse:

— Lá embaixo, no subsolo. Ela estava, ah, abrindo caixas. Tentando ver se encontrava algo que restara de seus pais.

Perguntei-me por que ele simplesmente não disse a verdade, mas estava muito dolorida para dizer qualquer coisa.

O avô de Bren olhou para o bastão com olhos contraídos. Em seguida, olhou para mim e seguiu em direção à porta.

— Vou telefonar para a polícia e para a emergência — ele disse. — Onde está o plastine?

— Está reiniciando no subsolo — Bren respondeu. — Eu abortei o plano dele. Levará um minuto para que reformule um novo. — Enquanto o avô lhe dava as costas, Bren o chamou — Leve a mamãe, você vai precisar da chave dela para abrir a porta!

Depois disso as coisas pareceram turvas e incoerentes. Havia um monte de pessoas entrando e saindo. Alguém fez com que eu me sentasse e verificou meus sinais vitais, então, fez uma avaliação para garantir que o bastão paralisante não tinha causado nenhum dano em meu organismo. Meus nanorrobôs ainda precisavam ser reativados, mas um dos paramédicos tinha um controle remoto que deu um jeito nisso. Meu coração pareceu melhor depois disso. Alguém tentou me fazer perguntas, mas o mesmo paramédico que reativara meus nanorrobôs me deu uma injeção de algo que, supostamente, relaxaria a musculatura tensa. Infelizmente, o remédio pareceu agir em conjunto com o resto da estase química que ainda havia no meu corpo e eu basicamente saí do ar. Durante a minha letargia, eu podia ouvir a voz confiante de Bren contando a todos o que tinha acontecido comigo.

Um momento se destacou, quando o som de gritos me despertou.

— O que você quer dizer com "não tem nada lá"! — era o avô de Bren falando no tom de voz mais irado e assustador que eu já ouvira. — Desçam até aquele subsolo e irão *encontrar* a maldita coisa!

De olhos fechados, eu me encolhi ao som dos gritos.

— Pai, psiu! — disse a Sra. Sabah. — Você vai acordá-la.

Uma mão delicada tocou meus cabelos, tão carinhosa que senti um aperto no coração quando ela me deixou. Se estivesse mais desperta, eu teria suspirado. Desejei que a *minha* mãe ainda estivesse por perto para acariciar meus cabelos, para se preocupar se eu estava ou não infeliz.

— Sinto muito — o velho homem disse. Ele levou seja lá com quem estivesse gritando, o seu celular ou a polícia, para fora da sala, e a conversa irada foi sumindo até virar um murmúrio distante. Perdi a noção do tempo novamente.

14

Quando acordei de verdade, meus pais adotivos, a Sra. Sabah, o Sr. Guillory e um dos policiais estavam sentados ao redor da sala de estar conversando baixinho.

— Eu entendo — Patty estava dizendo. — Mas de quanto tempo estamos falando? Tivemos de abrir mão de muitas coisas para ficar aqui com ela, e agora você vai levá-la e nos deixar aqui?

— Não precisa se preocupar — disse a Sra. Sabah com visível sarcasmo.

Antes que Patty e Barry pudessem se defender, o Sr. Guillory tranquilizou-os.

— Ainda vamos precisar de vocês para cuidar do apartamento até que possamos trazê-la de volta, e tem um cachorro, não tem? Eu não gostaria que ele morresse de fome.

Barry resmungou.

— Por que um cachorro? — ele interpelou Guillory. — Por que você mandou um cachorro para ela?

— Você não gosta do animal? — Guillory perguntou distraidamente. — Não importa. Não se preocupe, oficial. Posso mantê-la perfeitamente em segurança.

— Se o senhor puder nos dar algumas garantias disso, Sr. Guillory — disse o policial.

Foi aquela voz desconhecida que me fez abrir os olhos. O policial estava em pé ao lado da lareira, com um *supertablet* em mãos, enquanto todos os demais estavam calmamente sentados nas várias cadeiras. Bren estava espremido na ponta do sofá verde, e meus pés de algum modo tinham ido parar no colo dele. Olhei surpresa para eles algumas vezes. Alguém tinha tirado os meus sapatos, as minhas meias estavam imundas. Odiei imaginar como o restante de mim estava depois de ter rolado pelo chão do subsolo. Bren estava limpinho e lisinho como um folheto do Preparatório Uni. Havia algo de muito íntimo em ter os meus pés sobre o colo dele. Tentei me sentar. Até que não doeu tanto.

— Ela está viva — disse Bren com um meio sorriso. — As drogas já saíram do seu organismo?

Resmunguei.

— Infelizmente.

A Sra. Sabah sorriu.

— Como você está, querida?

Bren soltou um sorriso malicioso para ela.

— Que pergunta tola. Como ela parece estar se sentindo?

A Sra. Sabah ergueu uma sobrancelha, concordando, mas foi o Sr. Guillory quem falou.

— Você tem alguma ideia de quem fez isso com você?

— Se o senhor não se importar, Sr. Guillory — disse o policial —, acho melhor eu fazer as perguntas.

— Acho que Rose provavelmente gostaria de ir ao banheiro primeiro, para lavar o rosto — Bren disse. Sem esperar que eu concordasse, ele pegou minha mão e me ajudou a ficar em pé. Eu estava trêmula e dolorida, mas ele tinha razão. Eu definitivamente queria lavar o rosto antes de me submeter a um interrogatório.

— Tudo bem, pode ir rápido — disse o policial.

Bren me conduziu até o corredor onde uma policial falava ao telefone. Bren deu uma olhada nela, então, levou-me ao banheiro e entrou logo atrás de mim.

Os banheiros do apartamento eram espaçosos, mas mesmo assim não pareceu ser espaçoso o suficiente para nós dois. Ele estava muito próximo. Eu podia sentir o calor do seu corpo bem perto do meu e aquele maldito perfume sedutor que vinha dele. Entre a estase e as drogas, minhas emoções não estavam funcionando em sua mais plena forma. Eu queria envolvê-lo em meus braços, mas também queria odiá-lo. Acima de tudo, eu simplesmente queria que ele se fosse, para não me sentir mais daquele jeito.

— O que você está fazendo? — perguntei quando ele fechou a porta.

— Não conte a eles que você se colocou em estase — ele disse.

Eu não sabia o que esperava que ele fosse dizer, mas certamente não era aquilo.

— Por que não?

— Porque eles vão rotulá-la como um caso de desajuste tipo A e você terá meia dúzia de médicos analisando a sua cabeça — Bren disse. — O que até que não seria má ideia, mas se isso acontecer, Guillory irá usar cada truque sujo que constar no manual para conseguir que você seja declarada inapta para administrar os bens de seus pais, e ele controlaria tudo pelo resto da sua vida. Você teria tudo de que precisasse e, tecnicamente, seria a dona da empresa, mas Guillory seria o *seu* dono.

Engoli em seco.

— Ah! — exclamei. — Obrigada. Mas o que vou dizer quando me perguntarem onde estive durante os últimos dois dias?

— Patty e Barry nem notaram que você tinha desaparecido até esta manhã — Bren disse. — *Eu* notei antes deles. E só por que você não foi para a escola dois dias isso não quer dizer que você tenha ido a algum lugar. Diga apenas que você estava se sentindo nostálgica e que não foi para a escola para procurar algo em meio àqueles caixotes velhos.

— O que eu estava procurando?

— Não importa. Diga que, diga que isso não importa, que estava à procura de algo.

Assenti.

— Está bem. — Olhei para a minha imagem no espelho. Estava imunda da cabeça aos pés. Eu tinha profundas olheiras sob meus olhos e uma dobra na bochecha feita pela almofada do sofá. Eu parecia um dos mendigos que costumavam me cercar quando ia para as cidades. E Bren precisava ter me visto *assim*? — Eu realmente gostaria de usar o banheiro, agora.

Ele entendeu a indireta.

— Claro. Vejo você na sala. — E saiu desconcertado.

Cinco minutos depois, retornei parecendo um pouco menos uma criança de rua. Pensei em trocar o uniforme amassado, mas resolvi que, no fim das contas, isso não tinha importância. Alguém parecia estar segurando os jornalistas do lado de fora. Quando dei uma espiada pela janela, vi a cabeça branca do avô de Bren falando com eles na entrada do prédio.

A primeira coisa que o policial me fez contar a eles, quando voltei, foi tudo o que eu me lembrava sobre o primeiro ataque. Patty e Barry quiseram saber por que eu não contara a eles antes.

— Não sei — eu disse. — Em parte por que não tinha certeza se aquilo tinha mesmo acontecido. Tenho tido pesadelos, e todos eles pareciam muito ruins. Quando voltei para casa depois da aula, a arrumadeira já tinha ido embora, então, eu não estava certa se tinha apenas sonhado tudo aquilo.

Era verdade, mas não toda a verdade. Na realidade, eu não tinha me sentido no direito de incomodar Patty e Barry com os meus problemas.

Segui o conselho de Bren e disse a eles que eu estava apenas fuçando dentro dos caixotes no subsolo e que não tinha fugido. Não era a minha intenção assustar ninguém. Eu não tinha ideia de que alguém notaria minha ausência e ligaria para a polícia. Todos me asseguraram de que eu não tinha feito nada de errado. Fiquei imaginando o que diriam se eu contasse que tinha me colocado em estase. Bren achava que as reações seriam péssimas.

— Bem — disse Guillory. — Por enquanto você não deve andar por aí sozinha. Não com um plastine à sua caça.

— O que *é* exatamente um plastine? — perguntei.

Três respostas me atingiram ao mesmo tempo.

— Um robô — Guillory disse.

— Uma arma — o policial respondeu.

— Um cadáver — Bren disse.

Encolhi os ombros.

— O quê?

— Um plastine é um corpo humano que foi plastificado, o que o torna virtualmente indestrutível — Guillory contou. — Eles estavam em estágio experimental quando você foi colocada em estase. Possuem todas as habilidades e funções de um guerreiro humano, só que são vinte vezes mais fortes e totalmente insensíveis à dor. Uma combinação incrível. Não têm emoções, é claro, mas conseguiram integrar as programações por meio das vias neurais já existentes, o que os torna quase tão inteligentes quanto um humano. E os humanos são muito mais inteligentes do que se imagina, pense em todos os cálculos de trajetória e variação do vento, e um milhão de outros fatores necessários para, digamos, agarrar uma bola de beisebol. No entanto, os plastines não se adaptam tão rápido quanto os humanos, como Bren provou esta tarde.

— Eles são mortais — Bren disse. — E irão seguir quaisquer ordens que receberem, desde levar o lixo para fora até cometer um genocídio. Os robôs que nós produzimos possuem um bloqueio em seus sistemas que os impede de ferir um humano. Os plastines não possuem tal programa. Com processadores neurais humanos, não há como implementar tal coisa. Nesse sentido, eles são muito humanos, foram desenvolvidos para serem soldados e assassinos. Há trinta anos, por um acordo internacional, foram banidos, embora ainda sejam utilizados em algumas colônias no exterior, onde é difícil encontrar seres humanos dispostos a ocupar cargos que não sejam de comando. Acho extremamente arriscado, se me perguntar. Sem mencionar a exploração mórbida de restos humanos.

— Você é igualzinho ao Ronny — Guillory disse para Bren. — Não o vejo reclamando da doação de órgãos. Você e seu avô não veem o potencial para a humanidade se o acordo fosse banido.

— Vejo o potencial abuso por parte de todo o sistema! Vamos assassinar as pessoas para que assim possamos executar mais pessoas. — Bren se voltou para mim. — A maioria dos plastines foi feita a partir de prisioneiros executados que vendiam seus corpos para que suas famílias ficassem com o dinheiro. O processo tinha de ser iniciado com eles saudáveis, por isso, esses prisioneiros precisavam ser *mortos*, ou seja, não podiam morrer de causas naturais. A China era um dos piores lugares, o corpo provavelmente veio de lá. No entanto, o maior laboratório de plastines ficava na Alemanha. Pergunte ao Wil. O avô dele administrava o lugar. Aquilo era um matadouro. Literalmente.

— Mas eles se ofereciam... — Guillory iniciou.

— À força! — Bren gritou de volta.

— Isso não vem ao caso — disse a Sra. Sabah, interrompendo uma discussão antiga de múltiplos argumentos. — O banimento *não* foi suspenso, o que significa que, seja lá quem enviou aquela coisa, está burlando uma lei internacional.

O policial limpou a garganta.

— Sequestro e assassinato, não importa que ferramenta você use, são violações da lei internacional.

Eu tremia. Aquele plastine já tinha me assustado quando eu não sabia o que ele era. Agora que eu sabia, era dez vezes pior.

— Ele não pode ser detido? — minha voz saiu misturada com uma lamúria apavorada.

— É muito difícil detê-los — o policial disse, sem meias palavras. — Seria necessário um tanque, um lança-chamas e provavelmente vinte homens.

Além do mais, pode haver mais deles, prontos para substituir esse aí. O melhor seria encontrar quem o enviou e forçá-lo a revogar a ordem.

— E quem está atrás de mim? Nós sabemos?

— Infelizmente, não — disse Guillory. — Você é uma figura pública, e nem tudo o que a UniCorp fez ao longo da sua extensa história foi considerado bom para todos. Todos nós temos inimigos. Pode ser alguém que não se esquece de algo que seus pais fizeram nos primórdios da companhia e que agora resolveu se vingar de você. Assim como pode ser simplesmente algum maluco que teme ou inveje a sua fama recente. Não há como saber.

— Vocês não poderiam perguntar a ele ou algo assim? Não existe um meio de ler suas ordens?

Um silêncio desconfortável se seguiu.

— Poderíamos — Guillory disse —, mas infelizmente o plastine não foi encontrado.

Uma gélida angústia de horror se apossou de mim.

— Ele fugiu?

— Temo que sim — disse uma nova voz, e o pai de Bren enfiou a cabeça pela porta entreaberta. Eu não via o Sr. Sabah desde a minha estada no hospital, quando ele me visitou uma ou duas vezes na companhia de Bren. Seus traços e seus movimentos pareciam africanos, e havia também um leve sotaque em sua voz grave. — Andamos por todo o depósito uma dúzia de vezes com todos os sonares e sensores olfativos que a polícia pôde encontrar. Sinto muito, querida — ele disse, olhando para mim. — A coisa desapareceu como se fosse um fantasma.

O Sr. Sabah se parecia muito com Bren, o que me distraiu um pouco. Eu queria sorrir para ele, mas estava muito assustada.

— Como isso é possível? A porta estava trancada!

— Sim, estava — a Sra. Sabah disse. — Ninguém consegue entender.

— Uma vez que não conseguimos prender o plastine — disse o policial —, e você nos contou que ele já a atacou antes, neste mesmo apartamento, vamos ter de levá-la para um lugar seguro por alguns dias.

— Reggie tem várias opções — disse o Sr. Sabah, sentando-se no sofá de dois lugares ao lado da esposa. — O céu é o limite para ele, não é mesmo Reg?

— Absolutamente — o Sr. Guillory respondeu.

— Esta noite, que tal você ficar com Roseanna e eu? Você terá de dividir o quarto com Hilary, mas se não se importar...

— Adorei a ideia! — eu disse rápido demais. Então, olhei na direção de Bren e quase desejei não ter concordado. Mas quais eram as outras opções? Eu gostava do Sr. e da Sra. Sabah e, apesar de tudo, ainda gostava do Bren.

Meio que buscando um motivo para voltar atrás, eu disse:

— Mas... e a Patty e o Barry? E se a coisa vier à minha procura e encontrá-los...

— Plastines não possuem um raciocínio tão fluido assim — disse o Sr. Guillory. — Se as ordens são contra você, ele não verá nada além de você. Patty e Barry podem passar na frente dele e acertá-lo com um taco de beisebol e ele nem se daria ao trabalho de feri-los. Se não o impedirem de avançar em sua direção, ele simplesmente os deixará para lá.

— Certo — respondi. Eu não queria passar a noite sozinha. — Posso levar Zavier?

— Só por esta noite — concordou Guillory. — Não podemos levar um cachorro para o local onde estou planejando levá-la.

— Não tem problema? — perguntei aos pais de Bren.

Eles assentiram. Fui até o meu quarto fazer uma mala para passar a noite. Coloquei roupas o suficiente para passar um fim de semana e, então, corri ao estúdio para pegar um novo bloco de desenho. Olhei durante um longo tempo para as minhas pinturas a óleo. Tive esperança de que eles encontrassem logo o robô, para que assim eu pudesse ter o meu estúdio de volta.

A Sra. Sabah esperava no corredor com Zavier preso na coleira.

— Está pronta? — ela perguntou.

— Sim — eu disse. — Não sei como agradecê-la, Sra. Sabah.

— Por favor, pode me chamar de Annie. — Ela pegou a mala da minha mão, apesar dos meus protestos. — Você ainda está dolorida por causa do bastão paralisante. Aposto que todos os seus músculos estão gritando. A primeira coisa que vou fazer é colocar você em uma bela banheira com sal marinho e espuma.

— A senhora não precisa fazer isso.

— Por que não? — ela perguntou.

— Muito obrigada por ter me convidado, Sra. Sabah... Annie.

Ela riu.

— Na verdade, foi Bren que sugeriu isso a Mamadou. Você deveria agradecer a ele.

Não sabia ao certo como me sentir sobre aquilo.

O apartamento de Bren era a imagem espelhada do meu. Mas, enquanto o meu era quieto e ainda ecoava uma sensação de vazio, o apartamento de Bren estava constantemente repleto de barulho, movimento e confusão. Bren era o mais velho dos três filhos.

Hilary tinha a pele em um tom de marrom dourado e usava os cabelos presos em trancinhas apertadas. Ela acabara de completar catorze anos e começaria a estudar no Preparatório Uni no próximo outono. Kayin tinha dez anos, a pele escura como ébano, pulava como um grilo e estava na fase dos cavalos. Aparentemente, eu as tinha conhecido quando estava no hospital, na volta da primeira estase, mas não me lembrava delas de jeito nenhum. Metade do país, pelo visto, tinha passado pelo meu quarto de hospital durante aqueles dias. Era impossível lembrar de todos.

Enquanto Zavier era levado para o jardim por Kayin, a Sra. Sabah seguiu com seu plano de me colocar em uma banheira. Mas não em uma banheira qualquer. Todas as banheiras do Condomínio Unicórnio eram imensas piscinas de hidromassagem, e a Sra. Sabah colocou sais de banho, óleos aromáticos e espuma o suficiente para que eu afundasse na água e me sentisse quase como se estivesse entrando em estase. Eu quase adormeci, mas alguém enviou Hilary com um prato cheio de delícias, e percebi que estava faminta. Eu não comia desde o almoço do dia da minha malfadada tentativa de romance com Bren e, depois disso, fiquei muito nervosa para fazer mais do que beliscar algumas coisinhas. Somando tudo, dava mais de vinte e quatro horas, sem contar o tempo em que permaneci em estase. De certa forma contava, pois, depois que tudo o que houver em seu organismo for digerido, a estase apenas o impede de precisar de mais. Tomei o cuidado de comer lentamente, para que a náusea não me abatesse.

Quando saí da banheira, olhei-me no espelho. Nunca fui de passar muito tempo me olhando. Antes da última estase mais longa, mamãe costumava me vestir, chegava até a fazê-lo várias vezes ao dia, por isso nunca tive de me preocupar com minha aparência. Nos últimos tempos, eu estava tão atordoada devido à fadiga estase e sofrendo com o choque cultural que não desenvolvi o hábito de me olhar no espelho. Eu me olhava apenas o suficiente para escovar os dentes e os cabelos, e isso era tudo. Parada ali, no meu pijama de seda, eu me olhei de verdade.

Não é de admirar que Brendan tenha me comparado a um fantasma. Eu havia emagrecido muito. Os quase dois meses depois da estase não tinham sido suficientes para preencher os meus músculos. Minhas bochechas estavam ocas. Xampus e vitaminas tinham quase restaurado o brilho dos meus cabelos loiros, do jeito que eu me lembrava deles, mas minha pele ainda estava muito pálida. Meus olhos me assustaram. As piscinas plácidas castanhas de que eu me lembrava da minha infância agora não passavam de dois pontos sombrios escondendo demônios. Engoli em seco, procurei dentro da mala um lápis carvão e comecei a esboçar o rosto horrendo que olhava para mim. Eu sempre compreendia melhor as coisas quando as desenhava.

Esse foi o primeiro autorretrato que fiz desde que Bren me salvara. Não gostei do que vi naquela página. Otto tinha razão. Havia espaços vazios atrás dos meus olhos.

15

O JANTAR FOI TRANQUILO E AMIGÁVEL. HAVIA UMA REGRA, TODOS TINHAM DE contar algo sobre o seu dia. O Sr. Sabah reclamou bem-humorado por ter de criar uma nova fechadura para a porta do subsolo. Hilary tinha alcançado um novo nível em algum *hologame*. Kayin tinha começado a ler, pela terceira vez, um livro muito antigo sobre um pônei chamado Misty. Bren sorriu, dizendo que lutou contra um inimigo invencível e impiedoso, determinado a me destruir. Kayin riu até Hilary dizer:

— Não, Kayin, ele está falando a verdade.

Então, foi a minha vez.

— Quem, eu? — perguntei.

— Você está à mesa, é a regra — disse Kayin.

Eu não sabia o que contar. Havia sido atingida por um bastão paralisante, sofrido um colapso nervoso e contado para alguém sobre Xavier. Ainda sofria por causa da afeição por um menino que não me queria.

— Hoje eu desenhei um autorretrato — disse, finalmente.

Bren olhou para mim, pensativo.

A Sra. Sabah se manifestou.

— Hoje, eu evitei que o avô de vocês tivesse um aneurisma de tanto gritar com os policiais. Quem quer sobremesa?

Depois do jantar, assistimos a um filme antigo no holoprojetor. Antigo para eles, eu nunca tinha visto. Havia sessenta e dois anos de holofilmes dos quais eu nunca ouvira falar. Eu realmente pensei que aquela poderia ser a primeira boa notícia que recebia sobre o meu salto de sessenta anos.

Bren mostrou o quarto de Hilary para mim e Zavier depois que o filme terminou. Eu me sentia estranha, mas meus pais tinham me ensinado a ser uma hóspede gentil.

— Tive uma noite muito divertida. Obrigada.

— Ótimo — disse Bren.

Eu precisava tirar algo a limpo:

— Sua mãe me disse que a ideia de me convidar foi sua — eu disse. — Você não precisava ter feito isso.

— Precisava sim. — Bren pareceu sem jeito, mas endireitou os ombros. — Sabe, eu estava muito bravo com você nesta tarde, porque achava que estava tentando fazer com que eu me sentisse culpado, e seu plano tinha funcionado. Fui rude com você, mas não foi de propósito, e tudo o que eu disse nem era verdade. Bem, é verdade que o vovô me pediu para ficar de olho em você, e percebi que ele estava certo. Quer dizer, você não conhece ninguém, eu provavelmente teria tentado ser gentil de qualquer maneira. Além do mais, Otto queria conhecê-la.

— Ele queria? Desde o começo?

— Sim. Por que acha que ele não olhou para você da primeira vez?

— Pensei que ele fosse tímido.

— Não, ele sabe que deixa as pessoas sem jeito, por isso quis garantir que você estivesse bem antes de surpreendê-la. Na verdade, ele é muito atrevido e se diverte assustando as pessoas. Ele não tem muitos amigos, mas não, ele não é nem um pouco tímido.

— Ah! — Otto não tinha muitos amigos? Se o caso era esse, senti-me lisonjeada por ele querer escrever para mim. — Hum... você poderia me emprestar o seu *supertablet*? Acho que eu deveria dizer a ele que estou bem, aposto que deve estar preocupado.

— Sim, deve estar. Hilary tem um monitor de parede, você pode falar com ele de lá. O número de Otto está na rede daqui de casa.

— Obrigada — eu disse, realmente muito agradecida.

— Boa noite. Se Hilary causar algum aborrecimento, diga a ela que vou contar para o papai e para a mamãe sobre o *website* que encontrei na tela dela. — Ele soltou um sorriso malvado.

Dei risada.

Hilary me colocou para dormir no canapé que durante o dia abrigava uma vasta e antiga coleção de bichinhos de pelúcia, ainda muito queridos para serem guardados dentro de um baú no subsolo. Ela nem reclamou quando Zavier se acomodou aos pés de sua cama, e ainda me deu algumas dicas de maquiagem que, durante a minha ausência, haviam voltado à moda. Quando eu estava no primeiro ano do ensino médio, maquiagem era considerada coisa do passado. Experimentei o novo seletor de tons, que me ofereceu uma lista dos cosméticos perfeitos para o meu tom de pele. A lista tinha meio metro de comprimento.

— Sabe de uma coisa? — eu disse, de repente. Coloquei o seletor de tons sobre a penteadeira de Hilary. — Acho que não me importo mais com o que está na moda ou não.

Hilary olhou para mim confusa.

— Passei horas da minha vida ouvindo as pessoas me dizendo o que eu deveria vestir, pensar e fazer. E isso sempre mudava de um ano para o outro, ou até em menos tempo. — Sempre, menos para mim, uma vez que eu nunca passava um ano inteiro sem entrar em estase. Eu sempre estava recomeçando. Balancei a cabeça ao me lembrar do quanto toda aquela futilidade me dominava. — Que perda de tempo!

Hilary olhou para o seu rosto moreno dourado no espelho, modificado pela maquiagem. Seus olhos castanhos escureceram ainda mais. Somente Bren tinha herdado os olhos esverdeados da mãe.

— Talvez você esteja certa — ela disse. Franziu a testa, pensativa.

Perguntei a ela se poderia usar a sua tela de parede, e ela puxou uma cadeira para mim.

— É toda sua — ela disse.

Cliquei no número de Otto e ele entrou na linha.

— Olá?

Demorou um bom tempo até que a mensagem voltasse para mim. Dei uma olhada no relógio, já passava das onze. Ops. Pensei em desistir, mas achei que Otto merecia saber que eu estava bem.

"Eu a conheço?" — Foi a mensagem que finalmente chegou.

"Sinto muito, é a Rose" — escrevi. — "Estou usando a tela da irmã do Bren. Desculpe pelo horário. Jamal vai brigar com você?"

"Rose! Você está bem?"

"Acho que sim."

"Você estava em estase, não estava?"

Umedeci os lábios.

"Bren lhe contou?"

"Adivinhei quando você desapareceu. Você usa aquilo como se fosse uma droga."

"Isso me torna uma pessoa estranha?"

"Você seria estranha de qualquer jeito. Como eu."

"Você acha que isso significa que eu seja atrapalhada ou maluca?"

Houve uma breve pausa antes de Otto escrever:

"Acho que você está enfrentando problemas que ninguém mais compreende. Mas não. Por mais assustadora que seja a sua mente, tenho certeza de que você não é maluca. Você é um pouco atrapalhada, mas imagino que sua vida iria confundir qualquer um. Sinto muito sobre o Bren."

"Ai, ai..." — escrevi. — "*C'est la vie.*"

"Ha, ha" — ele escreveu de volta. — "*Que sera, sera.*"

"Olha" — escrevi. — "Pode ficar difícil entrar em contato com você por alguns dias, não sei ao certo para onde estou indo."

"Você está indo para algum lugar?"

"Tenho de ir. Aparentemente alguém está tentando me matar."

Uma breve hesitação se seguiu.

"Certo, espero que seja algum tipo de metáfora."

"Não é uma metáfora. Parece que tem um plastine atrás de mim."

"UM PLASTINE?"

"Sim. E tenho a impressão de que isso é muito ruim."

"Pode crer, é ruim! Você já ouviu algumas das histórias de horror que saem da boca de Wilhelm? Não, é melhor que não tenha ouvido. Pela primeira vez estou feliz por você não conversar com mais ninguém. Aquelas histórias são o tipo de preocupação de que você não está precisando no momento."

"Você não está ajudando."

"Acabei de descobrir que uma pessoa de quem gosto muito está na mira da arma de uma máquina assassina morta-viva! Pensei que estivesse acostumado a ver meus amigos sob sentença de morte. Acho que não, estou me sentindo nauseado."

"Sinto muito. Deus, não consigo fazer nada certo!"

"Será que você não vai se preocupar com você mesma pelo menos uma vez?"

"Não estou certa de que eu saiba como" — escrevi com sinceridade. — "Não valho muito."

"Diga isso mais uma vez e vou lhe mostrar quem você é, com ou sem espaços vazios. Você está bem? Ele a feriu? Ou você só ficou sabendo a respeito?"

"Não, eu vi a coisa de verdade. Ele me atingiu com um bastão paralisante."

Eu ia escrever mais, mas Otto me interrompeu.

"Seus nanos foram reativados? Alguém precisa fazer isso."

"Foram."

"Ótimo. Capete! Aquelas coisas MACHUCAM!"

"Como você sabe?"

"Você não vai querer descobrir. Parte disso inclui aquele lance de ética."

"Ah, certo."

"Não que eu possa continuar fingindo que sou um santo por muito mais tempo. Você está em segurança?"

"Sim, agora estou segura. Estou na casa do Bren, lembra?"

"Ah, ISSO está ficando interessante. Ele mudou de ideia?"

"Não."

Otto não escreveu nada, por isso acrescentei:

"E eu não quero que ele mude."

Uma breve hesitação se seguiu.

"Quer sim."

"Não quero."

"Ele é a única coisa pela qual você mostrou interesse desde que eu a conheci. Isso não passa assim tão rápido."

"Não passa mesmo" — escrevi. — "Mas estou fingindo que sim."

"Isso é bom."

"O que você quis dizer com 'não pode mais fingir que é um santo'? Aconteceu alguma coisa?"

"Não. Mas deveria." — Houve uma longa pausa antes de ele escrever: "Você quase quebrou o meu código de ética, três dias atrás".

"O quê? Como?"

"Quando tentei alcançá-la, naquela tarde, esperava que você ainda estivesse muito nervosa para se declarar para Bren, que ainda estivesse debatendo consigo mesma ou criando coragem. E, então, eu teria lhe dito para não fazê-lo. Quando você não respondeu, soube que já era tarde demais. Aquilo salvou o meu senso de ética mais arraigado e me senti péssimo por tê-lo mantido. Queria ter segurado você e lhe contado tudo no pátio."

"Contar o quê?"

"Que Bren diria não. Eu quebrei o meu código de ética duas vezes, a primeira ao sondar a mente dele para ver se havia algum pensamento oculto que pudesse indicar um sim, e a outra ao querer lhe contar que não havia. Você é uma influência corruptora."

"Eu não lhe pediria para fazer isso."

"Eu sei. Mas teria lhe poupado uma dor de cabeça."

"Talvez não. Eu teria me sentido rejeitada do mesmo jeito."

"Sim. Mas eu poderia ter lhe dito de um modo mais delicado.

Que droga!"

"Por que você faria isso?"

"Basicamente eu vi tudo através da mente dele. Ele ficou bravo comigo quando mostrei a minha desaprovação. Acho que ainda estamos estremecidos."

"Meu Deus, estou estragando uma amizade. Não se preocupe com isso, não foi culpa dele, eu mereci."

"Você provavelmente deve pensar que merece aquele assassino também. Você realmente se odeia, não é mesmo?"

Eu não sabia o que escrever. Otto era muito bom em ir ao fundo das coisas.

"Não culpe o Bren" — escrevi, mais para mudar de assunto. — "Ele não entendeu direito. E, aparentemente, está se sentindo culpado."

"Ele deveria mesmo! Capete! Preciso ir, o monitor da noite viu que estou com a tela ligada."

"Quando eu puder, tento falar com você novamente" — escrevi, mas ele não respondeu. Acho que o monitor tinha sido apagado.

Desliguei a tela de Hilary.

— O que você estava fazendo? — Hilary me perguntou.

— Só estava escrevendo para um amigo da escola.

— Essa tela tem conexão com telefone celular.

— Ele não fala em celulares — respondi.

— Ah! — Ela se deu conta. — Você estava conversando com o Otto.

— Sim.

Ela franziu a testa.

— Ele é legal? Sei que ele e Bren são amigos, mas ele meio que me dá nervoso.

Eu a fitei, e meu rosto corou. Mas, em contraste, minha voz soou fria.

— Otto é a pessoa mais legal que conheci desde que saí da estase.

— Desculpa.

Engoli de volta tudo o que eu disse. Otto *era* estranho, e ela não tinha insinuado nada; só estava perguntando.

— Está tudo bem.

Apagamos a luz para dormir. Momentos depois, ouvi a voz de Hilary espreitando na escuridão.

— Como é o ensino médio?

Contraí o cenho no escuro.

— Realmente não sou a pessoa indicada para você perguntar.

— Mas você está no ensino médio.

— Nunca fiquei em uma escola tempo suficiente para saber como é — eu disse. — Sempre soube apenas como é ser a aluna nova na classe. E isso não é nada divertido.

— Ah! — exclamou Hilary. — Eu não sabia.

— Não — eu disse. — Mas acho que vai gostar. Tudo o que você precisa é fazer alguns amigos.

— Espero que eu consiga — ela retrucou.

Pensei no que ela tinha dito.

— Você tem amigos agora?

— Sim , mas nem todos vão para o Uni no ano que vem.

— Tudo bem — falei. — Se você tem amigos agora, conseguirá fazer novas amizades depois.

— Você fez amigos? — ela perguntou.

— Como eu disse, realmente não sou a pessoa indicada para você perguntar.

16

Não dormi bem. No meu sonho, o plastine perseguia a mim e a Bren pelos corredores do subsolo. Bren corria na minha frente. Eu não conseguia alcançá-lo. Corria e corria e corria, mas a sua silhueta morena continuava se distanciando de mim. E, então, quando ele contornou um canto próximo à parede, olhou para mim e ele era Xavier.

— Venha, fique perto de mim! — ele gritou, mas eu não conseguia. As passadas robóticas do plastine arrastavam-se implacavelmente no meu encalço, e acordei quase gritando para que Xavier esperasse por mim.

Abri os olhos em um ambiente estranho e entrei em pânico até sentir o peso reconfortante de Zavier em meus pés, e então lembrei-me de que estava no quarto de Hilary. Meu sono foi inquieto depois disso, acordava ao primeiro sinal de um sonho. Eu não tinha trazido as minhas pílulas para dormir, mas não sei se as teria usado, considerando que o plastine, afinal, não era um pesadelo maluco. Os comentários de Otto sobre o uso de drogas tinham me marcado.

O despertador de Hilary me libertou da cama mais cedo na manhã seguinte. Eu não esperava Guillory antes das dez, mas levantei-me para tomar o café da manhã com a família. Bren usou a sua raquete de tênis para me servir uma barra de amaranto com mel no momento em que pisei na cozinha.

— Segure! — ele avisou, atirando-a com a precisão de um profissional na minha mão.

Fiquei surpresa, mas consegui apanhar a barra antes que ela caísse no chão.

— Uau! — disse Hilary, servindo dois copos de suco. — Eu ainda não consigo pegar nada do que ele me serve.

— A pintura dá precisão às mãos — respondi. — E acho que a fisioterapia está começando a surtir efeito.

Bren continuou usando a raquete para jogar pedacinhos de barra de amaranto no ar e apanhá-los com a boca.

— Ah, pare de se exibir! — disse Kayin, marchando pela sala. Ela apanhou um dos copos de suco de Hilary e desapareceu novamente.

— Ei! — Hilary chamou a atenção da irmã. Kayin nem reagiu. Hilary encolheu os ombros. — Aquele copo era para você — ela disse, empurrando seu copo para mim. Ela apanhou outro e o encheu de suco.

O Sr. Sabah se sentou, tomando café enquanto lia o jornal eletrônico. O aparelho se parecia com um *supertablet*, só que não era interativo e estava programado para facilitar a busca por notícias.

— Kayin, peça primeiro! — ele gritou da cozinha.

— Desculpe! — veio uma resposta falsa e abafada do outro cômodo.

Quanto mais tempo eu passava com a família de Bren, mais gostava deles. Ao contrário de Patty e Barry, a família era genuinamente interessada no bem-estar, interesses e realizações uns dos outros. Mas, ao contrário dos meus pais, ninguém ficava em cima, dizendo ao outro o que deveria fazer, o que vestir, como comer, o que pensar. Isso era... confortável.

Bren tocou no meu ombro quando estava saindo para ir ao treino de tênis.

— Aguente firme. A gente se vê quando tudo isso estiver resolvido.

— Sim — respondi, sentindo-me um pouco desamparada.

— Telefone se precisar conversar — Bren disse.

O apartamento pareceu muito quieto depois que as crianças se foram. Andei pela sala de estar. Minha pequena mala de viagem já estava pronta e esperando por mim. Pensei em pegar meu bloco de desenho, mas simplesmente não estava com vontade de desenhar. Em vez disso, fui até a prateleira que ficava sobre o holoprojetor e peguei o livro que vira na noite anterior.

O livro era um álbum de fotografias. Acomodei-me no sofá, Zavier subiu e ficou ao meu lado, deitando a cabeça sobre o meu tornozelo. Uma rápida olhadela no álbum e percebi que era uma seleção das "melhores fotos" da família, cuidadosamente escolhidas e organizadas por data. Desejei ter superado por completo a minha paixão por Bren, mas não tinha. Comecei pelo final, pelas fotos mais recentes de Bren com sua família.

Sorri. Vi a foto do que devia ter sido o último aniversário de Kayin. Ela estava abrindo um presente, um imenso cavalo de cerâmica de quase a metade de sua altura. Bren estava ajudando-a a rasgar o papel.

E lá estava ele outra vez, segurando um troféu de tênis. Seus braços ainda estavam inflados do jogo, fazendo com que as mangas da camiseta ficassem estufadas. Os cabelos estavam um pouco úmidos de suor.

Não sei por quantas fotos passei antes de perceber que a Sra. Sabah estava me observando.

— Sinto muito — eu disse. — Eu estava apenas... olhando... — realmente não tinha nenhuma desculpa por estar xeretando nas coisas dela.

— Tem uma foto ótima dele, da nossa última viagem à estação de esqui, dentro de uma piscina aquecida na neve — ela falou, sentando-se ao meu lado e virando a página. E vi Bren, com seu peito moreno exposto, cercado de vapor, tão lindo quanto o imaginara em meu estúdio.

Fiquei um pouco sem jeito.

— Está tão na cara assim?

— Não. Todas as garotas que ele traz para casa querem ver esta foto — ela disse séria. Deu mais uma olhada na imagem e, distraidamente, virou outra página. — Ele poderia ter uma bela coleção de fãs por causa do tênis, se quisesse. Mas não parece muito interessado nas garotas. Só pensa no esporte. Diz que quer ser profissional. O pai não aprova. — Ela tocou em uma foto de seu marido, com bastões de esqui nas mãos. — Ele quer que o filho trabalhe na UniCorp depois de se formar.

— A senhora acha que ele irá? — perguntei.

Ela encolheu os ombros.

— Não sei. — Em seguida, virou outra página e lá estava toda a família reunida, o Sr. e a Sra. Sabah, Bren, Hilary e Kayin à frente, e os pais da Sra. Sabah ao fundo; seu pai, de cabelos grisalhos, e uma senhora asiática com jeito amigável e sorriso caloroso (a melhor palavra que encontrei para descrevê-la foi "graciosa"). Ao lado dela, estava o irmão de Roseanna, com os mesmos olhos verdes, e duas crianças; os primos de Bren, presumi, apesar de a mãe das crianças aparentemente não estar na foto. — Meu irmão e eu não passamos de duas crias da UniCorp. Tivemos ótimas oportunidades lá dentro, por intermédio do papai, apesar de ele nunca ter se importado muito com o que fazíamos. Nós apenas seguimos o caminho mais fácil que, nesta cidade, quase sempre conduz para a UniCorp.

Ela tocou na fotografia do homem de olhos verdes.

— Ted sempre se arrependeu disso — disse. — Depois que a esposa o deixou, ele levou as crianças para uma viagem pela colônia da Europa. Eles só voltarão daqui a quatro anos, aproximadamente. — Ela suspirou. — Sempre questionei se é bom ter algo tão imenso e difuso ditando as regras de nossas vidas. Não tenho certeza se isso não sufocaria Bren.

— Mas o seu marido acha que é bom para ele?

— Sim. Mas Mamadou lutou para abrir caminho dentro da UniCorp. Ele é muito dedicado e trabalha duro pelo bem-estar de todos, assim como pela companhia. Mesmo assim, é uma batalha perdida. Ele nunca foi parte do que papai costuma chamar ironicamente de "Famílias da Realeza".

— Famílias da Realeza?

— A dele, a de Guillory e os Nikio. E, é claro, a sua agora.

— Nikio?

— Eles são encarregados de quase todas as contas do planeta, você não os conheceu ainda. Mas essas três famílias estão envolvidas quase desde o início com a UniCorp. São os filhos de pessoas contratadas por seus pais. Uma vez que a UniCorp a prende, ela nunca mais a solta. Fica impregnada na sua corrente sanguínea. — Ela tocou o rosto do irmão.

Fiquei olhando para o homem. Ele tinha uma fisionomia gentil, mas parecia um pouco perdido. Queria desenhá-lo, ele parecia familiar. Então, percebi que todos eram. Quando olhei mais de perto, vi Bren refletido nos rostos de todos que estavam na fotografia. Virei o rosto para longe do papel, como se ele pudesse me morder, e concentrei-me na Sra. Sabah.

— A senhora não está atrasada para o trabalho?

— Vou esperar por Reggie — ela disse. A campainha tocou. — Falando no diabo...

Ela me deixou no sofá olhando para o retrato da família de Bren. De repente, fui tomada por um sentimento de inveja. Queria a família *dele*! Meu coração doeu. Fechei o álbum de uma só vez e apanhei a mala, limpando as lágrimas dos olhos.

17

Deixei Zavier no meu apartamento, na esperança de que Patty e Barry tivessem sido sinceros quando disseram que cuidariam dele. Pelo que já conhecia deles, provavelmente iam contratar uma babá para o cachorro, mas não me importei, contanto que ele ficasse bem até a minha volta. Senti-me um pouco culpada por estar com uma imensa vontade de entrar em estase e deixá-lo para trás por duas semanas. De algum modo, ficar em estase para mim já não parecia tão real quanto era viver.

O Sr. Guillory me conduziu até o seu *hovercraft*, que fazia a minha limo-barca parecer uma canoa. Ele tinha um verdadeiro hover-iate, com assentos revestidos de pelica azul macia. Finalmente entendi por que Guillory não quis que eu trouxesse Zavier; ele teria mastigado as almofadas.

Depois que nos acomodamos nos espaçosos assentos e o barco acelerou, Guillory abriu um pequeno frigobar instalado na lateral e me ofereceu vinho gelado. Eu não sabia como lhe dizer que meu estômago ainda não estava bem, por isso acabei aceitando. Se eu bebesse bem devagar, provavelmente não seria tão ruim.

— Você gostaria de ouvir música ou assistir a um holoprograma? Temos muitos quilômetros pela frente.

— Música seria ótimo — eu disse. Percebi que Guillory estava tão sem jeito quanto eu. Ele disparou alguns nomes, mas o único que reconheci foi o de uma banda sobre a qual eu ouvira o pessoal da escola comentando. Ao final de imensa lista, ele adicionou:

— Tenho também algumas suítes de violoncelo de Bach.

— Seria ótimo — eu disse, agarrando-me ao conhecido.

Quando os compassos densos e adocicados da música inundaram a cabine, encolhi-me no assento e desejei ter a cabeça sedosa de Zavier para acariciar. Ou Xavier para abraçar, como havia tanto tempo eu estava desejando.

Olhei pela janela enquanto a ComUnidade ia ficando para trás, desaparecendo gradualmente na cinzenta paisagem urbana.

Eu esperava ficar horrorizada. Afinal, sempre ficava quando ia para a cidade. Mas não demorou muito para que percebesse que a cidade que eu conhecia estava morta.

Também já não existiam mais as multidões de pessoas apressadas; as fumaças venenosas e os sons das guerras de gangues que ecoavam aos ventos; as crianças famintas que se aproximavam da janela quando o trânsito parava, jogando pedrinhas para chamar a atenção; as empresas de segurança particular com suas eletroarmas e escudos protetores letais, que capturavam os mendigos e os empurravam para os becos escuros.

Não pude acreditar no que via.

— Estamos contornando a cidade? — perguntei, convencida de que estávamos evitando os bairros mais perigosos.

Guillory olhou pela janela.

— Não — disse. — Esta é a cidade.

Suspeitei que houvesse algum tipo de gueto, um campo de concentração.

— Onde ficam os pobres?

Guillory observou as ruas.

— Acho que tem um ali — ele disse, apontando para uma jovem mãe que estava com seu filho em um carrinho de bebê de segunda mão. Ela era uma artista de rua e estava tocando um violão velho para as pessoas que passavam.

Fiquei olhando para ela através da janela de vidro escuro do hover-iate, ela não estava morrendo de fome. Suas roupas eram velhas, mas não estavam amassadas ou rasgadas. Seja lá qual fosse a sua situação, tivera tempo livre o suficiente, quando não estava lutando por dinheiro ou comida, para aprender algo tão luxuoso como a música. O filho segurava um copinho de criança cheio de suco e parecia estar rindo com a música.

— O senhor está brincando! — eu disse.

— Não. — Ele sorriu para mim. — Tudo parece diferente, não é mesmo? Depois dos Tempos Sombrios, não restaram muitas pessoas.

— Mas onde estão os seguranças?

— Se ninguém está desesperado, não há motivo para distúrbios. A maioria das empresas de segurança fechou as portas no final da Reconstrução. — Ele franziu o cenho. — A UniCorp perdeu muito dinheiro com isso — ele refletiu. — Ainda bem que éramos diversificados.

Eu o encarei. Como Guillory era capaz de se preocupar apenas com os lucros que a UniCorp tinha perdido quando as empresas de segurança deixaram de ser necessárias? Ele era mais jovem do que eu, se levássemos em consideração a minha data de nascimento. Eu já estava em estase quando Guillory nasceu. E, mesmo assim, ele já não era mais jovem. Acho que deveria ter uns cinquenta e poucos anos, o que significava que nascera durante os Tempos Sombrios. Durante sua infância, ele deve ter visto a mesma miséria e diferenças sociais que eu vi. O processo de Reconstrução tinha reparado todos os terríveis desníveis sociais que eu vi como se fosse uma consequência dos fatos durante toda a minha vida. Eu tinha ouvido sobre aquilo nas aulas de história, mas as palavras não me pareceram reais até que eu visse. Parecia um milagre que aquilo era o resultado de um colapso total e absoluto.

Guillory estava usando um terno azul-escuro, que o deixava menos parecido com uma estátua dourada, mas, mesmo assim, ele ainda me irritava. Apanhei meu bloco e comecei outro desenho do meu Xavier.

Era surpreendente eu nunca ter me esquecido dele, mas sabia que muito provavelmente tinha sido por causa da estase. As lembranças dos dias que antecediam a estase sempre pareciam muito mais vívidas do que as demais. A estase as mantinha frescas na mente por muito mais tempo do que em uma situação normal, quando iriam se acomodar no fundo do subconsciente até ficarem gravadas para sempre. Eu ainda me lembrava da expressão de Xavier quando disse adeus... por mais que eu não quisesse. Para afastar essa lembrança, tentei pensar em todas as vezes que ele me envolvera em seus braços, do quanto era bom despertar da estase e encontrar ele e Åsa esperando por mim.

O ano que passei com Xavier, quando eu tinha quinze anos, foi o melhor da minha vida, apesar de o começo ter sido complicado. Pela primeira vez, fiquei com medo de entrar em estase.

Uma coisa era despertar, descobrir que meu querido amigo tinha completado seis anos e eu tinha perdido seu aniversário. Outra coisa era ficar longe do meu namorado por quatro, seis, nove meses. O tempo nunca me pareceu tão precioso.

E, pela primeira vez, tive sorte. Todas as vezes que eu saía da estase, nós tínhamos uma nova criada. Dessa vez não foi diferente. Duas semanas depois de Xavier e eu termos trocado nosso primeiro beijo, minha mãe contratou Åsa.

Åsa era sueca. Seus cabelos eram cor de mel, com algumas mechas grisalhas. Ela era mais um sargento do que uma empregada. Forçava-me a limpar o meu quarto, algo que nenhuma outra criada tinha feito. Ensinou-me a lavar a minha roupa, a cozinhar refeições simples, a preencher as inscrições para a faculdade. Eu achava que era um pouco cedo para aprender tudo aquilo, mas ela insistiu. Eu achava que meus pais escolheriam a faculdade para mim... como sempre. Mas ela simplesmente achava que eu precisava aprender as coisas, "só para garantir". "Só para garantir" era a grande frase de Åsa.

Nunca contei para os meus pais sobre como Åsa era rígida comigo. Acho que a teriam demitido, e eu gostava dela. Para mim, Åsa parecia muito real.

Algumas semanas depois da chegada da nova empregada, mamãe me pegou de surpresa pouco antes do jantar.

— Tenho algo para você — ela disse.

— É mesmo? — levantei com um pulo e juntei as mãos educadamente.

Mamãe riu, deu-me um beijo e, então, ergueu as mãos fechadas. — Escolha uma delas.

Franzi a testa e escolhi a da esquerda. Tinha um caramelo lá dentro. Fiquei um pouco desapontada, mas peguei mesmo assim.

— Obrigada.

Mamãe riu e abriu a outra mão.

— Uau! — exclamei e, com todo cuidado, peguei a câmera digital que ela me estendia. A câmera era do tamanho do meu dedo indicador, pequena o suficiente para carregá-la dependurada no pescoço, e ela se ajustava automaticamente para tirar fotos tão nítidas quanto quaisquer outros modelos disponíveis no mercado.

— É para você tirar fotos e usá-las como referência nas suas pinturas.

— Ah, mamãe. Muito obrigada! — eu lhe dei um abraço apertado e ela acariciou meus cabelos.

— Vá procurar uma correntinha na caixinha de joias. Acho que aquela de prata quadradinha vai ficar melhor. Depois vá se trocar para o jantar. Vista azul-royal esta noite; acho que, nesta estação, você tem dois vestidos dessa cor. Pode escolher um deles.

— Obrigada.

— A propósito, você deveria saber — ela disse enquanto eu seguia para o meu quarto. — Vamos fazer uma viagem a negócios no fim do mês.

Parei.

— Ah! — eu disse. Voltei-me para ela, segurando firme a minha câmera. — Vocês precisam mesmo?

— Sim, querida. Você quer ir para o seu tubo hoje à noite, ou prefere esperar até o dia da nossa partida?

— Eu gostaria de esperar, mamãe — respondi.

Mamãe franziu a testa.

— Tem certeza? Estaremos muito ocupados nos próximos dias, fazendo as malas, arrumando tudo.

— Quanto tempo vocês vão ficar fora?

— Somente um ou dois meses. Não precisa se preocupar.

Engoli em seco.

— Certo — eu disse.

Mais tarde, só belisquei a comida.

Depois do jantar, encontrei Xavier no jardim principal. Caí em seus braços e ele me envolveu sem falar nada. Depois de alguns minutos, ele me deu um beijo na testa.

— O que aconteceu, Rose?

— Mamãe e papai vão viajar — contei. — Outra vez.

Xavier me puxou de volta, assustado.

— Mas só faz três semanas que eles viajaram!

— Sei disso — eu falei. Não era justo. — Você vai esperar por mim?

Os olhos de Xavier se encheram de dor.

— Eu sempre vou esperar por você... Mas...

— Eu sei — falei, e a minha voz refletiu a dor de meus olhos.

— Quanto tempo?

— Eles disseram que será apenas um ou dois meses.

— Isso foi o que eles disseram da última vez e acabaram demorando mais de sete.

Torci o nariz.

— Eu voltarei — disse. — Prometo.

— Sei que você vai voltar. Sei que vai. — Ele cobriu meu rosto de beijos até que meus joelhos desabassem e eu derretesse em seus braços. — Vou sentir saudade de você! — ele sibilou. — Droga! — ele me abraçou tão apertado que quase me machucou. — Isso não é justo!

— É para o meu bem — eu disse, mais para mim do que para ele.

— Isso é o que você sempre diz. — Ele deslizou os dedos entre os meus cabelos. — Você não percebe que é diferente agora?

— Claro que percebo! — Afastei-me dele. — Você acha que eu quero ficar para trás?

— É você quem está me deixando para trás — Xavier observou. — Você não pode pedir para eles deixarem você acordada? Já está com quase dezesseis anos, não seria justo lhe darem um pouco de liberdade?

— Não — respondi. — Não tenho idade suficiente para ficar sozinha. Eles sabem disso.

Os ombros de Xavier penderam.

— Eu poderia pedir para os meus pais deixarem você ficar conosco.

— Seus pais nunca permitiriam — eu disse. — Eles nunca iriam contra o meu pai.

Isso era verdade. Eles trabalhavam para a UniCorp, assim como todos que moravam na ComUnidade. Papai era o rei do lugar.

Xavier jogou a cabeça para o lado, como se estivesse tentando encontrar uma solução.

— Você não poderia pedir para eles a levarem junto? Nós poderíamos conversar pela internet. Isso seria melhor do que... do que...

— Eu sei — respondi. — Mas não há nada que eu possa fazer. Nós ainda temos alguns dias antes de eles partirem. Não podemos simplesmente aproveitar?

Xavier cerrou os punhos.

— Peça para eles. Por favor, só *peça* para eles!

Eu não queria pedir para eles. Parecia errado questioná-los. Mas por Xavier...

— Vou tentar — prometi.

— É claro que você não pode vir conosco, querida — disse mamãe quando tentei, na noite seguinte. — Estaremos trabalhando o dia todo. Você vai ficar sozinha.

— Eu sei — disse. — Mas eu poderia, sabe, aprender sobre a empresa, para quando eu crescer. E...

Papai riu.

— Você não vai ter de se preocupar com isso, pequena. Continue brincando com as suas tintas.

— Mas eu... — Eu sabia que não daria certo. Mas por Xavier, eu era capaz de tentar qualquer coisa. — Acho que sou grande o bastante para cuidar de mim mesma, eu poderia ficar aqui. Vocês poderiam contratar um tutor ou...

Mamãe me encarou como se tivesse me açoitado.

— Você quer ficar aqui sozinha? O que está pensando? Você é uma criança! Mark, coloque algum juízo na cabeça da sua filha!

— Ouça a sua mãe — disse papai, sem olhar para mim.

— Mas papai…

Ele se virou para me encarar.

— Você acabou de dizer "mas" para mim?

— Não, senhor — eu disse, com os olhos voltados para o chão.

Meu pai estava bravo.

— Não me contradiga na minha própria casa, ouviu? Já aguento o suficiente no trabalho. Espero ser obedecido na minha casa.

— Sim, senhor.

Um pesado silêncio seguiu-se enquanto papai olhava para a minha cabeça abaixada.

— Assim é bem melhor — ele disse, fazendo um afago nos meus cabelos. — Agora, peça desculpas para a sua mãe.

Voltei meu olhar para ela.

— Sinto muito, mamãe.

— Está tudo bem, querida — ela disse, envolvendo-me em um abraço apertado. — Acho que você está um pouco agitada. Vá para o seu quarto e arrume tudo. Acho que deveríamos colocar você em estase esta noite.

— Hoje? — tentei esconder o choque da minha voz quando olhei para ela.

— *Você* não acha que está muito agitada? — ela perguntou, olhando no fundo dos meus olhos. Seus olhos azuis brilhavam preocupados.

Pensei a respeito. Eu me sentia agitada e infeliz. Ela provavelmente estava certa.

— Sim, mamãe.

— Boa menina — disse, beijando meu rosto. — Eu sabia que tomaria a decisão certa. Vou pedir um belo jantar para nós antes de você se deitar. Lagosta ou codorna?

— Codorna, por favor — respondi, forçando um sorriso.

— Claro, querida. O que você quiser.

O que eu queria era ficar com Xavier, mas não ousei pedir outra vez.

Fui para o meu quarto, arrumei a cama e verifiquei se toda a roupa suja estava separada para que Åsa pudesse cuidar de tudo por mim enquanto eu estivesse em estase. Então, arrumei minhas tintas para que tudo ficasse certinho e pronto para quando eu voltasse. Contraí as sobrancelhas, olhando para a pintura a óleo que eu começara, era a paisagem de uma montanha tortuosa reluzindo sob um céu noturno. Parecia uma paisagem alienígena, não fosse pela vegetação que tinha começado a pintar, que parecia mais aquática do que terrestre. Eu estava muito orgulhosa, mas sabia que provavelmente acabaria me esquecendo da visão que tinha tido para o quadro depois que saísse da estase. Minhas obras sempre evoluíam um pouco durante longos períodos de estase.

Xavier também evoluiria mais do que eu. Talvez ele voltasse para aquela garota chamada Claire, ou talvez encontrasse outra pessoa. Lágrimas escorreram por meu rosto e tentei forçá-las de volta. Mamãe e papai não podiam ver que eu havia chorado. Eles estavam certos, eu era muito teimosa. Muito emotiva com pequenas coisas.

Åsa abriu a porta do meu quarto com a cesta de roupa limpa embaixo do braço.

— Desculpe, senhorita — ela disse com uma leve mesura. — Pensei que estivesse com o seu namorado.

Xavier! Ele não sabia que eu entraria em estase naquela noite! Corri para o bloco de desenho mais próximo e escrevi uma carta o mais rápido que pude.

— Åsa, preciso que você faça algo por mim! — pedi.

— O quê?

— Preciso que você entregue este bilhete para Xavier, amanhã. Você poderia fazer isso?

— Claro que sim, senhorita. Mas você não pode entregar pessoalmente?

— Não, vou entrar em estase hoje à noite.

— Estase? Mas por quê?

— Mamãe e papai vão viajar a negócios — eu disse. — Por favor, apenas entregue isso para Xavier.

Åsa olhou surpresa para mim durante alguns segundos e, então, concordou. Assinei a carta: "Com amor, Rose", e arranquei a folha do bloco. Dobrei o papel e entreguei a ela.

— Por que estase? — Åsa perguntou. Ela ainda não estava familiarizada com as dinâmicas da nossa casa.

Suspirei, descontente.

— É difícil explicar.

A fisionomia de Åsa endureceu de repente.

— *Ja, flicka* — ela disse. — Farei o que você está pedindo.

Depois do nosso jantar de despedida, papai me deu um forte abraço antes de mamãe me levar para o meu enorme *closet*, onde guardávamos o tubo de estase. Ela me ajudou a entrar no aparelho e me deu um beijo.

— Estou muito orgulhosa de você. Você sabe disso, não é mesmo, querida? No fim, você sempre toma a decisão certa.

— Obrigada, mamãe — eu disse. — Amo você.

— Eu também a amo. Nós nos veremos dentro de alguns meses.

— Boa viagem.

— Boa noite.

— Boa noite.

A música começou, e pude sentir o perfume adocicado da estase química enquanto a tampa lentamente se fechava sobre mim. Mamãe estava certa. Era a decisão certa.

Tentei não pensar em Xavier.

* * *

A princípio, mantive os olhos fechados e tentei me prender ao meu sonho estase, que envolvia velejar sobre uma brilhante superfície de lava derretida. A lava, que supostamente seria quente, estava confortável como um banho relaxante. Alguém segurou a minha mão delicadamente e fiquei surpresa. Mamãe costumava me chacoalhar até que eu saísse do sonho e da estase. A calma presença me despertou mais rápido do que os cutucões da mamãe. Para minha surpresa, quando abri os olhos, o rosto que sorria para mim não era o de mamãe.

— Xavier?

Ele abriu um sorriso tão largo quanto a porta de uma igreja.

— Como você entrou aqui?

Ele inclinou a cabeça para trás e eu vi Åsa parada junto à porta.

— Bom dia, senhorita.

— O que está acontecendo? — perguntei, e a resposta fez com que eu me sentisse alegre e culpada ao mesmo tempo.

Åsa entregara o bilhete a Xavier e perguntara a ele por que eu ia ser colocada em estase. Xavier contou a verdade para ela, que meus pais costumavam me colocar em estase regularmente. Quando ele admitiu que me conhecia desde que eu tinha sete anos, Åsa não disse nada. Mas, na manhã em que meus pais partiram, ela bateu na porta do apartamento de Xavier e perguntou se ele sabia como funcionava o tubo de estase. Xavier era um *hacker* talentoso e, em poucas horas, descobriu um modo de alterar o cronômetro do meu tubo de estase para que o aparelho continuasse lendo que eu ainda estava lá dentro.

Åsa decidira que ela podia tomar conta de mim enquanto meus pais estavam fora. Eu poderia continuar indo para a escola, vivendo a minha vida, e ficar com Xavier. Meus pais não veriam meus registros acadêmicos, e as escolas não reclamam quando o aluno aparece — mas apenas quando o aluno não aparece. Mamãe e papai nunca iriam ficar sabendo. No dia anterior à volta de meus pais, eu voltaria para a estase e, graças às habilidades de Xavier, ninguém perceberia. Quando perguntei para Åsa por que ela estava fazendo isso, ela disse apenas que não cabia a ela discutir com os meus pais, mas que tinha sido instruída para cuidar da casa da melhor maneira possível enquanto eles estivessem ausentes.

Senti-me culpada por estar enganando meus pais daquela forma. Não fosse por Xavier, eu teria pedido para me colocarem em estase novamente e esperado obediente pelo retorno deles. Mas lá estava Xavier, e eu não podia abrir mão daquela oportunidade.

Foi assim que começou o melhor ano da minha vida. Meus pais, de fato, retornaram dois meses depois. Voltei alegremente para a estase e, oito horas depois, estávamos tomando o meu café da manhã com champanhe.

Um mês e meio depois, quando meus pais partiram novamente, fui para a estase sem reclamar. E, quando eles voltaram duas semanas depois, não faziam ideia de que eu passara aquele tempo vivendo a minha vida. Aquilo se repetiu várias vezes durante o ano todo. Eu teria perdido meu aniversário de dezesseis anos, não fosse por Åsa e Xavier. Os dois fizeram uma festa particular para mim , e Åsa cantou o "parabéns a você" em sueco. Pela primeira vez, vi as estações do ano mudarem, do verão para o outono, para o inverno, e de volta para a primavera.

Na primeira noite límpida de primavera, Xavier e eu sentamos no jardim, enrolados em um cobertor, observando a lua se erguendo sobre o jardim.

— Eu realmente amo isso — sussurrei.

— Eu realmente amo você — Xavier sussurrou ao meu ouvido, fazendo com que eu sentisse um calafrio percorrendo a minha espinha. — Estou tão feliz porque não vou perdê-la novamente — ele disse, com um beijo sobre a minha têmpora. — E novamente, e novamente. — Cada vez que ele dizia isso, me beijava em um lugar diferente. — Cada vez é como se você tivesse morrido.

Olhei para seu rosto pálido à luz do luar.

— É essa a sensação que você tem?

— Sofro todas as vezes — ele disse. — Sempre tenho medo de nunca mais ver você.

Estremeci, um resquício do inverno que morria nos cercava. Mas os braços de Xavier me mantiveram aquecida.

— Isso não vai acontecer — garanti a ele.

— Como você sabe? — Xavier perguntou. — Você teria perdido sete dos últimos dez meses e, se não fosse por Åsa, ainda estaria com quinze anos.

— E você teria me deixado para trás outra vez — sussurrei.

— É você quem sempre me deixa para trás.

— Até hoje eu tenho... esperado por você. Mas agora você foi longe demais. Estou começando a ficar para trás.

Xavier tocou meus cabelos e olhou no fundo dos meus olhos.

— Você acha que deveríamos contar para alguém?

— Contar o que para alguém?

— Quanto tempo foi deixada em estase. Isso não deve ser bom para você.

— Sou muito tensa, preciso de um refresco de vez em quando.

Xavier zombou.

— Acho que seus pais colocariam em estase qualquer filho que tivessem, fosse ele tenso ou não. Nunca vi você agindo de um modo que não fosse dócil e submisso. — Ele beijou toda a minha testa. — Você é quase divina de tão angelical que é.

— Isso é porque sei que posso fugir de tudo, se precisar — eu disse.

— Estou inclinado a pensar que se trata de um feliz acidente de caráter — Xavier disse. Então, suspirou e se afastou um pouco de mim. — Ou talvez não seja tanta sorte assim. Talvez, se você não fosse tão obediente, não permitiria que eles a mantivessem criança.

Afastei-me.

— Não coloque as coisas dessa maneira! — eu disse. — Além do mais, se eu não tivesse sido colocada em estase, nós nunca poderíamos ter ficado juntos.

Ele sorriu, deslizando os dedos sobre as minhas sobrancelhas.

— Sete anos não é uma diferença de idade tão grande assim — falou.

Eu não disse nada, mas comecei a fazer cálculos. De acordo com a minha certidão de nascimento, eu deveria estar com trinta e oito anos. Devo ter perdido muitos mais anos do que imaginava, durante a minha infância. Mamãe e papai não me pareciam tão velhos. Mas eles tinham feito muitas viagens interplanetárias. Tinham passado muito tempo em estase também. Olhei para Xavier. Se eu nunca tivesse sido colocada em estase, estaria com vinte e dois anos quando ele nasceu. Eu poderia ser sua mãe.

Essa ideia fez com que me sentisse desconfortável. Eu o puxei para mais perto.

— Amo você — sussurrei.

— Eu também amo você, Rose — ele disse. — Para sempre.

Para sempre. Fiquei imaginando se o espírito dele ainda olhava por mim, do lugar para onde o espírito dos mortos vai. Será que ele ainda me amava?

Fiz os últimos retoques do meu último desenho de Xavier. Provavelmente era um modo mórbido e obsessivo de passar o tempo, mas serviu para desviar a minha mente de Bren e Guillory e do assassino que estava à minha procura. Xavier ainda era a minha pedra de salvação, ao menos na minha mente.

Nunca perguntei para onde estávamos indo, mas, no meio da tarde, o hover-iate de Guillory deslizava sobre o oceano rumo ao sul. O iate tinha de tudo. Como se fosse um mágico, ele fez surgir um almoço com caviar logo após o meio-dia. Até me perguntou se eu queria tomar um banho no pequeno e elegante banheiro, que acabei recusando. Em vez disso, concentrei-me em meus retratos de Xavier. Eu tinha resolvido encher aquele bloco com uma sequência de retratos dele, desde bebê. Eu acabara de fazer o retrato de Xavier com doze anos quando Guillory se ergueu, olhando pela janela.

Ele passou a maior parte da viagem falando ao celular com a secretária ou trabalhando no *supertablet*. Agora, quando o sol estava começando a tornar o céu dourado, ele se despediu da secretária, desligou o telefone e apontou para fora.

— Chegamos — ele disse.

Eu achava que ele fosse me levar para uma ilha particular, mas não esperava tamanha extravagância. Estávamos rapidamente nos aproximando de uma praia deserta.

— Para onde estamos indo?

— Tenho uma suíte incógnita neste hotel — Guillory explicou. — É muito útil quando quero escapar por alguns dias. A maioria das pessoas daqui me conhece como Sr. Jance, por isso, me chame de Reggie e não de Guillory, por favor.

O hover-iate foi puxado para dentro de uma baía que ficava na linha costeira, em vez de uma simples garagem de barcos. Contornando toda a linha costeira da ilha havia uma imensa faixa magnética. Nenhum barco tinha autorização para se aproximar. Aquilo me pareceu estranho. Sem mencionar que era caro. As faixas magnéticas não eram nada baratas.

— Onde estamos?

— Nirvana — Guillory respondeu.

— Como?

— Ah, desculpe, como você poderia saber? — Guillory soltou a sua irritante risada camarada. — A UniCorp criou uma série de ilhas artificiais ao norte... ah, eu tinha me esquecido. Mas isso não importa. Este lugar é realmente muito lindo. Eles removeram areia do fundo do oceano e construíram este pequeno arquipélago. Quando você olha do alto, as ilhas formam o logotipo da UniCorp. O nome desta ilha é Nirvana, e ela forma a cabeça e o chifre do unicórnio. As praias ao longo do pescoço são maravilhosas. Somente a elite pode pagar por uma suíte aqui.

Fiquei um pouco confusa.

— Ilhas artificiais? — não era uma ideia nova, mas todas as tentativas anteriores no início do segundo milênio tinham dado muito errado, criando zonas mortas e estagnadas no oceano, que resultaram em restingas estéreis e venenosas e não em *resorts* de luxo. — O que há de errado com os *resorts* nas ilhas naturais?

— Este lugar é considerado muito seguro. Estamos na parte mais segura do oceano. Praticamente não há nenhum risco de furacões ou terremotos. E como não há nativos, não roubamos a terra de ninguém.

Ele disse aquilo como se fosse uma virtude, e talvez fosse. Mas se eu havia entendido corretamente, a população do mundo já tinha sido reduzida substancialmente. Portanto, investir uma vasta quantia dos recursos financeiros do planeta em *resorts* em um arquipélago artificial no meio do oceano em vez de alavancar a economia de alguma ilha tropical, ou melhor, fazê-lo sem desperdiçar os *resorts* que já existiam, pareceu-me um modo um tanto egoísta de cuidar do planeta. As aulas de história que eu frequentara com Bren dedicavam uma unidade inteira à economia da Reconstrução, e isso era contrário ao que aprendemos. Sem mencionar a devastação que tal projeto deve ter causado ao fundo do mar. Será que eles imaginavam quantas plantas e animais tinham sido mortos impensadamente só para remover a areia? Só porque a UniCorp tinha uma imensa quantia de dinheiro, de repente, a ecologia do oceano já não importava mais?

Mas o que eu sabia?

Mais uma vez eu estava impressionada com todo o poderio da UniCorp. Ela era dona de pessoas e colônias e até mesmo a Terra teve de se moldar aos seus caprichos. O que mais a UniCorp estava tentando moldar? Pensei em Otto e estremeci.

Carregadores surgiram do nada e levaram a minha mala. Respirei fundo e segui-os rumo ao *resort*.

O Sr. Guillory nos registrou e tivemos de gravar nossas retinas para que as portas pudessem se abrir. O nome do Sr. Guillory apareceu como Sr. Jance quando sua retina passou pelo escâner e, na minha vez, ele me registrou como Rose Sayer. Esperei que isso fosse o suficiente para que o assassino não encontrasse meu paradeiro.

* * *

A constante verificação *on-line* detectou algo. Dessa vez, não foi o nome que chamou a sua atenção; foi a verificação da retina que despontou em cores brilhantes em seus processadores plastificados. O nome ligado à retina estava incorreto, mas seu programa era flexível o suficiente para acreditar em um erro humano.

ALVO IDENTIFICADO: COMBINAÇÃO DE RETINA CONFIRMADA, ROSE SAMANTHA FITZROY.

LOCALIZAÇÃO RECONHECIDA: NIRVANA.

DIRETIVA: RETORNAR ALVO AO PRINCÍPIO.

Ele buscou pela localização das ilhas Unicórnio e tentou acessar meios para conseguir chegar lá. Isso não seria fácil. Finalmente, constatou que teria de comandar um dos novos veículos, cujas especificações estavam disponíveis na rede. Enquanto uma das partes de seu processador cuidava disso, outra executava a conhecida rotina de buscar pelo princípio na rede.

VERIFICAÇÃO... VERIFICAÇÃO... VERIFICAÇÃO... VERIFICAÇÃO...

PRINCÍPIO INDISPONÍVEL.

DIRETIVA SECUNDÁRIA REINSTALADA: EXTERMINAR ALVO.

INICIAR.

Seus processadores previram que poderia demorar aproximadamente dez horas para chegar às ilhas Unicórnio se conseguisse encontrar rapidamente um *hovercraft*. Ele estava com sorte. Um veículo atingiu-o assim que colocou os pés na rua.

Ele foi derrubado pelo peso do barco, mas o motorista conseguiu manter o controle, desacelerou e virou, batendo de um lado para o outro na estrada como se fosse uma bola de tênis. Ele calculou o tempo de inércia da máquina e ficou parado logo atrás, agarrando-se a ela para que parasse. A força cinética fez com que o veículo girasse até parar. Uns vinte veículos acabaram se chocando atrás daquele que ele tinha parado.

Ele arrancou a porta do barco e jogou-a, com um estalo, na estrada. O condutor se encolheu dentro do veículo.

— Minha diretiva requer um meio de transporte — ele anunciou. — Vou comandar este veículo. — E entrou sem mais preâmbulos.

O plastine ignorou o ocupante apavorado enquanto este saía pela porta aberta. Não havia motivo para exterminar uma pessoa que não tentara impedi-lo.

18

O CELULAR DO SR. GUILLORY TOCOU NO MOMENTO EM QUE ENTRAMOS NO QUARTO do hotel.

— Reggie — ele disse ao atender.

— Sr. Guillory, pensei que o senhor fosse gostar da notícia — disse a voz que reconheci como a da secretária dele. Guillory conversara com ela durante a tarde toda. — Eles localizaram o plastine. Estou enviando a imagem da notícia para sua tela agora.

— Que maravilha! — Guillory disse e abriu a tela.

Coloquei-me atrás dele para ver. A imagem holográfica saiu um pouco distorcida e estranha na tela plana, mostrando meu agressor de plástico brilhante pulando no meio de uma estrada. Enquanto os *hovercrafts* atrás do plastine batiam de um lado para o outro entre as guias magnéticas de pedestre, como se fossem discos sobre uma mesa de hóquei, o plastine arrancou a porta de um barco que já estava todo batido e foi embora dirigindo o veículo. Outra cena, filmada de um ângulo distinto, mostrava o ocupante do barco cair na estrada, rolar e continuar deitado, enquanto meia dúzia de *hovercrafts* passavam por cima de sua cabeça sem causar nenhum ferimento.

Então, a cena mudou. Eu não conseguia ouvir a voz do repórter, mas alguém estava entrevistando o homem, que tinha um arranhão no rosto causado pela queda em alta velocidade na estrada.

A secretária do Sr. Guillory continuou.

— A polícia disse que está muito difícil rastrear o plastine, pois parece que ele conseguiu desativar o *link* do barco com o satélite, mas disseram que devem prendê-lo dentro de uma hora.

— Obrigado, Stella. Mantenha-nos informados. — Ele se voltou para mim. — Viu? Eu disse que tudo daria certo.

Respirei fundo. Ao menos agora eu tinha certeza de que a coisa existia. Guillory tocou na tela para ver que horas eram.

— Tem um ótimo restaurante a céu aberto, logo abaixo da base do chifre — ele disse. — Gostaria de me acompanhar?

Balancei a cabeça.

— Eu não conseguiria comer — falei.

— Fique à vontade. Esta suíte é toda nossa. O seu quarto fica naquele corredor, o meu é logo ali. Você pode ouvir música ou ligar a holovisão no volume que quiser. Todos os quartos possuem isolamento acústico. Se precisar de alguma coisa, não hesite em ligar para o serviço de quarto. Você tem o número do meu celular?

Assenti, e Guillory me deixou com os meus equipamentos.

Senti-me desconfortável. Já estivera em suítes como aquela, normalmente quando ia a algum baile de caridade com minha mãe. Eu sempre era exibida naqueles bailes, mais como um acessório do que como uma pessoa. Da mesma forma que Guillory me lembrava uma estátua de ouro, a suíte parecia uma caixinha de joias. O lugar perfeito para guardar aquela estátua dourada. Suspirei e fui procurar o banheiro.

Uma vez que o banho de banheira tinha me feito tão bem na noite anterior, resolvi preparar outro naquele opulento banheiro e mergulhei na água pura e importada. Eu sabia que a procedência da água não faria nenhuma diferença, mas tudo aquilo pareceu falso para mim, como desenhar uma imagem em computador em vez de usar pincel e tinta. Depois do banho, vesti um uniforme limpo, deixando a mala e tudo o mais no banheiro.

Fui para a sala de estar da suíte à procura do meu *supertablet*. Ainda não eram dez horas, mas Otto devia estar preocupado. Então me lembrei de que não trouxera meu *supertablet*. Eu até poderia usar o de Guillory, mas ele não tinha me oferecido, e eu não iria mexer na tela de alguém sem permissão. Havia tantas coisas para contar a Otto. Principalmente os acontecimentos de hoje. Fiquei à toa pensando se a secretária de Guillory já tinha telefonado para confirmar a captura do plastine. Quem sabe eu não poderia voltar para casa amanhã? Eu realmente queria conversar com Otto. Ele acharia este lugar hilário. A UniCorp brincando de Deus com suas ilhas artificiais e suas pessoas artificiais. Pensei na Dra. Bija também, será que Guillory ou alguém tinha se dado ao trabalho de avisá-la onde eu estava? Fiquei com receio de perder a minha próxima sessão. Otto, a Dra. Bija, Zavier, meu estúdio... eu não tinha me dado conta até aquele momento, mas realmente havia criado algo parecido com uma vida. E agora estava preocupada: e se o agressor tivesse a intenção de me fazer perder essa nova vida?

Não sabia se ligava ou não a holovisão que estava no canto, e decidi não ligar. Dei uma olhada no relógio. Abri a janela que dava para a sacada, e o som do mar invadiu meu corpo. Apesar de ser dourada e luxuosa, a sala era bem confortável. Encolhi-me sobre um divã com o meu bloco de desenho, mas logo comecei a cochilar. Com certo alívio, adormeci ao som das ondas lá de fora.

Meu descanso foi interrompido. O Sr. Guillory entrou barulhento na sala.

— Rose! Estou feliz que você ainda esteja acordada!

Pisquei com a visão turva. Estava muito escuro lá fora, com aquela luminosidade característica que vem acompanhada de um cheiro no ar em algum momento depois da meia-noite.

Guillory tinha trocado o terno azul por um marrom amarelado, obviamente era a sua ideia de um traje mais descontraído. Ele deu uma olhada para o pátio vazio, lá embaixo, por um momento antes de deslizar as portas de vidro, calando o som das ondas artificiais. Em seguida, rumou na direção do bar e se serviu de uma bebida.

— Estava com receio de que você já tivesse ido se deitar.

— Acabei dormindo aqui — murmurei, tentando pensar em um modo de dizer: "Eu realmente deveria ir para o meu quarto, agora".

— Bom, bom — Guillory disse, sem me dar ouvidos. Ele se virou, segurando o copo e puxou uma das poltronas douradas para um pouco mais perto do meu divã. Em seguida, largou-se pesado sobre a poltrona. Em seu terno marrom, sobre a poltrona dourada e com o copo cheio de um líquido âmbar na mão, ele parecia a estátua egípcia de um faraó, um semideus, contemplando o seu domínio. O gelo dentro do copo reluziu como se fosse um diamante.

— Então, Rose. Sabe, estive pensando. Foi uma tremenda surpresa quando você ingressou na nossa pequena família da UniCorp. Ou melhor, *reingressou*. Quando nos encontramos pela primeira vez, pensei que a tivesse conhecido de verdade. Pensei que eu tinha entendido você, mas percebi que não. Eu apenas criei uma imagem de você. Você não é nada parecida com seus pais, é?

Sentei-me um pouco melhor e abracei meu bloco.

— Não sei.

— Bem, eu sei — Guillory disse com um sorriso. — Estou administrando a empresa deles, afinal. Um belo legado, isso sim. Você sabe que Jackie gostava de se dedicar à caridade. Bailes e coisas do tipo.

— Sim, eu sei — disse, perguntando-me por que ele tinha chamado a mamãe de *Jackie*. — Nós costumávamos sair para comprar vestidos que combinassem, e ela me levava para bailes de gala de caridade, jantares, campeonatos de pôquer.

— Isso deve ter sido muito divertido — Guillory comentou. — Devia chamar muita atenção, duas lindas mulheres andando como se fossem um par de vasos. Sua mãe era uma mulher muito bonita, na sua época. Vi as fotos. Você se parece muito com ela.

Engoli em seco. A conversa estava me deixando desconfortável.

— Obrigada — sussurrei.

— Não é para menos que ela se casou com o seu pai, hein? O homem mais poderoso do mundo.

— Não sei nada sobre isso — eu disse.

— Não mesmo — Guillory disse. Em seguida se inclinou para frente como se fosse me contar um segredo. — Esqueça o que os outros dizem. Esqueça os governantes eleitos, os líderes mundiais e os ícones religiosos. Eles estão indo bem, obrigado, mas o poder... o verdadeiro poder está com pessoas como você e eu.

Eu não tinha certeza se tinha ficado feliz por ele ter me incluído naquela sentença.

— O seu pai sabia o que estava fazendo — Guillory continuou, recostando-se de volta na poltrona. Ele tomou um gole da bebida. — Pense sobre isso. Diversificar a empresa de modo que se uma das seções quebrar, as outras podem compensar as perdas. Quer dizer, no começo eles tinham a NeoFusion, mas depois eles simplesmente tinham um dedo em *tudo*. Selecionaram um grupo de pessoas notáveis para administrar tudo. Essas pessoas compõem a verdadeira nobreza do mundo, escreva as minhas palavras. E que belo legado eles deixaram: a empresa, as colônias, a ComUnidade, a escola de vocês.

Aquele pensamento pareceu desviá-lo do caminho. Ele tomou outro gole.

— Mas me conte sobre a escola. Quando a coloquei no Preparatório Uni minha intenção era de que você ficasse cercada das *melhores* pessoas. O que você está achando?

As melhores pessoas?

— Hum... bom, eu acho.

— Estive dando uma olhada em suas notas — ele disse.

Arregalei os olhos. Meus boletins estavam indo para *ele*? Nem *eu* os tinha visto ainda! Ele tinha acesso aos meus boletins escolares! Se ele tinha acesso aos boletins, será que também tinha acesso aos arquivos da Dra. Bija? As notas da escola não deveriam ser divulgadas somente para mim e meus guardiões? No caso, Barry e Patty?

Nem tive tempo de me aborrecer muito com isso, porque ele continuou:

— Não fiquei nem um pouco impressionado. Estive pensando se não existe um lugar melhor para você. — Ele franziu o cenho. — Você já considerou a ideia de um colégio interno?

— Eu-eu pensei que o Preparatório Uni fosse um colégio interno — disse apavorada. Eu nunca tinha estudado em um colégio interno, mas as poucas vezes que perguntei aos meus pais sobre como eram essas escolas, eles só me contaram histórias de horror; sobre como as crianças apanhavam dos professores e passavam fome, e eram sexualmente molestadas pelos outros alunos, e como as crianças ricas frequentemente eram sequestradas e mantidas como reféns. Eles podiam cuidar de mim muito melhor do que qualquer colégio interno. Agora que tinham partido, Guillory ia me mandar embora?

— Talvez — ele respondeu, olhando para a sua bebida. Não havia mais nada dentro do copo além do gelo. Ele se levantou e foi até o bar para se servir de mais. — Ainda é muito cedo para pensar em mudar você de escola — ele disse. — Você só despertou há, quanto tempo, dois meses?

Ele não podia me mandar para longe. Eu iria melhorar as minhas notas. Iria estudar com afinco. Engoli em seco quando ele se sentou na poltrona.

— Sabe, Rose, eu me lembro de quando era criança e meus pais costumavam me perguntar quais eram meus sonhos e aspirações.

Franzi a testa. Onde essa conversa ia terminar?

— Você tem sonhos e aspirações?

— Hum... — eu não sabia o que dizer. Naquele momento, o meu maior sonho era dormir uma noite inteira sem ter um pesadelo. Meu maior desejo era deixar de ser perseguida pelo corpo reanimado de um soldado determinado a me exterminar. Assim como também aspirava cair fora dessa conversa, mas não via como fazê-lo. — Eu tinha alguns — eu disse. — Mas o mundo mudou muito.

— Sim! — Guillory falou, erguendo o copo como se estivesse brindando. — Com certeza mudou. — Ele baixou os olhos para o copo, franziu a testa e subitamente se deu conta de que cometera uma gafe. — Sinto muito por seus pais, querida — ele disse, abaixando o copo. Eu estava prestes a agradecer quando ele continuou: — Mas no fim das contas, convenhamos. Você não está se divertindo mais agora?

Olhei para ele, horrorizada. Meu mundo tinha desmoronado e ele achava que eu estava me divertindo?

— Quer dizer, quando eu era criança, seria capaz de dar o meu braço esquerdo em troca de não ser mais supervisionado o tempo todo. Poder fazer o que quisesse. Mas não, eu tinha meus pais de olho em mim o tempo todo. Não tinha nem outros irmãos para aliviar a pressão sobre as minhas costas. Você tinha irmãos ou irmãs?

— Não — sussurrei.

— Eu também não. Fui filho único, assim como o meu filho. Só tenho um filho. O Hank. Eu sempre *quis* ter uma filha — ele disse.

Não entendi se ele estava dizendo se queria ou não ter tido o filho. Ele tomou outro gole da bebida e inclinou a cabeça para mim.

— Hank está na faculdade. Eu gostaria muito que você conhecesse o meu garoto. Ele virá para casa passar os feriados de fim de ano. Daremos uma festa e então vocês poderão se encontrar. — Então, ele falou em um tom de voz meio provocativo. — Nunca se sabe o que pode acontecer.

Não consegui conter um tremor.

Ele se levantou e caminhou de volta ao bar. Eu não havia notado que ele secara outro copo. Quantas doses ele tinha bebido? Aquela era a terceira, pelo menos, e, com certeza, já tinha bebido um pouco antes de me acordar. Guillory colocou mais gelo dentro de outro copo e serviu uma dose.

— Você gostaria de tomar um pouco? — perguntou, estendendo o copo para mim.

— Não.

Ele encolheu os ombros e virou o conteúdo em seu próprio copo.

— Falando nos seus pais — ele disse. Nós não estávamos falando neles. — Sabe, no fim da vida, seu pai estava muito confuso. Ele simplesmente não conseguia mais lutar. Provavelmente foi até bom ter partido. Se tivesse continuado, teria deixado tudo em uma tremenda desordem. E, pelo menos, ele não foi sozinho! Os dois foram juntos, deixando a empresa em *boas* mãos.

— Ele mexia o copo enquanto continuava em pé lá no bar, e eu me senti completamente encurralada. Eu estava tentando encontrar uma desculpa para sair dali quando ele disse: — Os Tempos Sombrios e tudo o mais. Provavelmente tudo aquilo que aconteceu foi a melhor coisa para todo mundo.

Meu corpo parecia se esvair, de puro choque. O sangue sumiu do meu rosto. Tudo o que conseguia fazer era olhar para ele. Como tinha coragem de dizer aquilo? Como pôde falar que a morte de mais da metade da população do planeta fora a melhor coisa para todo mundo?

— Eu sempre pensei assim — ele continuou, como se notasse o meu horror e estivesse defendendo a sua posição. Ele tomou um bom gole antes de voltar para a poltrona. Quase tropeçou no caminho, quando seu pé enroscou no tapete, mas conseguiu se firmar e caiu pesado sobre a poltrona de veludo dourado. — Foi incrível o que seu pai fez. Manter a empresa intacta como ele conseguiu. Você sabe, com tantas pessoas partindo. O número de funcionários da UniCorp que morreram durante os Tempos Sombrios foi tão grande que nem tivemos de demitir muito. Ao contrário de *outras* empresas. Não que nós não tivéssemos tido os nossos próprios Tempos Sombrios também. A empresa teve seus altos e baixos, como eu lhe disse. Perdemos muito dinheiro aqui e ali. Dez anos atrás ocorreu uma grande perda em ações e tivemos de demitir muitos funcionários. Perdemos muitas pessoas boas. Eu estava trabalhando tanto que quase perdi a minha esposa também.

Eu não queria ter ouvido isso. Eu não queria ter ouvido isso.

— Mas encontrei uma amiguinha no escritório que me ajudou muito — ele continuou obstinado. — Ela é a trabalhadora mais esforçada que conheço, sabe? E faz com que eu me sinta jovem novamente.

Corei. Essa era uma informação da qual eu não precisava, que eu não queria, e que gostaria de esquecer. O que eu *faria* com tal informação? Aquilo não era da minha conta!

— Eu me sinto quase tão jovem quanto você — ele prosseguiu, e eu fiquei vermelha outra vez. — Sabe de uma coisa, vamos ter de arrumar um namorado para você. O que está rolando entre você e aquele seu colega, Sabah? Qual é o nome dele?

Eu não queria abrir a boca, mas fiquei com medo de não dizer o nome e a conversa tomar um rumo ainda pior.

— Bren — sussurrei.

— Isso mesmo! Bren! Um bom menino, o Bren. Já ganhei dele no tênis algumas vezes.

Desconfiei que fosse mentira, a menos que tivesse jogado com Bren quando ele tinha apenas oito anos.

— A mãe e o pai dele são bons funcionários. Gosto do Sabah, ele tem classe. Mas os opostos se atraem, sabe, sei que foi por isso que o Sabah se casou com a Annie. — O que havia de oposto entre Annie e o Sr. Sabah? — Polos opostos se atraem, quer você queira ou não. É preciso tomar muito cuidado com as suas companhias. Nunca aprovei a amizade de Bren com aquele garoto da Europa.

Não. Por favor, não traga Otto para esta conversa!

— Eu simplesmente não entendo — ele disse. Sua voz estava ficando pastosa. — Todos me dizem que aquele garoto é tão inteligente, com toda aquela história de bolsa de estudos e testes e tudo o mais, mas eu não vejo isso. Eles só estão tentando aprimorar as diversidades ou qualquer coisa assim. Os relatórios sobre ele são bons, mas, para mim, ele não passa de um zumbi. Não sabe nem falar!

Não me surpreendi que Otto nunca tenha desejado tocar em Guillory, mesmo quando teve oportunidade. Depois de tocar naquela mente, qualquer pessoa precisaria de uma lavagem cerebral. Fiquei imaginando se não era por isso que Otto frequentava o consultório da Dra. Bija; não por causa de seus próprios problemas, mas por causa dos problemas das outras pessoas.

— Eles deveriam simplesmente aceitar que o garoto só vegeta e não há nada que se possa fazer a respeito. — Ele balançou a cabeça e tomou outro gole da bebida. — Acho que deveríamos simplesmente desistir daquele experimento fracassado.

Ele estava dizendo o que eu entendi que estava dizendo? O sangue sumiu do meu rosto outra vez e voltei a ser a rosa branca. Desistir? Isso significa o quê? Matá-lo? Meus punhos cerraram de horror e raiva, eu não sabia ao certo por qual dos dois. Eu deveria ter aceitado a bebida que ele ofereceu, para que pudesse jogá-la na cara dele. Sentia a minha pele tentando se desgrudar de mim, supus que ela estivesse tentando ficar longe daquela odiosa criatura dourada que estava à minha frente.

Ele me encarou, sua visão estava desfocada.

— Você é uma garota muito engraçadinha, sabe — ele disse. — Uma garota muito engraçadinha. — Ah, Deus! Ele não estava prestes a... me agarrar ou algo do tipo, estava? Tentei me lembrar de onde eu havia deixado o meu celular. Droga, estava no banheiro! Guillory balançava a cabeça. — É realmente uma pena o que vai acontecer com você.

Inclinei a cabeça.

— O que... — minhas palavras se transformaram em um mero sussurro de horror. — O que você está dizendo?

Naquele momento, descobri.

A porta se abriu, mas não assustou Guillory nem um pouquinho.

— Rose Samantha Fitzroy. Por favor, permaneça parada para identificação de retina.

— Você! — gritei horrorizada para Guillory. Ele ergueu a cabeça e olhou para mim, mas não consegui decifrar seus olhos bêbados. Tudo fez sentido. De todas as pessoas do mundo que pudessem querer me matar, Guillory estava no topo da lista. De que outra maneira o plastine poderia saber onde eu estava?

Recuei, segurando com força meu bloco de desenho como se ele fosse um salva-vidas. Eu não podia correr. Meu corpo ainda não tinha se recuperado do ataque do dia anterior. Não havia ninguém para quem eu pudesse gritar pedindo ajuda. Guillory não iria me ajudar, e o quarto do hotel possuía isolamento acústico. Busquei pelos ensinamentos de meus pais. Corra, grite, lute. Escolhi a terceira opção.

O plastine não tinha mais o bastão paralisante, mas ainda carregava o colar controlador na mão esquerda. Ele queria me pegar com a mão direita. Segurei-o pelo pulso, e torci. Abaixei, inclinei-me sobre seu braço, virando-o, e dei-lhe uma cotovelada na lateral do corpo, para imobilizá-lo e, assim, ter uma chance de escapar. Ou pelo menos esse era o plano. Em vez disso, acertei as costelas dele e quase quebrei meu braço. A dor subiu para o meu ombro antes que todo o braço adormecesse de uma maneira agonizante. Achei que tivesse estragado alguma parte do meu corpo para sempre e gritei de dor.

Enquanto isso, minha cabeça zumbia. A maldita coisa parecia de aço. Mas me lembrei do que acontecera no meu estúdio. Troque a tática de defesa pela de evasão, embora eu soubesse que não conseguiria continuar com aquilo por muito mais tempo.

Dancei atrás do plastine, abaixei-me e me contorci, tentando ser escorregadia como uma enguia. Eu já estava perdendo o fôlego. Mas estava tão empenhada em me livrar do plastine que nem me lembrei que Guillory estava atrás de mim. Ele tropeçou em mim e quase me derrubou. Fiquei surpresa que ele não tenha gritado: "venha pegá-la!". Em vez disso, apenas arregalou os olhos. Talvez não fosse sua intenção presenciar a minha morte. Maldito covarde.

O plastine voltou-se para mim, acertou-me com as costas da mão para me derrubar. Tombei com o golpe, em vez de lutar, e bati a cabeça contra a de Guillory. Ele agarrou meu braço e tentou me puxar, mas não conseguiu. Estava usando sandálias, então, pisei com toda força em seu pé. Ele gemeu, soltando meu braço; com um coice, acertei meu calcanhar por entre as pernas dele. Ele finalmente caiu, gemendo de dor.

Derrubei Guillory bem no momento em que o plastine acabava de recuperar o equilíbrio depois do golpe que desferira em mim. O morto-vivo estava diante de mim novamente, com o colar controlador prontinho. Eu me torci, girei para trás dele e dei-lhe um chute no traseiro. Foi como chutar uma estátua, mas, como uma estátua, ele também poderia cair. O plastine tombou como uma árvore na floresta, e caiu bem em cima de Guillory.

Essa foi a minha chance, corri a toda velocidade para a porta.

Um dos elevadores acabava de abrir as portas. Pulei dentro e apertei o botão do térreo.

— Para baixo, para baixo! — falei para a coisa, caso funcionasse com comando de voz. A essa altura eu tinha certeza de que o plastine trabalhava sozinho, mas ainda assim fiquei aliviada quando o elevador abriu as portas para o saguão e lá só estavam um dos porteiros e o recepcionista. A menos que Guillory tivesse comprado a todos e os funcionários do hotel também estivessem trabalhando para ele. Mas ninguém tentou me impedir quando saí correndo pelo luxuoso saguão rumo à inebriante noite tropical.

Capete! E agora? Eu não tinha ideia para onde ir. Não tinha dinheiro, meus créditos estavam depositados no meu celular, que não podia me ajudar, pois ainda estava no banheiro, lá em cima, junto com o assassino e seu mandante! O que eu tinha? Nada! Estava, graças a Deus, com o uniforme da escola e não de pijama, mas isso era tudo. Meus bens se resumiam ao meu corpo alquebrado e as roupas que vestia. Olhei para as minhas mãos e, de repente, sorri.

Eu ainda estava com o meu bloco de desenho.

19

— Bren? — chamei.

Usei minha última moeda em uma holocabine. A holocabine estava suja com substâncias desagradáveis escorrendo pelas paredes. Eu queria tanto estar com o meu celular!

O telefone tocou sete vezes antes de Bren tatear em busca dele no seu criado-mudo. Seu rosto meio adormecido, ainda sobre o travesseiro, surgiu na lateral da holocabine. Ele parecia sonolento e vulnerável, como um menininho.

— Rose? — ele murmurou, ainda meio dormindo. — Rose, já é quase meia-noite e eu tenho aula amanhã. O que aconteceu?

— Sinto muito — eu disse. — Só cinco minutos e então você pode voltar dormir.

Bren piscou uma ou duas vezes e se sentou. O celular se ajustou e endireitou a sua holoimagem.

— O que foi?

— Preciso que você envie a minha limobarca para vir me buscar. Poderia fazer isso? Depois, pode voltar para a cama.

— O quê?

— Preciso que você me mande a minha limobarca. Ela está lá embaixo, na garagem. Sei que você tem a chave da garagem. Eu não tranquei com os códigos, tudo o que você precisa fazer é dizer para ela onde eu estou e ela virá até aqui.

— Para onde você precisa ir?

— Estou na estação de ônibus-barcas, preciso que ela venha até aqui me buscar.

— O que você está fazendo na estação ônibus-barcas?

Tentar explicar a minha situação para um garoto semiacordado foi bem mais difícil do que eu tinha imaginado.

— Comprei uma passagem e voltei sozinha para casa — eu disse. As palavras saíram triunfantes. Embora isso tivesse me custado a ingenuidade e um dia inteiro, consegui pegar o caminho de volta *sozinha*.

A artista de rua que eu tinha visto quando estava a caminho de Nirvana me deu uma ideia. Contando uma história sobre um tio esquisito que eu queria evitar, consegui uma carona na balsa que fazia a travessia de Nirvana para uma das ilhas Unicórnio mais comerciais, que se chamava Shangri-la. Havia turistas e viajantes por todos os lados, mesmo depois da meia-noite. Eu me instalei do lado de fora da estação de ônibus-barcas, fiz um cartaz e comecei a desenhar. Depois de passar uma hora expondo os meus retratos, consegui a primeira cliente. Ela me pagou para que eu desenhasse seu namorado. As pessoas pagariam muito por um bom desenho para levarem como lembrança, especialmente em um paraíso turístico como as ilhas Unicórnio. Mais três retratos e consegui ganhar o valor de uma passagem de volta para a ComUnidade e uma refeição gordurosa que dei um jeito de segurar no estômago.

Estava imensamente orgulhosa de mim mesma. Mamãe e papai sempre me diziam que eu não era capaz de tomar conta de mim mesma, que, se fosse deixada por conta própria, estaria completamente perdida. Talvez isso fosse verdade *naquela época,* mas eu já não me sentia perdida agora. Sem nenhum recurso, fui capaz de, quase que literalmente, trilhar meu caminho pelo mundo.

Finalmente, consegui fazer Bren entender o que eu queria, e ele me disse que dentro de meia hora a limobarca chegaria. Agradeci e, em seguida, retomei meu caminhar nervoso em meio às sombras da noite.

Estava em dúvida quanto às sombras. Elas certamente dificultavam que alguém me visse, mas isso também significava que, se o assassino me atacasse, ninguém poderia ver também. Não que isso fizesse alguma diferença para aquele morto plastificado. Discrição definitivamente não constava na sua programação. Fiquei surpresa por ele ter conseguido fugir da polícia. Mas é claro que agora eu sabia quem o tinha ajudado escapar.

O plastine não era meu único temor. Ganhar o dinheiro para voltar para casa tinha sido muito divertido, mas, na metade do caminho de volta, comecei a me sentir deprimida. Nunca nenhum dos funcionários da UniCorp entrara na ComUnidade em um ônibus-barca. As únicas pessoas que compartilhavam os assentos comigo eram as famílias da classe trabalhadora, os criados, os garçons, o tipo de gente que servia gente como *eu*. Não que eu não gostasse deles. Na verdade, eles me pareceram consideravelmente mais autênticos do que qualquer um dos altos escalões. Eles eram como Åsa. Mas foi quando me sentei lá, com o uniforme do Preparatório Uni, que me dei conta de como eles deviam estar me vendo. Como uma sanguessuga. Eu provavelmente parecia tão odiosa para eles quanto Guillory parececia para mim, mesmo antes da noite passada.

Finalmente, avistei o reluzente perfil preto da minha limobarca perto do meio-fio. Pisei sobre a faixa vermelha listrada de alerta para pedestres e abri a porta. Planejava dizer para o barco rodar em círculos pela ComUnidade até que eu descobrisse o que fazer. Mas meu plano foi frustrado.

— Agora você vai me contar exatamente o que está acontecendo? — Bren perguntou, assim que eu enfiei a cabeça para dentro.

— O que você está fazendo aqui?

— Você acha que vou deixá-la andando sozinha no meio da noite? Minha mãe me mataria. — Ele tomou o bloco de desenho das minhas mãos como se fosse seu e colocou-o no assento ao seu lado.

— Ela não vai matá-lo por ter saído sem avisar? — perguntei.

— Provavelmente. Por isso é melhor que valha a pena. O que está acontecendo? O que houve com o programa secreto de proteção às testemunhas de Guillory?

Respirei fundo.

— Guillory me levou para Xanadu. Ou... Nirvana, seja lá como se chama o lugar. A UniCorp *realmente* gastou tanto dinheiro naquela extravagância?

Bren mexeu a cabeça de um lado para o outro em sinal de desprezo.

— Enquanto estávamos lá, o plastine apareceu.

— O quê?! — Bren me encarou. — Outra vez? Mas vocês estavam incógnitos!

Suspirei.

— Acho que alguém contou para ele onde me encontrar.

— Como você escapou?

— Eu o distraí. Tentei lutar. Quase quebrei meu cotovelo. Corri. Em seguida, trabalhei com o meu bloco de desenho para conseguir voltar, tentando me manter fora de vista de qualquer um que fosse da UniCorp.

Bren ficou horrorizado.

— *Agora* basta. — Ele sacou o celular de baixo da camiseta.

— O que você está fazendo?

— Vou telefonar para Guillory e depois para a polícia.

— Por que você está fazendo isso?

— Porque presumo que você não o tenha feito. Estou certo?

Ele estava.

— Você acabou de permitir que coisas terríveis acontecessem com você e não contou nada para ninguém. Você não reclamou, no primeiro dia de aula, quando foi torturada pela aula de história, você não contou ao Barry e a Patty sobre a primeira tentativa de assassinato e você também não contou para ninguém sobre o Barry e a Patty.

— Do que você está falando?

— Estou falando que aqueles dois são os pretextos mais mercenários de pseudopais que já colocaram na face da Terra, e eu não ouvi uma palavra de reclamação sua sobre isso.

— Eles são bons — eu disse timidamente.

— Eles são bons porque deixam você sozinha, eu acho — Bren disse. — Estou telefonando para Guillory.

— Não faça isso!

Ele me encarou, sua fisionomia estava rija.

— Diga por que não.

— Não conte para ele onde eu estou! Não conte para ninguém!

Bren franziu as sobrancelhas.

— Rose, você não pode lidar com essa situação sozinha.

— Sim, eu posso! Não ligue! Por favor, *por favor*, não telefone para o Guillory!

— Por que não? — Bren berrou. — Diga! Seja qual for o segredo que você está escondendo de mim, diga!

Pisquei. Por que eu *estava* guardando um segredo? Por que eu estava protegendo Guillory? Eu não o conhecia. Era quase como se aquilo fosse um hábito. Simplesmente parecia a coisa certa a ser feita, como se eu tivesse guardado outros segredos como esse antes.

Eu ainda estava confusa por causa de tudo isso quando Bren murmurou:

— Dane-se — ele ergueu o celular novamente. — Guill...

Coloquei a minha mão sobre o celular.

— Acho que foi Guillory quem armou tudo isso para mim — falei.

Bren hesitou e, então, lentamente abaixou o celular.

— Por quê?

Engoli em seco, sem vontade de dar voz às minhas suspeitas. Além do mais, eu não tinha certeza se ele estava perguntando por que eu achava aquilo, ou por que Guillory queria aquilo.

— Eu não duvidaria muito se ele fizesse isso — Bren refletiu —, mas não é muito o estilo dele.

— O que você quer dizer?

— Estou falando de quando ele manteve você em segredo no hospital, aquele sim é mais o estilo dele. Quando ele contratou Barry e Patty, que trabalhavam para ele na Flórida, para serem seus guardiões, isso sim é o estilo dele. Ele está mais para... um verme, do que para uma cobra. Ele é capaz de mentir, corromper e manipular, talvez até mesmo roubar para conseguir o que quer, mas... assassinar? — ele piscou. — Não creio. Acho que essa é uma barreira que ele não ultrapassaria.

— Não acho que ele tenha qualquer barreira — eu disse. — Ele quer matar Otto. Disse que deveríamos desistir de todo aquele experimento fracassado.

Bren grunhiu de ódio.

— Idiota maldito! — Então, ele olhou para mim e pareceu entender tudo. — Ele estava bêbado?

Assenti.

Bren suspirou.

— Sim, Guillory se transforma no maior idiota do mundo quando fica bêbado. O que acontece quase todas as noites. Acho que eu deveria ter lhe avisado.

— Bren — eu disse. — Não foi apenas isso. Ele parecia saber que o plastine estava chegando e não tentou impedi-lo, ou telefonou para a segurança, ou algo assim. Ele apenas ficou lá, sentado. Em seguida, tentou me derrubar, para que o plastine pudesse me pegar. Para ele, eu sou como Otto. Um erro que nunca deveria ter acontecido. Se eu não tivesse aparecido, ele não teria de se preocupar em perder a empresa.

— Esse é um bom motivo — Bren bateu os dedos sobre o seu joelho. — Se ele armou tudo para programar um plastine, deve existir algum registro disso nos seus computadores.

— Será que tem alguma coisa lá? — perguntei. — Ele tinha um pseudônimo em Nirvana.

— Os gastos precisam ser registrados, ou ele teria sido preso por sonegação de impostos — Bren me contou. — Custa muito caro a montagem, o envio e a programação de um plastine. Para conseguir armar tudo isso, com o tempo que ele teve desde que você saiu da estase, ele deve ter usado dinheiro da empresa. Qualquer pseudônimo que tenha usado deve ter sido filtrado pelo sistema da UniCorp — ele refletiu. — Meu avô saberia.

— Você acha? — perguntei.

— Sim, ele só continua lá por causa do Guillory. Poderia ter o cargo de Reggie se quisesse, mas não acho que gostaria. Ele sabe tudo sobre aquela empresa.

Engoli em seco.

— Mas se Guillory está tentando me matar... — eu não queria dizer isso. — Não pode ser possível que o seu avô e Guillory estejam... agindo em conjunto?

Bren ergueu a cabeça e me encarou.

— Se ele estivesse, mamãe e eu mandaríamos prendê-los nós mesmos. Não, vovô tem princípios. Além do mais, duvido que ele se importe o suficiente com você para odiá-la. O estilo do vovô é mais "deixe as águas rolarem".

Não era essa a imagem que o senhor carrancudo e bravo tinha me passado, pelo pouco que vira dele, mas acho que Bren o conhecia melhor.

— Certo — eu disse. — O que vamos fazer então?

Bren olhou para o relógio. Era uma hora da manhã.

— Vovô provavelmente ainda está no escritório, vou telefonar para ele — disse.

— Não diga o meu nome — alertei. — Meu nome pode aparecer, caso haja um identificador de voz que verifique as ligações telefônicas e, se o plastine estiver conectado ao sistema da UniCorp, ele poderá me encontrar.

— Bem pensado — Bren disse. — Você é inteligente.

— Não muito. Papai costumava fazer isso quando eu era criança — respondi. — Ele ficava de orelha em pé para ouvir as fofocas sobre todo tipo de coisas, tinha dúzias de palavras-chave.

Bren abriu o celular outra vez.

— Vovô — ele disse.

O aparelho chamou algumas vezes e, então, a carranca de cabelos grisalhos surgiu no colo de Bren.

— O que aconteceu, Bren? Já é tarde.

Podia ser tarde, mas a cabeça no holograma não parecia estar com sono. Deu para ver o colarinho do terno ao redor do pescoço. Bren estava certo, o avô ainda estava acordado. Era um viciado em trabalho. Assim como papai.

— Estou com um problema sério, vovô. Nós podemos ir até aí para falar com o senhor?

— Nós?

— Sim, estou com uma velha *amiga* — ele disse, enfatizando a palavra "amiga" para indicar que provavelmente não se tratava de Anastásia ou Nabiki. — Ela está em apuros.

O holograma permaneceu parado por tanto tempo que desconfiei que tivesse ocorrido uma falha na conexão.

— Estarei em meu escritório — ele finalmente disse, e a imagem do holograma desapareceu.

Bren assentiu.

— Certo. Vamos virar esta coisa. — Ele se inclinou para frente e tocou no painel de controle da limobarca, ativando o controle de localização. — Edifício Uni, por favor.

Minha limobarca dimuniu a velocidade, contornou lentamente, e seguiu de volta para o centro da ComUnidade.

— Devemos chegar lá dentro de vinte minutos — Bren me informou

Eu tinha me distraído enquanto Bren se inclinara para frente para mexer no painel de controle. Ele estava usando uma camiseta de tênis, provavelmente estava dormindo com ela, uma vez que a roupa parecia um pouco amassada. As mangas eram curtas, e os músculos de seus braços ondulavam como água. *Capete*, como eles costumavam dizer agora. Como ele podia estar tão lindo depois de ter acabado de acordar? Ele recostou de volta e o silêncio se impôs sobre nós. O silêncio foi ficando cada vez mais pesado e pesado, até o ruído de nossa respiração parecer estranho.

Droga. Eu havia estragado tudo. Eu e a minha paixonite tínhamos acabado com a amizade que surgira entre nós desde que comecei a frequentar a escola. Era sempre ele o mais falante, falava sobre tênis, seus amigos, a escola, mas a minha paixão tinha matado uma parte de sua alegria, e era justamente essa parte que ele compartilhava comigo.

— Você deve me odiar — eu disse.

Bren olhou para mim, mais surpreso do que qualquer outra coisa.

— Por que você está dizendo isso?

— Tudo o que faço é causar confusão para você — falei. — No momento que nos conhecemos, eu desmaiei aos seus pés. Atraí todos aqueles repórteres para a sua vida. Fico rondando você na escola como se fosse um albatroz e, então, resolvi me apaixonar por você. Sabe, só para martelar o último prego do caixão que tem sido o seu fardo.

Bren riu.

— Na verdade, gosto de você, Rose.

Então, percebi o que acabara de dizer.

— Sinto muito, eu não estava em busca de um elogio. Estava tentando me desculpar.

— Eu sei — Bren disse. — Você não pede por elogios, ou atenção, ou aprovação. Nem mesmo por um copo d'água, eu acho. — Bren suspirou. — Sabe, quando vovô me pediu para ficar de olho em você, fiquei petrificado. Pensei: "agora vou ter de lidar com um tipo de princesa acostumada a fazer tudo do seu jeito, todos os dias de sua vida." Pensei que você realmente fosse ficar me rodeando como um albatroz. Pensei que você fosse arrogante e... orgulhosa. Mas você não era. Não é. Fiquei surpreso por ter acabado gostando de você.

Fiquei confusa.

— Você gosta?

— Sim. Você é muito melhor do que eu podia esperar de alguém na sua posição. Quer dizer, veja o modo como você trata o Otto. Nunca vi ninguém fazer amizade com ele tão rápido. Você é simpática e gentil, e compreensiva, e bonita, e você... é uma pessoa agradável de se estar junto.

Uma emoção irritante tomou conta de mim quando ele disse que eu era bonita. De onde tinha vindo tudo aquilo?

— Você não é muito engraçada, mas isso é querer demais. Em vez disso, é uma pessoal fácil. Você é... uma pessoa muito relaxante, é fácil passar o tempo ao seu lado. — Ele encolheu os ombros. — Isso me surpreendeu.

Eu deveria ter deixado para lá. Deveria ter segurado a minha língua, mas não pude evitar. O impulso perverso da minha paixão simplesmente teve de girar a faca.

— Então por quê...? — Respirei fundo e engoli em seco. — Não estou tentando fazê-lo mudar de ideia, ou qualquer coisa do tipo, mas se tudo o que disse é verdade, então... por que não? — terminei sem completar. Eu sabia que estava intensamente ruborizada quando terminei de falar, mas precisava saber.

— Por que não quis namorar você? — Bren perguntou.

Assenti com um gesto, incapaz de falar.

— Bem, em primeiro lugar, você me pegou de surpresa. Desde então, tenho pensado sobre isso. — Ele suspirou. — É difícil explicar.

— Apenas... não rolou, ou...?

— Não é isso. — Ele balançou a cabeça. — Você não vai querer ouvir isso.

— Acho que vou — sussurrei.

Ele hesitou, então, disse:

— Certo. O negócio é... O negócio é o seguinte: sei que tenho comigo isso de dar tudo de mim para a pessoa por quem eu me apaixono. E você é uma pessoa muito fácil de se apaixonar. Mas isso é parte do problema. — Ele olhou para mim, então, e eu engoli em seco enquanto ele examinava meu rosto. — Olho para você... e tenho certa noção do que Otto vê quando toca em você. Espaços vazios. Ou pior. Um abismo impenetrável dentro de sua alma.

As palavras foram dolorosas, mas eu nunca percebera que Bren tinha o coração de um poeta.

— Pelo menos foi assim que ele colocou.

Ah! Era Otto quem tinha o coração de poeta. Certo, isso eu tinha percebido.

— Sei que eu poderia. Que eu poderia gostar de você, cuidar de você de verdade. Mas se eu o fizesse, simplesmente sei que iria me atirar cada vez mais dentro desse abismo e nunca conseguiria preenchê-lo. Rose, você simplesmente *precisa* de muito mais do que tenho para lhe oferecer. Há tanta dor que eu sei que nunca poderia curar, mas iria querer fazê-lo. Eu acabaria secando e murchando muito antes de conseguir fazer com que você melhorasse. E, no fim, seria pior para nós dois.

Suspirei. Ele estava certo. O que eu sentia por ele não era amor de verdade, não passava de um mero desejo. Era uma necessidade. E não era como se eu precisasse *dele*, eu simplesmente estava precisando de *algo*. Qualquer coisa. De tudo.

De tudo o que eu tinha perdido.

— Sinto muito por ter colocado você nessa posição — eu disse.

— Pare de pedir desculpas por estar viva — Bren falou. — É como se você pensasse que nem deveria ter nascido. — Ele balançou a cabeça. — Você tem todo o direito de se apaixonar por quem quiser. Você não fez nada de errado desde que eu a conheci. Nada do que aconteceu é *culpa* sua, Rose.

Mas isso era. Eu era culpada por existir.

Chegamos ao Edifício Uni um pouco depois disso.

O Edifício Uni era um maciço arranha-céu de monólito, projetado no mesmo estilo *art déco*, pré-milênio, do Edifício Chrysler. Quase todos os que moravam na ComUnidade tinham um membro da família que trabalhava naquele edifício, ou ao menos prestava algum tipo de serviço. O edifício se erguia sozinho, imponente, sobre um parque gramado, e eu sempre pensei que parecia um pouco tolo. No entanto, espaço era artigo de luxo antes dos Tempos Sombrios e, por isso, era muito mais fácil conseguir permissão para construir um arranha-céu do que um megacomplexo descentralizado e disperso que, por sinal, acabou sendo a alternativa da UniCorp quando eles precisaram expandir os negócios. Mas o arranha-céu tinha certo prestígio.

Bren bateu na porta de neovidro à prova de foguetes. Do outro lado do amplo saguão de mármore um segurança com cara de entediado olhou por cima da sua bancada mal iluminada e cheia de monitores de segurança. Ele sorriu quando viu Bren.

— Veio visitar o seu avô? — perguntou enquanto abria a porta.

— Sim, ele está esperando por nós.

— Encoste seu olho no identificador de retina ao passar. — disse o segurança. Como se pudéssemos evitá-lo. O identificador de retina registrava automaticamente todo mundo que entrasse ou saísse do prédio.

ALVO IDENTIFICADO: COMBINAÇÃO DE RETINA CONFIRMADA, ROSE SAMANTHA FITZROY

Ele ficou aguçado. Achava que tinha perdido seu alvo para sempre.

LOCALIZAÇÃO RECONHECIDA: EDIFÍCIO UNI.

Ele reiniciou a sua dancinha pela rede em busca do princípio e novamente restabeleceu a diretiva secundária quando o princípio não foi encontrado. O barco que usara para chegar à ilha provavelmente fora apreendido pela polícia, mas a sua mente plastificada tinha se tornado mais flexível com o uso. Agora ele sabia que poderia usar um novo hover-iate. Antes de sair para a próxima perseguição, acionou seus nanorrobôs para limpar seu corpo novamente. Manchas de sangue acabariam assustando os humanos que o vissem e isso atrasaria a sua busca pelo alvo primário.

20

Era estranho estar de volta aos corredores do Edifício Uni. Enquanto tudo ao meu redor tinha mudado, o Uni era uma constante. O prédio não tinha sofrido nenhuma mudança significativa. Bren e eu subimos pelo elevador, e Bren apertou o botão para a cobertura. Deslizei os dedos delicadamente pelas laterais de granito polido do elevador. Havia algumas rachaduras na pedra, entalhes e repiques causados pelas incontáveis décadas de mudanças de decoração nos escritórios, mas, tirando isso, não havia diferença entre aquela época e a atual. Quando as portas do elevador se abriram, quase pude imaginar meu pai, esperando para me dar as boas-vindas com um sorriso simples e uma secretária para ficar de olho em mim.

Em vez disso, iria me encontrar com o avô carrancudo do Bren.

— Não gosto disso — falei. — De fazer um senhor sair de sua casa no meio da noite.

— Não fizemos isso. Eu lhe disse, ele ainda está no escritório. Praticamente vive aqui. Na verdade, ele tem até uma suíte que fica logo ao lado. Ele morava no nosso prédio, mas costumava passar quase o tempo todo aqui. Quando Guillory pediu o apartamento, ele simplesmente o entregou.

Meus ouvidos despertaram.

— Quando Guillory pediu?

— Ele o pediu para que você pudesse morar em seu antigo apartamento.

Engoli em seco.

— Você quer dizer que eu roubei a casa desse senhor?

— Na verdade não. Você pegou um elefante branco vazio e caro das mãos dele, onde, por sinal, quase nunca colocava os pés. Não foi fácil quando a vovó morreu. Ele já não tinha muitos motivos para voltar para casa. O homem é totalmente viciado em trabalho. A menos que esteja de férias.

— Ele é diferente quando não está trabalhando?

— Sim, é bem mais simpático com a família do que quando está trabalhando.

— Ainda bem — eu disse. — Porque ele me assusta.

— Eu também costumava me assustar — Bren confessou. — Até o dia em que estávamos esquiando e ele me salvou de uma queda horrível, eu tinha dez anos. Meu avô quebrou a perna para impedir que eu caísse de um penhasco. Eu não sabia que havia um abismo. As placas de aviso sobre o perigo estavam cobertas de neve. Nunca vi ninguém se mover tão rapidamente. Ele é... — Bren encolheu os ombros, tentando encontrar as palavras certas. — Áspero, durão e calado, mas sempre está lá quando você precisa dele.

— Espero que sim — eu disse —, pois, definitivamente, preciso de alguém.

O elevador parou e a porta se abriu para o tão familiar átrio do piso superior do Edifício Uni. Minha mãe projetara o átrio no estilo de um jardim romano tradicional, completo, com colunas e mosaicos. Havia uma fonte luminosa no centro e uma cachoeira artificial cercada de plantas tropicais importadas. As plantas tinham sido trocadas e percebi que várias delas agora eram artificiais , uma degeneração que a minha mãe jamais teria aprovado se estivesse viva.

O escritório do papai ficava na cobertura sobre o átrio, e achei que Bren fosse me conduzir por uma escada em espiral que levava ao andar de cima, mas ele me conduziu para trás da fonte, onde, antigamente, era a área dos assistentes e das secretárias particulares.

A área tinha mudado drasticamente. Os escritórios foram abertos e transformados em um segundo átrio, com uma coleção de plantas diferentes. Ao final, havia uma salinha de espera de vidro que dava para o jardim, com uma mesa para a recepcionista, que agora estava vazia. Atrás dela, havia uma porta revestida de cobre, onde devia ser o escritório do avô do Bren. Sem muitos preâmbulos, ele abriu a imponente porta e entrou na sala me arrastando junto.

As paredes da sala do presidente eram pintadas em um tom terracota, com paisagens, e reconheci o mesmo estilo que tinha sido usado para decorar meu apartamento. A mesa era de madeira, grande, mas com apenas um monitor. Achei aquilo um tremendo contraste comparado à antiga mesa de meu pai, que mais parecia uma unidade de comando, com meia dúzia de monitores conectados à internet, mantendo-o informado sobre milhares de projetos e contas. Essa era a mesa de um homem que tinha uma mente organizada e não tinha necessidade de ter tudo em suas mãos, pois sempre sabia onde encontrar o que quisesse.

A cadeira de couro se afastou do monitor e revelou o avô de Bren esperando por nós. Naquele momento percebi que nunca olhara de verdade para aquele homem quando me encontrava com a vista embaçada devido à fadiga estase ou medicada depois do golpe do bastão paralisante. Nas duas ocasiões, ele me assustara com seu discurso irado e a feição desagradável. Agora que olhei para ele a carranca me pareceu mais triste do que brava. Parecia um homem que testemunhara os horrores que o mundo tinha a oferecer e estes pesaram tanto em seu coração que ele mal conseguia disfarçar o fardo. Meu medo se desfez um pouco.

Ele olhou atentamente para nós ao recostar-se na cadeira.

Bren não parecia nem um pouco sem jeito por ter invadido o escritório do avô no meio da noite.

— Olá, vovô. Você já conhece a Rose.

— Sim, conheço — ele disse com um aceno formal. — É um prazer revê-la, mocinha.

— Prazer em vê-lo, Sr. Sabah.

— Ele não é Sabah. Ele é o pai da minha mãe — Bren me corrigiu.

— Está tudo bem — o senhor atenuou, interrompendo Bren. — Pode me chamar de Ron. Por favor, sente-se. — Ele apontou um sofá verde musgo encostado na parede, onde me sentei. Em seguida, voltou-se para o neto. — Qual é o problema?

— O assassino a seguiu até Nirvana, e Rose acha que Guillory armou tudo contra ela — Bren disse sem preâmbulos.

Um lampejo de ira refletiu-se no rosto de Ron. Seus olhos ardiam ao me fitarem.

— Você o quê?

Eu me encolhi.

— Eu não sei — falei. — A-acho que não tenho nenhuma prova...

Ele me encarou por mais um momento. Em seguida, falou tão baixinho que mal ouvi a sua voz:

— Vou matá-lo — disse com um sorriso assustador e desagradável. Em seguida, voltou-se para Bren. — Conte-me tudo.

Bren balançou a cabeça.

— Não posso. Ela ainda não me contou tudo. Só me disse que ele estava bêbado e falastrão como sempre.

Ron voltou a sua carranca de volta para mim.

— O que a fez pensar que Reggie está por trás disso?

Eu não conseguia falar. Algo em seu olhar fez com que me sentisse mal e tudo o que eu conseguia fazer era olhar para ele. Ron pareceu perceber meu embaraço e se virou de costas para mim. Ele tirou os óculos e pressionou o ponto entre o nariz e a testa.

— Bren, pergunte a ela — Ron disse e colocou os óculos novamente.

Bren se sentou ao meu lado no sofá.

— Está tudo bem. Apenas conte tudo a ele. Qual foi a primeira coisa que a fez pensar que Guillory está por trás disso?

— Quando o plastine entrou, ele não telefonou para a segurança ou para outra pessoa. Em seguida, ele me derrubou, por isso não pude correr. E ele parecia saber que o plastine chegaria.

— Ele sabia?

— Sim. Guillory disse que eu era engraçadinha e que era uma pena o que ia acontecer comigo.

Ouvi Ron soltando uma blasfêmia abafada.

— Certo. — Ele se voltou para o seu monitor. — Vou iniciar um programa de busca agora mesmo, para verificar se Guillory tem mexido nos fundos. — Seus dedos digitaram habilmente sobre o teclado e sua testa enrugou-se ainda mais. — Pronto. — Ele se voltou para mim. — Isso vai demorar um tempo, existem vários arquivos a ser verificados. Enquanto isso, conte-me tudo o que você sabe. Tem mais alguma coisa que a faça pensar que foi ele quem fez isso?

Eu queria chorar quando me lembrei das palavras que ele tinha cuspido para mim. A conversa fora tão assustadora que, quando o assassino chegou, eu quase me senti aliviada!

— Ele foi tão desagradável — sussurrei. — Falava sobre Otto e que achava que simplesmente deveriam desistir dele. Ele parecia querer... me atingir. E foi tão insensível. Disse que os Tempos Sombrios tinham sido a melhor coisa que poderia ter acontecido para todo mundo.

A testa de Bren se franziu ainda mais.

— Tem certeza?

— Não estou inventando.

— Não estou pensando isso, mas será que você ouviu direito? Digo, Reggie é um idiota, mas nunca imaginei que fosse capaz de dizer algo assim. É como afirmar que o holocausto foi uma ótima ideia.

— Bem — eu corrigi —, ele não se referiu especificamente aos Tempos Sombrios. Ele disse que o melhor dia para o mundo foi aquele em que meus pais... morreram. — Foi muito difícil pronunciar aquela última palavra. — E que... foi só por isso que eu durei tanto. Se eles não tivessem morrido...

Ron me interrompeu com um rosnado.

— Ah — Ele se recostou de volta na sua cadeira, que se inclinou um pouco para trás, e se acomodou em uma posição mais informal.

Bren franziu o cenho.

— Mas os Fitzroy morreram...

— Bren — seu avô o alertou. Um longo silêncio se seguiu enquanto Ron parecia observar as próprias mãos. Ele batia o polegar pensativamente sobre o pulso. — Não acho que tenha passado pela cabeça de Reggie lhe contar. Seu raciocínio costuma ser egocêntrico. E isso, a polícia não vai descobrir. — Ele suspirou. — Deixe comigo — Ron disse, quase que num sussurro. Em seguida, voltou-se para mim. — Quanto você se lembra de seu passado, mocinha?

— Eu me lembro de tudo — respondi, surpresa. — O que o meu passado tem a ver com isso?

— Apenas me escute. Bren me confiou um segredo, que você contou a ele que você e seus pais costumavam usar a estase frequentemente como um... mecanismo de superação?

Eu não sabia ao certo se deveria sentir medo ou indiferença. Antes de Bren me falar sobre o rótulo de desajustada, eu estava bem quanto a essa situação, nunca tinha me incomodado nem um pouco. Nunca senti vergonha daquilo. Lancei um olhar questionador para Bren.

— Vovô não contaria a ninguém — Bren disse. — Eu simplesmente... não conseguia entender.

Meu olhar questionador se tornou irritadiço. Achei que seria difícil explicar a sensação de calma e destemor que a estase me dava para alguém que nunca a tinha usado regularmente. Voltei-me para Ron outra vez.

— Sim — eu disse. — Bren disse a verdade para o senhor.

Ron assentiu.

— Bren também lhe contou que esse tipo de tratamento, especialmente quando usado em um menor, passou a ser considerado crime?

— Sim — eu disse —, mas não entendi. Isso não é o mesmo que um assalto. E se a estase é ilegal, por que existem câmaras de estase no hospital? Eu as vi lá.

— Os hospitais têm uma permissão especial. Vítimas de determinadas doenças ou aqueles que precisam de um transplante, mas não podem esperar, podem ser colocados em estase. Ela ainda é usada em viagens interplanetárias, em um rodízio entre os passageiros que estão acordados e os que estão em estase, mas somente por causa dos muitos anos que dura a viagem de uma colônia para outra. As viagens interplanetárias seriam impossíveis se tivéssemos de manter todos os passageiros acordados. Não teríamos como construir espaçonaves grandes o suficiente para acomodar alojamentos, suplementos ou até fonte de oxigênio, e ainda termos verba para enviá-los pelo Sistema Solar. Mas, apesar de serem seguras e eficientes, todas as estases são estritamente reguladas e, em alguns casos, são proibidas.

Eu realmente não entendia. Por que alguém não podia simplesmente tirar uma folga do mundo?

— Mas por quê? — perguntei.

— É um pouco difícil de explicar — Ron respondeu. — Sobretudo se levarmos em conta o seu passado. Quando eu era jovem não havia leis regulamentando a estase. Eu me lembro de vários casos que obrigaram a instauração de tais leis.

Revirei os olhos. Todo aquele "juridiquês" estava me enlouquecendo.

— Como, por exemplo? — perguntei.

— Vou colocar desta maneira — Ron disse, juntando os dois dedos indicadores para formar uma torre. — Imagine que você teve uma doença, uma crise de apendicite, algo facilmente curável com uma cirurgia. Agora, imagine que seu médico ainda não tenha almoçado. E, em vez de executar a cirurgia, ele a coloque em estase até depois do almoço. — Ele encolheu os ombros. — Isso não parece ruim. — E continuou:

— Agora, imagine que o seu médico, em vez de perder o almoço, tenha um encontro marcado com sua esposa para aquela tarde e não queira ficar cansado. Assim, em vez de operá-la, ele a mantém em estase até o dia seguinte. Daí já são vinte e quatro horas. Você provavelmente nem vai perceber. Mas, agora, imagine que o médico esteja para sair de férias, por isso ele cuida para que você seja mantida em estase pelas próximas duas ou três semanas, enquanto segue para Acapulco com a família. Para ele, foi muito mais conveniente colocar o paciente em estase do que fazer a cirurgia. Portanto, basicamente, para sua própria conveniência, esse médico roubou três semanas da sua vida, quando tudo o que você precisava era de uma hora do tempo dele. Ele poderia ter adiado as férias, poderia ter passado o seu caso para outro médico, mas, porque ele queria realizar a sua cirurgia, só que não naquele exato momento, ele roubou você. Ele lhe tirou algo muito precioso e irrecuperável. Ele roubou o seu tempo.

Eu me senti enjoada. Não gostei do modo como ele colocou aquilo.

— Eu... nunca pensei sobre isso desse modo antes.

Ron lançou um sorriso triste.

— Eu sei — ele disse, e aquilo soou muito mais solidário do que eu esperava. — Hoje em dia, para que os pais possam colocar um filho menor em estase, eles precisam fazer um requerimento para o governo e ter um laudo assinado por um médico que ateste que a estase é absolutamente necessária e qual é o motivo. Muitas vezes, também é preciso pagar uma taxa, tudo para evitar que os pais façam tais coisas livremente. Crianças portadoras de doenças crônicas debilitantes são, às vezes, colocadas em estase, na esperança de mantê-las vivas até que a cura seja descoberta. Somente nesses casos, e para crianças transplantadas, existe uma permissão terrestre para menores serem colocados em estase.

Alguma coisa começou a se agitar dentro do meu peito. Eu parecia um pardal assustado. Minhas mãos estavam trêmulas.

— Eu ainda não entendi — eu disse.

A voz do avô de Bren continuou firme, sem se alterar.

— Imagine — ele disse — que os pais estejam se sentindo sobrecarregados de trabalho. O bebê chorou o dia todo. Tudo o que eles precisam é de meia hora de sono. Todos os pais já se sentiram assim. Eles colocam a criança em estase até que se sintam capazes de lidar com a situação. Fizeram isso em vez de arrumar uma babá para a criança, em vez de organizar melhor as suas agendas, em vez de admitir que precisavam de ajuda. Fizeram pela própria comodidade. *Uma única vez* pode não parecer abuso, eu lhe garanto. Simplesmente não *parece tão ruim assim*. Mas, imagine agora que a criança tem dois ou três anos. Os pais querem dar uma festa de fim de ano, mas a criança seria inoportuna caso ficasse por ali. Colocam o filho em estase até depois da festa. Não vai demorar muito. Pela própria comodidade deles. Agora, eles querem sair de férias.

Eu queria pular e detê-lo, mas fiquei com medo de que as minhas pernas não me sustentassem.

— Ter uma romântica segunda lua de mel — Ron disse. — Uma criança de cinco anos junto iria estragar o clima. Coloque-a de volta em estase. A criança agora tem treze anos. Ela quer participar de uma excursão de uma semana e briga com a mãe por causa disso. Ela não vai poder ir. Coloque-a em estase até que passe. Problema resolvido.

Ele pousou as mãos lentamente sobre a mesa e inclinou o corpo para frente, só um pouquinho. Não pude olhar em seus olhos, mas sua voz não iria parar:

— Coloque-a em estase quando você estiver cansado. Coloque-a em estase quando você estiver ocupado. Coloque-a em estase quando ela estiver irritante. Coloque-a em estase quando você estiver aborrecido. Coloque-a em estase quando ela não quiser fazer exatamente o que você quer que ela faça. Antes que você perceba, os pais envelheceram dez, doze, treze anos... e a criança ainda é uma criança.

Eu não tinha coragem de olhar para ele. Ele estava descrevendo a minha vida. Eu queria bater nele. Queria que aquela sensação que me corroía por dentro passasse. Não conseguia respirar. Parecia que estava parada à beira de um imenso abismo, e não conseguia parar de tremer.

— Rose. — Sua voz suave e triste falseou devido à idade, mas soou muito gentil. — O acidente de helicóptero que matou Mark e Jacqueline Fitzroy aconteceu há trinta e dois anos, mais de vinte anos depois do término oficial dos Tempos Sombrios. — Olhei para ele, então, sem conseguir entender o que estava dizendo. — Aquilo não foi para salvar a sua vida. Eles nunca voltaram para buscá-la — ele disse, sua voz não passava de um sussurro. — Eles nunca soltaram você. Eles nunca deixaram você crescer.

Um segundo de escuridão, de silêncio, seguiu-se e, naquele momento, eu podia jurar que tinha morrido.

— Não, não, não! — alguém gritou no meu ouvido. — Ninguém sabia que eu estava lá! Todos tinham morrido! — desejei que ela se calasse, estava tentando entender onde eu tinha ido parar naquela escuridão. Abri os olhos e vi uma jovem desconhecida abaixo de mim, em pé sobre o piso de madeira, e seus punhos estavam erguidos no ar, desafiadores. O senhor sentado à mesa a observava atentamente com olhos sérios, e Bren recuou até encostar-se na parede, quase com medo, o rosto estava tão pálido que sua pele morena parecia café com leite. Só, então, percebi que a voz era minha. — Eles me amavam! — a garota gritou. — Eles queriam me proteger! Não acredito em você!

O avô de Bren se levantou e saiu da sala. Pairando próxima ao teto, com interesse imparcial, observei-o saindo. Será que a garota o tinha assustado tanto quanto a mim? A garotinha lá embaixo parecia um fantasma. Parecia muito mais com um corpo ambulante do que o plastine. Suas bochechas estavam manchadas em um tom de vermelho intenso e as orelhas estavam rubras como morangos. Ela era tão magrinha que pude ver cada um de seus músculos contraídos de fúria, enquanto ela erguia o pulso impotente sobre a mesa vazia. Seus olhos castanhos eram vazios, buracos negros. Espaços vazios. O que foi que Otto disse? "Esse abismo impenetrável dentro da sua alma." Isso o assustou.

Isso me assustou também.

Achei que houvesse algo mais, embora pensasse que somente eu conseguia ver. Podia ver a garota ardendo em um fogo fantasmagórico de raiva, forte o bastante para engolir toda a sala. Forte o suficiente para reduzi-la a cinzas. Pairei próxima ao teto, mas me perguntei se eu não era apenas parte daquele fogo; um espírito ardendo de ódio e dúvida.

Algo sobre aquele pensamento me trouxe de volta para mim mesma e, então, não pude mais ver o fogo ou eu mesma, via apenas meu punho cerrado diante do meu rosto e Bren recostado contra a parede. Ele parecia muito assustado.

— Não acredito nisso — sussurrei para ele.

Bren abriu a boca, mas então a fechou novamente, como se estivesse com medo de dizer qualquer coisa.

Seu avô voltou à sala e ergueu uma fotografia emoldurada para eu ver. Peguei a foto com a mão que ainda não estava cerrada.

Ele deve ter ido buscar a foto na sala de Guillory. Reconheci o lugar antes de reconhecer as pessoas; o salão de baile no piso térreo do Edifício Uni. A fotografia mostrava pessoas saudáveis trajando roupas caras. Reconheci até mesmo uma figura sombria no canto, ao fundo, que devia ser o avô de Bren, bem mais jovem. Devia ser a festa anual da companhia. A tradicional escultura do unicórnio de gelo estava derretendo em segundo plano. Mamãe e papai estavam mais velhos, muito mais velhos, mas eu os reconheci.

Mamãe ainda tinha belos cabelos loiros. Ela provavelmente os tingia, pois os cabelos do papai tinham ficado completamente brancos. Mamãe parecia mais jovem do que deveria e diferente, percebi os efeitos de cirurgias plásticas. Eu tinha visto muitos desses sinais nos amigos da família. Papai ainda estava bem-vestido e seu olhar ainda era distante. Seu sorriso ainda era rude e falso e ele parecia estar com a cabeça em outro lugar. Eles eram velhos; dava para perceber claramente que haviam se passado décadas desde que eu fora colocada em estase. Mas a coisa mais detestável era a figura em pé entre eles, segurando uma taça de champanhe e com um sorriso de orelha a orelha. Era um jovem de vinte e poucos anos, que claramente tinha acabado de se formar em administração, mostrando certa admiração pelas duas figuras que estavam ao seu lado. Reggie Guillory.

Reggie Guillory, que ainda nem tinha nascido quando fui colocada em estase. Não era de se admirar que Guillory tivesse falado como se conhecesse meus pais. Nessa foto ele não devia ter muito mais do que vinte e cinco anos, seus cabelos ainda eram naturalmente dourados, sua cara de rico estava mais bronzeada, fazendo com que ele se parecesse ainda mais com uma estátua dourada, uma vez que tinha aquela perfeição artificial que os escultores sempre se empenham para alcançar.

Lá estava a prova, nas minhas próprias mãos e, mesmo assim, eu ainda não queria acreditar. Ergui a fotografia e atirei-a com tremenda força contra a parede mais distante. O vidro se espatifou e a moldura se abriu em duas.

Não foi o suficiente para destruir a prova. Eu precisava destruir tudo. Se o meu tubo de estase estivesse lá, eu teria descarregado a minha fúria nele, mas ele não estava. Em vez disso, arranquei uma das paisagens que enfeitavam a parede e atirei como se fosse um *frisbee*. Bren se abaixou. Arremessei as bugigangas que consegui alcançar, pesos de papel que deixaram marcas nas paredes. Peguei os copos do bar e arremessei-os contra as janelas, onde eles quebraram lindamente, virando magníficos cacos de vidro.

Pouco tempo depois, percebi que ninguém estava tentando me impedir. Na verdade, o avô de Bren estava ao meu lado e pacientemente me entregava objetos para eu jogar. Bren estava parado junto à soleira, longe dos estilhaços, com um jeito que só posso descrever como um sorriso sério em seu rosto.

Atirei o último item — um copo de metal do bar. Ele caiu com um estalo no chão, que eu acompanhei. Então, me senti melhor.

Uma mão gentil acariciou meus cabelos.

— Sinto muito, Rose — disse Ron. Então, ele se ergueu e eu o vi se dirigir a Bren e tocar em seu ombro.

Seja lá o que ele tenha dito, Bren se aproximou e esfregou as minhas costas.

— Você está bem agora — ele disse, mais para acalmar a si mesmo, eu acho. — Ninguém vai permitir que nada daquilo aconteça novamente. Nós não vamos deixar que aconteça. Eu, a mamãe e o vovô, todos nós vamos garantir isso.

Olhei para ele novamente. Senti um vazio.

— Estou cansada — sussurrei.

Bren soltou um leve sorriso e me ajudou a sentar.

— Não estou surpreso. Eu deveria levá-la para jogar tênis, você tem um braço forte. — Ele me apoiou e permitiu que eu recostasse meu peso sobre seu ombro enquanto me conduzia até o sofá. — Aqui — disse.

Encolhi-me no sofá e respirei fundo. Ron desapareceu novamente e, então, reapareceu como mágica com uma manta de lã. Ele a colocou sobre mim com todo o cuidado.

— Nada irá ferir você aqui. Eu prometo — sussurrou Ron. — Agora descanse. — Sua voz estava mais relaxada.

Acho que devo ter dado um pequeno sorriso, mas dormi tão rapidamente que quase pareceu que eu estava entrando em estase. Foi tão doce quanto. Meu medo tinha me deixado. Eu já tinha perdido tudo. O que mais havia para temer?

21

Não devo ter dormido muito, não mais que uma hora. Quando acordei ainda estava escuro e Bren limpava alguns dos destroços do meu acesso de raiva, jogando-os dentro de um latão de lixo. Respirei fundo e me espreguicei. A sensação foi boa, quase de satisfação, como se eu estivesse dentro de uma banheira de hidromassagem depois de um longo dia. A manta de lã estava quentinha sobre o meu corpo e cheirava à colônia, provavelmente a de Ron.

Bren e eu estávamos sozinhos na sala.

— Onde está o seu avô?

— Ainda está examinando as contas de Guillory — Bren disse. — Ele não queria acordá-la enquanto fazia algumas ligações. Mesmo que não tenha sido Guillory quem colocou aquele plastine na sua cola, vovô está reunindo algumas coisas muito obscuras. Ele disse que não vinha prestando muita atenção nos últimos meses. Está ficando cada vez mais bravo conforme vai descobrindo mais coisas.

— Estou surpresa que ele não esteja bravo comigo — eu disse. Em seguida joguei a manta para o lado e fui ajudar Bren a recolher os cacos. — Veja o que eu fiz no escritório dele.

Bren sorriu.

— Ele a ajudou a fazer isso! Foi difícil segurar a risada enquanto eu observava vocês dois.

— Não consigo me lembrar de quando foi a última vez que fiquei tão brava. Se é que já fiquei brava daquele jeito algum dia.

— Provavelmente não — Bren disse.

Refleti a respeito. Ele estava certo. Eu não ficava brava, não reclamava, eu sequer chamava atenção para mim. Pois se o fizesse...

Tentei afastar esse pensamento. Estranho, tive a sensação de que vinha fazendo isso havia anos.

— Eu sei que nunca destruí totalmente uma sala — Bren continuou.

Cuidadosamente peguei outro caco de vidro.

— Eles devem ter faxineiros para fazer esse tipo de trabalho — eu disse.

— Não quero deixar o escritório do vovô nesse estado — Bren respondeu. — Ele costuma ser muito exigente.

— Mas eles provavelmente têm vassouras — apontei. — Isto é vidro quebrado.

Bren franziu a testa, encolheu os ombros e continuou recolhendo os cacos.

— Vou tomar cuidado.

Limpamos em silêncio durante um tempo.

— Sinto muito por não ter lhe contado — Bren disse sem jeito. — Nem me ocorreu que você não soubesse. Todo mundo sabia. Esse é um dos motivos que levou Otto a simpatizar com você. Ele se sente tão abandonado quanto você.

Fechei os olhos.

— Você realmente acha que eles quiseram... me deixar lá?

Bren hesitou.

— Eu não os conheci. Os Tempos Sombrios foram tão terríveis que até entendo que alguém tenha resolvido manter a filha longe de tudo aquilo. Mesmo que isso fosse perigoso.

Vinte anos em estase também poderia ter sido perigoso. Mas não tão ruim quanto o que eu sofri sessenta e dois anos depois. Se eu tivesse sido retirada da estase vinte anos depois, provavelmente seria capaz de voltar a comer normalmente após dois meses. O contrário de agora.

— Mas... ele disse nove anos...

— Sim — Bren falou, seu tom era suave. — Vovô diz que eles tomaram muito cuidado para que ninguém soubesse, ou notasse, que a sua infância estava sendo prolongada. Foi por isso que não consegui encontrar o seu registro de nascimento. Eles fizeram tudo o que puderam. Mudaram você de escola. Apagaram a sua imagem dos arquivos públicos. Mantiveram você isolada, exceto em festividades específicas. — Ele abaixou os olhos. — Mantiveram você com medo. Talvez eles tivessem a intenção de tirá-la da estase no final, mas...

— Mais nove anos. — Não conseguia nem imaginar. — Será que eu era realmente *tão* terrível? — sussurrei.

Bren jogou outro caco de vidro dentro do lixo.

— Ninguém pode ser tão terrível.

— Eu não deveria ter gritado com a mamãe — falei.

Bren contornou o vidro quebrado e veio se sentar um pouco atrás de mim.

— Grito com a minha mãe o tempo todo — ele falou. — Sou mandado para o meu quarto. Não acredito que a estase seja um castigo equivalente.

— Aquilo não era um castigo! — eu disse, virando-me para ele.

O rosto de Bren estava impassível.

— O que era então? — ele tomou a minha mão e me ajudou a levantar. Em seguida, levou-me de volta para o sofá e se sentou comigo. Seu braço envolvia meus ombros e ele me abraçou com firmeza. Parecia que aranhas penetravam na pele do lugar onde ele me tocava, eram quentes e delicadas aranhas, com suas pequenas perninhas, fazendo cócegas.

— Não faça isso — falei, tentando me desvencilhar.

— Não posso ser seu amigo? — Bren perguntou.

— Você é, é que apenas... ainda não superei o que sinto por você, certo? É perturbador.

— Ah! Desculpe. — Ele me soltou.

Coloquei as mãos na cabeça.

— Ah, Deus! Isso é tão constrangedor!

— O quê?

— Você sabe todas essas *coisas* a meu respeito. Isso não é justo. Conte-me algo.

— O quê?

— Qualquer coisa — eu disse. — Conte-me algo pessoal. Eu mal o conheço.

Bren soltou uma risadinha.

— Não tenho... muitas coisas pessoais para contar — ele disse. — A coisa mais importante da minha vida é o tênis... e estou pensando seriamente em desistir disso depois que terminar o ensino médio. Pelo menos dos torneios. Nunca me apaixonei, pois a ideia me assusta. Nunca passei mais do que duas semanas fora da ComUnidade e, provavelmente, vou acabar voltando para cá depois da faculdade, simplesmente porque não há nada forte o bastante dentro de mim para me manter longe daqui. — Ele suspirou. — Agora que você me perguntou sobre isso, achei meio deprimente.

Costumo seguir o caminho mais fácil. A coisa mais excitante que já aconteceu na minha vida foi naquele depósito no subsolo.

Franzi o rosto ao ouvir aquela declaração.

— Você quer dizer que *eu* sou a coisa mais interessante que aconteceu na sua vida?

— Sim. Mas isso não é de surpreender, Rose, você é a coisa mais interessante que aconteceu para a humanidade desde que descobriram os micróbios na Europa.

Ecos de Otto, novamente. Era como se estivéssemos ligados.

— Mesmo que você não fosse a filha de Mark Fitzroy, encontrar alguém em estase por todo aquele tempo teria sido notícia mundial. Sendo quem você é...

Suspirei.

— Eu sabia que era uma aberração.

— Você pode estar certa — disse o avô de Bren ao entrar na sala. A princípio, pensei que ele estivesse lá me ouvindo, mas ele prosseguiu: — Recentemente, Reggie sacou uma quantia considerável de dinheiro de uma das contas da companhia. O valor não seria suficiente para pagar pelo plastine, mas isso não significa que ele não tenha pegado mais de outros fundos. Eu ainda estou procurando.

Bren se levantou para retomar a limpeza.

— O senhor acha que vai conseguir rastrear tudo, se ele fez mesmo isso?

— Espero que sim. — Ron olhou diretamente para mim. — Não se preocupe. Tudo vai dar certo.

Por alguma razão, acreditei nele.

Parte de mim queria voltar a dormir novamente e parte de mim não queria permanecer parada. Olhei para Bren e pensei em ajudá-lo com a limpeza, mas algo em seu jeito me disse que ele queria pensar, e eu iria ficar no seu caminho.

Voltei para o meu bloco de desenho. Eu tinha terminado a sequência de Xavier e precisava começar algo novo. Não estava com disposição para as paisagens; muito agitadas. E não queria desenhar Bren. Por isso, resolvi desenhar o avô dele.

Ron se sentou à mesa, depois de ter desligado a holoimagem do celular e colocar o aparelho junto à orelha, para que assim pudesse ter uma conversa mais reservada.

— Não, entendo — ele dizia. — Creio que seja urgente. Muito mesmo... Bem, eu não gostaria de ter de contar isso para o conselho... só farei isso se tiver de... — ele soou intimidador. Fiquei feliz por ele estar fazendo isso *por* mim, e não *contra* mim. Eu nunca iria querer cruzar o caminho desse homem.

Era muito fácil fazer o traçado de seu rosto. Meu lápis desceu desenhando a linha de seu nariz, sobre as maçãs do rosto, ao longo da linha do queixo. O pescoço deu um pouco de trabalho. Eu não tinha tido muitas oportunidades de desenhar um homem velho, portanto, não estava acostumada com as rugas da pele. Depois que desenhei a linha geral do rosto, me concentrei em sua testa, para me certificar de ter capturado seus olhos atrás dos óculos. Ele era muito fácil de desenhar.

Muito fácil.

Eu conhecia os seus contornos. Olhei de volta para o senhor que estava recostado na cadeira com jeito de quem tinha décadas de prática de se sentar ali. Não podia ser. Eu só podia estar obcecada e vendo coisas.

Voltei-me para o meu bloco. Desenhei a linha do rosto novamente: maçãs do rosto, queixo, mandíbula, nariz, mas ignorei as pregas da pele, os óculos, o corte de cabelo. Eu desenhei seus olhos novamente.

Não podia ser. Eu devia estar imaginando. Fechei os olhos por um momento, então olhei novamente.

Eu conhecia aquele rosto. Conhecia muito, muito bem.

Meu sangue gelou. Senti um gosto enjoativo de ácido na minha boca, mas, dessa vez, não me sentia nauseada. Eu simplesmente permaneci sentada ali, encarando emudecida aquele homem velho, muito velho.

O avô de Bren desligou o celular e se levantou, virando-se na direção da porta. Pulei do sofá, lutando para conseguir alcançar a porta antes dele. Meu movimento assustou Bren, que derrubou a lata de lixo com um estrondo.

O avô de Bren ergueu uma sobrancelha quando parei diante dele.

— Pois não?

As palavras despencaram da minha boca.

— Qual é a sua desculpa?

Um lampejo de nervosismo passou pelo seu rosto.

— Para o quê? — ele perguntou.

Passei o bloco de desenho para ele. Ele franziu a testa ao observar o desenho em carvão que eu tinha feito dele e o outro meio perfil desenhado ao lado. Eu me aproximei e virei a página anterior para que ele pudesse ver.

Era a última imagem da minha sequência de Xavier. Xavier com dezessete anos, com seu sorriso terno, seus olhos reluzentes, o pequeno cavanhaque, o olhar retraído que sempre impediu que seu traço arrogante sobrepujasse.

O velho homem ficou surpreso com o desenho, seus olhos, que já eram tristes, ficaram ainda mais tristes. Ele virou outra página e lá estava ele com quinze anos, com uma barbicha rala no queixo, seu nariz ainda não tinha crescido como o de um adulto, sua autoconfiança mais evidente. De volta aos doze anos, com um brilho traiçoeiro oculto nos olhos. Ele pulou algumas páginas, fechando o bloco no desenho de quando ele tinha três anos, um querubim, bochechas rechonchudas e com o nariz sujo de chocolate.

— Estou surpreso que você ainda se lembre — ele disse.

Fitei Xavier com olhos fixos, o meu Xavier, com setenta e poucos anos. A pele estava flácida, os cabelos loiros estavam grisalhos, os olhos brilhantes tinham se tornado tristes com a idade, havia um tremor mal disfarçado em sua mão direita. O meu Xavier. Eu não sabia se queria rir ou chorar. O sentimento de vazio e morte tinha voltado e eu não senti mais nada.

— Não faz tanto tempo assim — eu disse.

Xavier soltou um sorriso triste.

— Sim, faz.

Ele estava certo. Fazia tanto tempo que tinha sido em outra vida, quando eu era outra garota. A princesa eleita da UniCorp, a rainha do champanhe todas as vezes que eu abria os olhos, sempre na moda, serena. Uma garota cujos pais devotados nunca a abandonariam para uma morte lenta, causada pela fadiga estase, e que tinha um melhor amigo que a amava e sempre estaria lá para ela. Eu vinha tentando me prender àquela vida, me convencer de que eu ainda era aquela garota, mas não era. Eu era uma nova pessoa, perdida e sozinha, uma criança fora de seu tempo, um fardo para Guillory, Bren e para todos que só tinham sofrido por causa da minha volta. Um fardo para *ele*.

— Você arrumou o meu estúdio — eu disse, todos os mistérios começaram a cair suavemente em seu lugar. — E o Estradas Desertas. E Bren... — minha voz sumiu ao dizer esse nome e olhei de relance para o meu príncipe encantado. Bren levantou-se, atordoado com a conversa, franzindo a testa, os olhos esverdeados contraídos e confusos.

Agora que eu tinha me permitido, podia ver. Eu deixara que a pele morena e os cabelos crespos e os olhos eurasianos mascarassem o seu queixo, o formato do nariz, a cor de seus olhos. Não era de admirar que eu tenha caído por ele como uma pedra despenca de um penhasco.

Eu me voltei para Xavier.

— Pode me chamar de Ron? — fechei os olhos. Ron. Ronald era o seu nome do meio, ele começara a usar Ronny na escola, porque as crianças o provocavam por causa do "x" de Xavier. Não foi nenhuma surpresa que ele continuasse usando esse nome em sua vida profissional. Lágrimas estavam caindo, mas nenhum soluço atormentava meu peito. A água simplesmente fluía descontrolada de meus olhos.

— Como você pôde?

Xavier fechou os olhos por um momento, então, balançou a cabeça, seu rosto era uma máscara de tristeza.

— Eu não sabia — ele sussurrou.

Sua desculpa esfarrapada fervilhou um rio de lágrimas dentro de mim. Minha mão se ergueu e bati com força em seu rosto. Ele virou a cabeça para o lado, desviando para que assim não sentisse muito a força da bofetada.

Fiquei preocupada no momento em que fiz aquilo. Tal ato era algo que eu poderia ter feito com o meu Xavier, era até mesmo justificável. Mas um homem velho merecia mais respeito da minha parte. Eu não sabia o que dizer, como me sentir ou para quem recorrer. Fiz a única coisa que podia. Antes mesmo que Xavier tivesse tempo de voltar seu rosto para mim, eu saí correndo.

Não tinha conseguido correr tão rápido assim nem do plastine. Meus passos ecoaram como um trovão pelo átrio. Ouvi alguém gritando atrás de mim, mas não parei. Bati com força no botão do elevador para descer. Ele ainda se encontrava no último andar, esperando por mim. Pulei para dentro e apertei o botão para fechar a porta. Através da minha visão embaçada pelas lágrimas pude ver um vulto escuro correndo pelo átrio atrás de mim. Só podia ser Bren. Xavier não conseguiria correr tão rápido. Não esperei por ele.

A porta se fechou e desci os oitenta andares até o piso térreo. Minha saída apressada assustou o segurança, que pulou de sua alcova, com a arma erguida.

— Qual é o problema? — ele perguntou, e ficou um pouco mais calmo ao ver que eu estava sozinha.

— Apenas abra a porta. — Fiquei surpresa por ter conseguido dizer algo coerente.

O segurança abriu a porta e eu caí na luz azul esverdeada bruxuleante que empurra a escuridão para dar lugar à manhã. Minha limobarca tinha se movido durante a noite, e eu não sabia como chamá-la. Ela simplesmente sempre sabia quando eu saía da escola. Entrei em pânico e comecei a correr. Eu não sabia ou me importava para onde, simplesmente para qualquer lugar.

— Rose! — tropecei ao ouvir a voz e caí na grama. Tinha ido parar no parque ornamental que ficava à esquerda do edifício. — Rose! — Bren me alcançou, ofegante. Eu estava arfando como um peixe, meus músculos queimavam, meus pulmões estavam explodindo. A resistência de Bren era muito melhor do que a minha, pois ainda estava me recuperando lentamente.

Ele me segurou pelos ombros e me forçou a olhar para ele. Eu não queria olhar para ele. Não queria ver o meu Xavier olhando para mim através daqueles olhos amendoados. Engoli em seco e chorei, tentando me encontrar no meio daquele suplício. Mas não consegui achar nenhuma parte de mim que parecesse funcionar. Eu não conseguia me levantar outra vez, não conseguia me afastar. Muito de mim tinha ficado parado por muito tempo.

— Rose, o que foi? O que foi? — ele soou preocupado, e suas mãos morenas e quentes limparam um pouco das lágrimas das minhas faces. — Fale comigo, parece que você viu um fantasma! O que aconteceu?

Virei o rosto, furiosa comigo mesma. Bren franziu a testa por um momento e então pousou os braços sobre os meus ombros, puxando-me para perto dele. Desejei querer me afastar. Mas não o fiz. Eu ainda queria Bren; ou alguém, qualquer um; e não podia suportar aquilo. Permiti que ele me abraçasse enquanto lutava contra as lágrimas. Afastei-me assim que consegui me conter. Meus pulmões pareciam não querer funcionar, e tossi algumas vezes para tentar limpá-los.

— Sinto muito — eu disse quando pude. — Sinto muito por tudo aquilo. Sinto muito por ter me atirado sobre você, eu... não sabia... por quê.

— O que você está dizendo? — Bren perguntou.

Xavier não tinha explicado para ele? Não, supus que ele não teve tempo. Olhei para Bren. Por que ele não tinha me contado? Por que não adivinhou? Ele deve ter visto fotos do avô quando era jovem, por que não tinha ligado as fotos aos meus retratos do Xavier?

Como se só o fato de pensar nos meus desenhos tivesse o poder de evocá-los, notei meu bloco no chão, próximo aos joelhos de Bren. Ele deve tê-lo trazido. Muita gentileza. Acho que notou que eu não ia para lugar algum sem o bloco. Apanhei o bloco da grama e abri na página reveladora, onde havia a comparação do homem velho com o jovem.

— Como você não percebeu?

Bren olhou os desenhos demoradamente e, então, como seu avô, folheou a minha progressão pela idade de Xavier. Sua boca se abriu de espanto. Ele voltou para o retrato de Xavier com dezessete anos, sorrindo.

— Eu não podia, pois este garoto está sorrindo — Bren disse. — Vovô nunca sorri.

— Mas o nome...

— Eu sempre pensei que o nome do vovô fosse Ronny. Quer dizer, eu sei, acho que já vi Xavier antes, em alguns registros que temos, mas ele não usa mais esse nome. Acho que só o ouvi uma ou duas vezes em toda a minha vida. — Ele se voltou para o retrato outra vez. Exalou, entre os lábios contraídos, quase um assovio, como se estivesse tentando pensar no que dizer.

— Devo ter... visto ele em você — eu disse baixinho. — Acho que isso fez com que eu agisse como uma tonta.

— Não foi uma tonta — Bren falou. — Esta é uma situação com a qual acho que os seres humanos não são geneticamente programados para lidar. Às vezes tenho medo de que a tecnologia ferre com a gente. Ela definitivamente ferrou com você. — Ele se aproximou e tomou a minha mão — Sinto muito.

Puxei a mão. As coisas haviam ficado ainda piores. Eu vinha tentando superar o modo como Bren fazia meu estômago se contorcer e meu coração disparar; agora, sentia um estranho tipo de sentimento de proteção em relação a ele, como o que eu tinha por Xavier quando ele ainda era criança. Mas ele me parecia lindo como sempre me parecera, desde o começo, e os dois sentimentos se misturaram e me confundiram, eu já não sabia o que estava sentindo. Aquilo tudo foi demais. Imaginei se o fato de eu ter me apaixonado pelo neto do meu namorado me colocava oficialmente acima de Otto na escala de aberração.

— Ele o mandou vir atrás de mim? — perguntei.

— Não — Bren respondeu. — Apanhei o seu bloco de desenho e a caminho da porta perguntei para ele se eu deveria... ele assentiu. Acho que isso não conta como me mandar.

— Não — falei. Senti-me um pouco melhor.

Ele balançou a cabeça.

— É simplesmente muito estranho. Você poderia ser a minha *avó*.

— É verdade — concordei. Ele estava certo. Eu poderia ter sido avó dele. Ou de alguém como ele. Mas não era. E deveria ter sido. *Deveria* ter sido. Minha vida tinha sido roubada de mim. Eu não me sentia muito normal desde que acordara da estase, mas isso nunca me pareceu tão definitivo antes.

Avistei as luzes da minha limobarca se aproximando lentamente pela rua. Ela devia ser equipada com um monitor de proximidade. Franzi a testa enquanto pensava sobre isso, mas algo me distraiu.

— Santo capete! — disse Bren. Algo tinha acabado de lhe ocorrer.

— O que foi?

— O nome da mamãe é Roseanna — Bren disse. — Rose. Como você.

Quando ele disse aquilo meu coração se contorceu. Fiquei em pé.

— Se ele se importava tanto assim comigo, por que me deixou para apodrecer?! — gritei. Eu me atirei para dentro da limobarca e fechei a porta antes que Bren tivesse tempo de recuperar o juízo. Ele bateu na janela, mas eu já tinha dado o comando para o barco seguir. Fui deixando-o para trás lentamente, ganhando velocidade. Francamente, já não me importava mais se o plastine me pegasse. Mas não sabia para onde estava indo. Eu realmente não sabia para onde ir.

22

A LIMOBARCA CONTORNOU A COMUNIDADE SETE VEZES SOB UM ALVORECER ROSA pálido. Eu não conseguia pensar. Tentei dormir e acabei sendo acometida por sonhos; sonhos de Bren se transformando em Xavier, Xavier se transformando em Guillory. Eu queria ir embora e pegar o meu cachorro, mas estava com medo de ir para casa. Não estava com medo do plastine — a morte parecia uma viagem convidativa naquele momento —, estava com medo de todas as coisas que tinham feito parte da vida de Xavier. Agora eu podia ver. Seu gosto estava espalhado por todas as paredes. Os quadros, as paisagens que se pareciam um pouco com as minhas. A recriação do meu quarto. Meu estúdio. O prisma. Fechei os olhos.

Por que ele tinha comprado o apartamento que pertencera aos meus pais? Será que realmente estava tentando se prender à lembrança que tinha de mim? Por que não deu uma olhada no depósito do subsolo? Por que não passou toda a sua vida percorrendo o mundo em busca do meu tubo? E se não fez isso, por que então simplesmente não me esqueceu? Por que agora ele tinha de ser essa presença meio que assombrada?

Eu perdera meus pais, meu tempo e até mesmo o sonho do meu amor morto. Toda a dor que senti pela morte dele ressurgiu dentro de mim, indigesta. E doía mais do que quando tive de engoli-la.

Não queria que o sol nascesse. Não queria que o mundo continuasse girando. Eu queria que todo o planeta fosse colocado em estase até que eu conseguisse me recuperar.

Um bip familiar ressoou próximo ao painel de controle da limobarca. Ding, ding... ding, ding... ding, ding...

Eu me sacudi e me arrastei até o canto escuro de onde o som viera. Era o meu *supertablet*. Como tinha ido parar ali? Então me lembrei que fora eu mesma quem o tinha deixado dentro do barco quando saí correndo da escola no dia em que fiz a declaração a Bren.

Ding, ding... ding, ding... Apanhei o aparelho e abri o monitor.

Já havia uma página conectada à internet piscando. Entrei.

"Rose. Rose, droga, responda! Rose se você tiver retornado para a estase, vou procurar pelo mundo todo para acordá-la novamente! Responda!"

Rapidamente puxei o teclado enquanto Otto continuava:

"Atenda! Onde você está? Por favor, não deixe que aquela coisa vá atrás de você outra vez!"

"Estou aqui" — escrevi, atropelando o que ele tinha escrito. — "Ainda estou aqui, infelizmente."

"Graças as todos os deuses que já foram inventados. Onde você está?"

"Em lugar nenhum" — respondi com toda a sinceridade. Eu realmente não sabia onde estava, e não importava.

"Estou falando sério. Onde você está?"

"Honestamente, não sei" — contei a ele. — "Só estou flutuando em círculos pela ComUnidade."

"Fiquei preocupado, você não estava respondendo no seu *supertablet* ontem."

"Esqueci de levá-lo."

"Acabei de me encontrar com o Bren no pátio e perguntei se ele sabia o que tinha acontecido com você. Ele está preocupado. Posso dizer a ele onde você está?"

"Não. Você pode dizer a ele que estou bem, se quiser."

"Ótimo. Ele foi para casa e verificou o seu tubo depois que você fugiu. Quando viu que você não estava lá, ficou assustado. Os pais dele obrigaram-no a vir para a escola, mas ele não está conseguindo se concentrar."

"Acho que não dou a mínima" — escrevi.

"Espere um minuto, o Sr. Prokiov está pegando no meu pé para que eu não entre na internet durante a aula. Já volto."

O monitor ficou um longo, longo tempo parado. Eu me encolhi no assento do barco e tentei forçar a sanidade de volta à minha cabeça. Não consegui.

O *tablet* apitou novamente.

"Pronto, estou no pátio. Bren me contou o que aconteceu nesta madrugada."

Só havia uma coisa que eu poderia dizer em relação àquilo.

"Capete!" — Então perguntei: — "Quanto ele contou?"

"Pode-se contar uma longa história através da mente com muita rapidez" — ele escreveu.

"Capete" — escrevi novamente. — "Posso lhe pedir para aplicar o seu código de ética e não espalhar essa história por aí? Não contar para Nabiki, e nem mesmo para a sua família?" — Eu na verdade me importava com o que eles pensavam sobre mim, e isso tudo era muito estranho, provavelmente até mesmo para eles.

"Juro sobre o túmulo da 42."

Fiquei comovida.

"Obrigada."

"Nabiki e eu terminamos" — ele escreveu.

Eu não sabia ao certo por que ele estava me contando isso.

"Como? Por quê?"

"Você se lembra daquele lance forte de proteção que ela sentia por mim?"

"Sim"

"Bem. Quando você me contou que alguém estava tentando matar você, eu meio que senti a mesma coisa. Passei os últimos dias fuçando na rede, tentando encontrar qualquer coisa e tudo o que pudesse ajudar. Nabiki não gostou, disse que eu não estava dormindo bem. Ela disse que você já tinha pessoas o suficiente cuidando de você e que não precisava de mim. Eu quase... bem, foi só uma ideia, mas ela estava me tocando naquele momento. Senti vontade de dar um tapa nela. Sou um tanto pacifista, não costumo pensar nesse tipo de coisa com muita freqüência, nem quando batem em mim — e sim, isso já aconteceu. Nabiki disse que se eu pensava daquela maneira, então talvez não precisasse mais dela. Ela estava certa."

Se os elogios de Otto eram tão intensos quanto ele dizia que eram, eu não quis nem pensar em como seria a sua ira.

"Não. Volte para ela" — escrevi. — "Peça desculpa. Não quero estragar o relacionamento de ninguém."

"Você não estragou. Uma das conveniências sobre a minha forma de comunicação é que posso me comunicar rapidamente e assimilar tudo o que o outro está sentindo. Nabiki adorava ser útil. Agora que eu sou o único que... Olhe, deixe eu ir até onde você está." — Fiquei comovida. Não que Otto pudesse me proteger do plastine. — "Você está precisando de família. Onde você está?"

"Eu realmente não sei."

"Diga para o seu barco vir para a escola. Podemos conversar no alojamento."

"Estamos conversando agora."

"Não estamos."

Levei um tempo para entender o que ele quis dizer.

"Você não vai querer entrar na minha cabeça neste momento" — escrevi.

"Talvez" — Otto respondeu.

"Otto, nem mesmo eu sei o que está se passando dentro da minha cabeça neste exato momento."

"Talvez não" — ele escreveu. — "Mas você não pode ficar sozinha. Alguém está tentando assassiná-la, Rose!"

Suspirei.

"Certo" — escrevi de volta. — "Mas não sei quão longe eu estou da escola."

"Estarei esperando."

O *link* desconectou e eu mandei o barco seguir para o Preparatório Uni. Ele virou, a maquinaria fazia um zumbido muito mais satisfeito quando tinha um destino definido em seus processadores.

Levei quase uma hora para chegar à escola. As andanças sem destino pela ComUnidade tinham me levado para muito longe do caminho. O barco parou bem ao lado do pátio, mas eu disse a ele para contornar a escola e seguir até os alojamentos. Eu não sabia como faria para encontrar Otto, mas ele estava me esperando em um banco sob uma árvore, bem ao lado do alojamento masculino. Assim que avistou a limobarca, meu *supertablet* apitou.

"Estou aqui" — ele escreveu. — "Eu disse que estaria esperando."

Abri a porta e desci. Fui capaz de forjar um sorriso de saudação, mas ele saiu tão forçado quanto costumava ser o de Otto. O sorriso se desfez quase que instantaneamente.

Otto se aproximou e pousou a mão na parte baixa das minhas costas, guiando-me na direção da escola sem tocar na minha pele. Senti-me muito diferente por tê-lo *ali*, ao meu lado. Era quase como se o Otto que eu via na escola e o Otto com quem eu conversava pelo computador fossem duas pessoas distintas. Eu mal conhecia este Otto. Não sabia o que dizer. Caminhamos em silêncio profundo.

Otto me observava com seus olhos amarelos. Ele forçou um sorriso e, então, abriu a porta do alojamento para mim. Respirei fundo antes de entrar. Houve um leve zumbido quando o sistema de segurança registrou a nossa presença.

ALVO IDENTIFICADO: COMBINAÇÃO DE RETINA CONFIRMADA: LOCALIZAÇÃO DE ROSE SAMANTHA FITZROY RECONHECIDA.

O alvo não estava na última coordenada reconhecida, no Edifício Uni, por isso, ele resolvera retornar para a sua estação. Mas nem tinha chegado lá ainda quando a informação foi filtrada por sua rede. Ele entrou com a nova localização nos controles do hover-iate. Lentamente, o veículo virou rumo ao Preparatório Uni.

Otto me levou para um tipo de sala de visitas. O local era claro e impessoal e me lembrou o estilo de decoração dos meus pais. Eu ainda me sentia estranha.

— Realmente não sei o que dizer.

Otto balançou a cabeça, com um gesto que indicava que era para eu não me preocupar. Em seguida estendeu a mão na direção da minha.

— Não — eu disse, afastando-me. Escondi os olhos sob as mãos. — Otto, você realmente não vai querer saber.

Um longo momento de silêncio se seguiu e, então, meu *supertablet* apitou. Ergui os olhos. Otto tinha cruzado a sala e estava sentado em uma cadeira de costas para mim. Engoli em seco e olhei para o *supertablet*.

"Como você está se sentindo?"

Eu me sentei, aliviada.

"Estou bem" — escrevi.

"Você não parece bem."

"Não dormi" — escrevi. — "Pela terceira vez fugi de um assassino indestrutível, trabalhei, contando apenas com o meu bloco de desenho para conseguir sair das ilhas Unicórnio, descobri que meus pais me abandonaram de propósito em estase por pelo menos vinte anos, e, então, percebi que tinha me apaixonado pelo neto do meu antigo namorado." — Abaixei o meu *tablet* e olhei para ele. — Meu extremamente antigo namorado, eu diria — falei em voz alta. Suspirei e escondi a cabeça entre as mãos.

Ouvi a movimentação de Otto e, então, o meu *tablet* apitou novamente. Descobri os olhos. Otto tinha virado a cadeira de frente para mim, mas ele estava olhando para o seu monitor.

"É isso o que está realmente lhe incomodando, não é?" — ele tinha escrito. — "O seu Xavier."

"Mais ou menos" — admiti.

"Foi isso que a fez fugir."

"Deus, Bren realmente lhe contou tudo, não contou?"

"Ele sabe que a minha preocupação é verdadeira."

Balancei a cabeça, aliviada por ele finalmente poder ver isso.

— Por quê? — perguntei. — O que você vê em mim?

Ele ergueu os olhos do *supertablet* e estes buscaram os meus por um momento.

"Eu poderia tentar lhe mostrar, se você quiser" — ele escreveu, voltando seu olhar para o monitor. — "Não estou acostumado a buscar por palavras para descrever esse tipo de coisa. Não se trata de algo tão simples que eu possa encapsular em uma frase superficial." — Ele fez uma pausa antes de escrever outra vez. — "Ou mesmo em uma frase séria dita do fundo do coração."

Eu não sabia o que dizer. Ele estava certo. Algumas coisas simplesmente não são fáceis de serem transformadas em linguagem. Eu achava que seria capaz de pintar um quadro que pudesse ter o mesmo impacto, mas mesmo o quadro não teria o mesmo significado. Enquanto eu o observava, ele começou a escrever novamente.

"Por que você continua falando comigo? Talvez a resposta esteja nisso."

Balancei a cabeça.

— Não sei — eu disse. — Você é interessante e diferente e qualquer um ficaria curioso.

"Se fosse apenas curiosidade, você poderia ter seguido o meu conselho e dado uma olhada nos meus prontuários médicos" — ele escreveu. Ele escrevia muito mais rápido do que eu jamais tinha conseguido, mas supus que ele tivesse mais prática. — "Isso é o que a maioria das pessoas faria. Muito sobre a minha vida está em arquivos de acesso público, publicados em dúzias de revistas científicas disponíveis na internet. Isso sem mencionar todos os arquivos da UniCorp, que sei que você poderia acessar. Você procurou em mim, não nos arquivos."

— É verdade — sussurrei. — Eu sinto... Falei sério quando disse que eu poderia ser a sua família. Sinto como se já fosse.

"Você não tem outra família."

"Tive um dia. Eles me amavam."

Otto ergueu os olhos do monitor sem escrever outra palavra. Mas eu podia ler em seus olhos. Amarelos. Não humanos. Seu DNA tinha sido retalhado e costurado para formar um monstro alienígena, sem um lar, sem uma família, sem uma raça. "Será que eles a amavam?", seus olhos diziam. "Será que amavam mesmo? Ou será que a amavam do mesmo modo que a UniCorp me amou?"

— Por que você tentou a bolsa de estudos? — perguntei a ele, ignorando a pergunta não dita.

Ele contraiu os olhos, perplexo. Achei que a minha pergunta tivesse sido inconveniente. Ele se voltou para o seu *tablet*.

"Para conquistar a minha liberdade." — Ele hesitou, então perguntou: — "Por quê?"

— Ganhei uma bolsa de estudos uma vez. — Doeu dizer aquelas palavras. — Para a Academia de Arte Hiroko, sessenta e dois anos atrás.

"Por que você não foi?"

— Entrei em estase em vez de ir.

"Era isso que você queria fazer?"

Essa era a pergunta que eu vinha evitando fazer para mim mesma desde que saíra da estase. A resposta me causou náusea.

— Sim — sussurrei.

"Por quê?"

Eu me levantei, derrubando o meu *supertablet*.

— Por que você continua perguntando por quê? — reclamei.

Otto me fitou e suas mãos se moveram em um intrincado arranjo que não consegui ler.

— O quê?

Ele emitiu um barulho irritante parecido com os dos golfinhos e pegou o seu *supertablet*. Em seguida depositou-o em minhas mãos.

"Por que me importo!" — estava escrito.

Inclinei a cabeça.

— Por quê?

Ele moveu as mãos novamente. Eu não conhecia a linguagem, mas ela era bela. Ele repetiu a mesma série de gestos outra vez. Ergueu a palma da mão para mim, então apontou com os dois dedos indicadores, bateu nas costas da sua mão esquerda, e, então, levou a mão ao coração. E entendi aquilo, sem nenhuma palavra. *A sua dor toca na minha dor.*

Mas as nossas dores eram diferentes. A de Otto tinha sido imposta a ele. A minha fora abraçada por escolha.

— Eu magoei Xavier — sussurrei. — Parti seu coração. Usei tudo o que sabia sobre ele, transformando o amor que ele sentia por mim em uma arma, para fazer com que ele se fosse. Foi por isso que quis entrar em estase. Foi por isso que fui esquecida. Foi por isso que não merecia despertar, nunca!

Otto pousou a mão sobre o seu coração e ergueu a outra mão. Pude ler o significado em seus olhos: *Por favor.*

Hesitei, e sussurrei:

— Sinto muito. — Seu rosto se abateu, não tão inexpressivo como eu tinha imaginado, agora que estávamos tão próximos. Mas ele me interpretou mal. Eu estava pedindo desculpas pelo que a minha mente iria infligir contra ele. A roseira cheia de espinhos da minha própria culpa.

Minha mão se ergueu para tocar na dele.

23

FOI HÁ SESSENTA E DOIS ANOS, OITO MESES E DOZE DIAS QUE A MINHA VIDA COMEÇOU a trilhar o caminho que conduziu ao horror que eu agora vivia. Tudo começou com uma boa notícia. Eu estava saindo da aula de artes quando o Sr. Sommers me deteve.

— Poderia falar com você por um momento, Rose? — ele perguntou.

Engoli em seco, com receio de que tivesse feito algo errado novamente. Você deve ter imaginado que, com o meu amor pela arte, educação artística era a única matéria na qual eu não tinha problemas. Não foi bem assim. Nas escolas, meus professores me olhavam com certo desespero. Sempre tive professores de arte que me olhavam ou com inveja escancarada ou com hostilidade aberta. A hostilidade, em geral, resultava da minha frequência constante nas salas de aula deles, desde manhã cedo até o fim da tarde e, às vezes, até mesmo durante a hora do almoço.Acabava usando dez vezes mais material que qualquer outro aluno. Então, tinha certeza absoluta de que ia levar outra bronca por ter desperdiçado os recursos da escola.

— Rose, preciso conversar com você — o Sr. Sommers começou.

— Sinto muito — eu disse automaticamente.

O Sr. Sommers ergueu uma sobrancelha.

— Por quê?

— Por qualquer coisa que eu tenha feito — disse. — Sinto muito.

Então ele sorriu.

— Não se trata de nada ruim. — Olhei-o surpresa. — Você se lembra daqueles quadros extras que você trouxe para mim?

— Sim — respondi.

A escola contava com uma pequena galeria, que expunha alguns dos trabalhos de arte dos alunos junto com os dos artistas profissionais locais. Três meses antes o Sr. Sommers tinha oferecido um ponto a mais para quem quisesse levar um trabalho que tivesse sido feito fora da sala de aula para ser exposto na galeria. Levei meia dúzia de pinturas a óleo. Nenhum dos trabalhos foi exposto na galeria, mas não me importei. Eu ganharia o ponto extra, fossem eles escolhidos ou não para serem expostos.

— Fiquei muito impressionado com o seu talento — o Sr. Sommers disse. — Tão impressionado que juntei alguns dos trabalhos que você tinha feito em classe com os quadros extras e enviei tudo para um amigo que faz parte do comitê de premiação do Programa Jovens Talentos para Excelência Artística. Você já ouviu falar deles?

Eu conhecia o programa. Ao longo dos últimos dez anos ele tinha servido como palco de estreia mundial para estudantes de arte que levavam o assunto a sério. Eu conhecia o programa desde que entrei no ensino médio... o que tinha sido há vários anos.

— Ele gostou dos meus trabalhos? — perguntei, mais por curiosidade do que por esperança. Se o amigo dele achasse que eu tinha potencial para entrar no Programa Jovens Talentos dentro de dois ou três anos, já ficaria muito satisfeita.

— Ele gostou tanto que me enviou uma mensagem hoje, informando que uma de suas pinturas foi selecionada como um dos dois primeiros colocados na categoria "quadros".

Perdi o fôlego.

— O quê?! — aquilo era impossível! Aprendizes mais velhos de artistas famosos entravam no Programa Jovens Talentos. Estudantes do último ano do curso superior de arte. Artistas já estabelecidos com menos de vinte e um anos. Uma estudante de ensino médio ter vencido uma das categorias era algo inédito.

— Q-qual dos quadros?

— Aquele que você chamou de *Sob o Céu*.

Quase chorei, mas de felicidade. Aquele era um quadro que tive certeza de que nunca conseguiria terminar, com montanhas distorcidas e vegetação que quase atingia o céu.

— A cerimônia de premiação acontece em Nova York, todos os anos, e você já ganhou passagens de ida e volta para você e um membro de sua família. Vencer em uma das categorias é uma honra imensa. — Ele nem precisava ter me dito isso, então prosseguiu. — Isso faz de você uma das dez pessoas que pode ganhar o Prêmio Jovens Talentos. Todas as suas obras que enviei serão comparadas com as dos vencedores de outras categorias e descobriremos se você ganhou ou não o título de Jovem Talento deste ano na cerimônia de premiação. Caso você vença, receberá um pacote gratuito para participar do Tour de Arte de Verão dos Jovens Talentos pela Europa, além de uma bolsa de estudos para a Academia de Arte Hiroko, depois que concluir o ensino médio.

Nunca precisara me preocupar com dinheiro em toda a minha vida. Meus pais eram tremendamente ricos. Mas, quando ele disse aquilo, dei-me conta de que o dinheiro dos meus pais pertencia a eles. Se eu quisesse ir para a universidade, teria de ser para uma que eles tivessem escolhido para mim. Se eu tivesse de sair para um *tour* pela Europa, seriam eles que iriam me enviar. Uma vez que eles nunca me davam permissão para sair da ComUnidade sozinha, exceto para ir à escola, eu tinha certeza absoluta de que eles nunca permitiriam.

Se eu ganhasse o Prêmio Jovens Talentos, eu poderia...

Ficar livre deles?

Era um pensamento estranho. Mas foi o que passou pela minha cabeça. Eu poderia ficar livre.

Mas tudo veio abaixo no segundo seguinte.

— Uma vez que você é menor de idade, precisarei do consentimento de seus pais para você ir à cerimônia de premiação. Pode providenciar isso?

Hesitei por um momento.

— Eu... eu não sei o que dizer para eles — falei.

O Sr. Sommers assentiu.

— É compreensível. Posso telefonar para eles hoje à tarde e discutir a oportunidade com eles. — Ele sorriu. — Você deveria estar muito orgulhosa de si mesma, mocinha. Esta é uma honra que poucos atingem.

— Não sei como lhe agradecer — eu disse. Nunca notara o Sr. Sommers prestando qualquer tipo de atenção particular em mim. Mas agora que pensei a respeito, esta era a primeira vez que eu tinha o mesmo professor de arte por mais de seis meses. Eu sempre trocava de escola e perdia meses com tanta frequência que nunca tinha tempo de criar empatia com nenhum deles.

— Continue fazendo um bom trabalho, Rose. Amanhã nos vemos e tomaremos todas as providências para a viagem.

Fui para casa com uma cópia do anúncio da premiação em mãos. Quando passei pela porta, corri para Åsa e contei a novidade a ela.

— Ah, *flicka* — ela disse. — Eu sabia que você iria se sair bem. — Ela não era de falar muito ou de dar beijos, mas começou a fazer biscoitinhos. Uma vez que costumávamos pedir as nossas refeições na cozinha central do Unicórnio, seu gesto foi sincero.

Quando contei a Xavier, ele me ergueu em seus braços com um giro. Depois leu o anúncio em voz alta para as árvores e as flores e me fez fingir que estava subindo no palco para receber o meu prêmio. Ele fez o papel de mestre de cerimônias, surpreendendo-me ao me entregar uma rosa temporã do jardim.

— Uma rosa para a minha Rose — ele disse e me deu um beijo carinhoso. — Estou tão feliz por você.

Quando voltei para casa, fiquei surpresa ao ver que meus pais já tinham voltado. Mamãe me serviu uma taça de champanhe.

— O Sr. Sommers acabou de me contar — mamãe disse no momento em que cruzei a soleira. — Muito bem, Rose!

— Boa menina — papai disse, mas mal ergueu os olhos de seus arquivos. Eu já estava acostumada com isso.

— Vocês estão felizes?— perguntei surpresa. Eu não sabia por que imaginava que meus pais não ficariam felizes. Eles sempre aprovaram que eu passasse o tempo com, como papai dizia, o meu *kit* de pintura. Eles me amavam e queriam o melhor para mim. É claro que ficariam felizes! Abri um largo sorriso.

— Foi uma bela conquista — mamãe falou. — Estou muito orgulhosa de você. Mas não precisa se preocupar com nada. Eu já acertei tudo com o seu professor. Disse para ele que você não poderia aceitar.

Meu sorriso morreu instantaneamente.

— O quê?

— Tomei conta de tudo por você. Não se preocupe.

— Do que... você está falando? Por que eu não poderia aceitar?

— Bem, querida, o seu professor de arte me disse que você teria de receber o prêmio pessoalmente — mamãe disse. — Você sabe muito bem que no próximo mês nós estaremos na Austrália.

Fiquei perplexa.

— Mas... mas eu tenho de aceitar. É o Programa para Jovens Talentos! — o olhar vago e desatento de mamãe me preocupou. Ela não estava me ouvindo. Falei mais alto, gritando de modo estridente. — Eles têm estudantes de arte de todas as partes do planeta! Competi com universitários! Mãe!

— Não erga a voz para a sua mãe — papai disse, desviando os olhos de seus arquivos. Este era um terreno perigoso. Distrair meu pai do seu trabalho...

Mas, pela primeira vez, não me importei com a desaprovação do papai.

— Vocês não entendem! Esse é o prêmio de maior prestígio para um jovem artista! Ele é reconhecido mundialmente! Eu poderia começar a vender minhas peças este ano.

— Você não tem nem dezesseis anos ainda, Rose — mamãe disse. Não era verdade, mas ela não sabia. — Não acho que esse tipo de publicidade seria bom para você nesta fase da vida.

— Eu não *estaria* com quinze se vocês não continuassem me colocando em estase! — gritei. Eu não fazia a menor ideia de onde tinha vindo aquilo.

Mamãe se levantou da cadeira. Ela nunca se levantava quando falava comigo.

— Não ouse nunca mais erguer a voz para mim, mocinha! — ela disse lentamente, em um tom de voz ameaçador.

— Por favor! — pedi, chorando de verdade. Eu estava desesperada. — Por favor, não tirem isso de mim!

O rosto de mamãe estava comprimido e seu olhar se voltou para papai.

— Você não acha que ela está muito tensa? — mamãe perguntou.

Não. Eu não estava... Ela estava. Pude ver isso em seu rosto. Por um momento, apenas fechei os olhos, curvando-me diante do inevitável.

A voz do Sr. Sommers ecoava na minha cabeça. "Uma bolsa de estudos na Academia de Arte Hiroko!"

— Não — eu disse, banindo as lágrimas, tentando manter o tom de voz calmo. Ergui os ombros, fingindo ser uma adulta. — Não estou agitada. Isso é muito importante para mim.

Papai franziu o cenho.

— Tão importante a ponto de você ser rude com a sua mãe e desafiar o seu pai? — ele perguntou. — Nós a amamos. Só queremos o melhor para você. Diga que você sabe disso, Rose.

Não sei de onde tinha vindo a minha hesitação. Eu sabia a resposta. Sem pensar.

— Sei disso, sim senhor — eu disse, finalmente encontrando as palavras em meio à torrente de pensamentos.

— Você sabe *o quê* ? — ele insistiu.

— Sei que vocês só querem o que é melhor para mim, senhor — sussurrei.

— Ótimo — papai disse. Ele suspirou. — Mas acho que você está muito agitada por causa dessa história. Jackie, por que você não a leva para dentro, acalma-a e, então, nós dois podemos discutir isso.

— Boa ideia. Venha, Rose.

Suspirei. Odiei quando eles fizeram aquilo comigo. Eles nem iam partir e mesmo assim eu perderia horas preciosas com Xavier. Não haveria um jantar especial naquela noite.

— Por quanto tempo? — perguntei à mamãe enquanto ela me colocava no meu tubo de estase.

— Por um ou dois dias apenas, querida — mamãe disse. — Só precisamos discutir o assunto. Você deve se acalmar.

— Certo — concordei. Deitei-me calmamente e deixei que a estase levasse para longe o meu desapontamento. Eu tinha certeza absoluta do que eles iriam decidir.

Não me surpreendi quando abri os olhos e encontrei Åsa olhando para mim. Mamãe e papai tinham partido sem se despedir de mim. Tinha sido mais fácil assim, sem ter de discutir inutilmente com eles, supus. E eles não podiam descobrir que Åsa continuava me tirando da estase.

— Obrigada — eu disse. — Quanto tempo "passei fora"?

Os lábios de Åsa estavam contorcidos ao responder:

— Duas semanas. Eles partiram na noite passada para a Austrália.

Assenti. Não fiquei surpresa. Não era a primeira vez que eles simplesmente me mantinham em estase até que um evento controverso passasse. Uma festa de aniversário que eles não queriam que eu fosse, ou uma excursão da escola da qual eles achavam que eu não deveria participar. Eu tinha toda certeza de que eles simplesmente planejavam me deixar em estase até que a cerimônia do Prêmio Jovens Talentos tivesse passado. E isso era algo que eu simplesmente aceitava.

Não desta vez.

— Onde está Xavier? — perguntei.

— Na escola — Åsa disse. — Eu sempre espero algumas horas depois que eles saem, no caso de terem se esquecido de algo e resolvam voltar. Ainda bem, caso contrário eles teriam nos apanhado umas duas vezes.

Sorri, mas foi uma risada sem alegria.

— Tudo bem. De qualquer maneira, acho melhor comer algo antes de conversar com ele.

Åsa pareceu perceber que havia algo mais implícito em meu tom do que simplesmente querer ver o meu namorado.

— O que você precisa que o senhor Xavier faça? — ela perguntou.

Pousei a mão no metal lisinho e no neovidro do meu tubo de estase.

— Preciso do garoto que sabe *hackear* o meu tubo de estase — eu disse. — Preciso de um garoto que saiba falsificar uma autorização dos meus pais para a entrega do prêmio do Programa para Jovens Talentos.

* * *

Eu queria ter levado Xavier como meu acompanhante para Nova York, mas não pude. Depois de ter enviado vários documentos forjados pela internet, Xavier conseguiu convencer o Sr. Sommers de que meus pais queriam que *ele* me acompanhasse para a cerimônia de premiação. O Sr. Sommers ficou muito feliz com isso, uma vez que ele estava tentando ir de qualquer maneira, mas tal viagem não cabia no orçamento de um professor.

Foi a cereja na cobertura para coroar o ano perfeito. Dividi um quarto de hotel com mais três ganhadoras: uma universitária da Escola de Arte de Oriana, uma artista gráfica de arte conceitual que tinha crescido em Luna e Céline, cuja presença me surpreendeu. Céline era aprendiz de André Lefèvre, um escultor cujo trabalho eu admirava desde que tinha seis anos de idade. Conversamos sobre arte até as primeiras horas da manhã e, no dia seguinte, fomos todas para um passeio pelo Museu de Arte Metropolitana de Nova York. Eu seria capaz de passar um ano ali, mas, quando as portas se fecharam, voltamos para o hotel e fomos levadas de limusine para o banquete de premiação. Depois de comermos, os dez vencedores foram chamados ao palco e recebemos placas de ouro com nossos nomes, categoria de premiação e o nome da obra. "ROSE FITZROY", estava escrito na minha. "*SOB O CÉU*, PINTURA A ÓLEO". Então, fomos acomodados em nossos lugares e esperamos para ver quem ganharia o prêmio.

Eu esperava que Céline fosse a vencedora. Apesar de a sua língua pátria ser a francesa e os nossos meios de expressão serem imensamente distintos, nós tínhamos gostos parecidos e o mesmo sentimento sinistro de felicidade em relação ao nosso trabalho. Além do mais, ela era aprendiz de um artista realmente brilhante.

Assim, quando meu nome foi anunciado, fiquei desapontada. Tinha me virado para dizer a Céline que sentia muito por ela, quando percebi que o nome que eu tinha ouvido, e que não era o de Céline, na verdade era o meu.

Virei a cabeça para o palco e fitei o mestre de cerimônias, completamente incapaz de me mover. Foi preciso que todas as minhas amigas de quarto me empurrassem para que eu me levantasse da cadeira.

O prêmio me foi entregue, um pedestal dourado apoiando um imenso prisma redondo, e dentro dele estava o símbolo da categoria em que eu vencera, no caso, um pincel. O prisma capturou as luzes da ribalta, que refletiram os tons do arco-íris em meus olhos.

Esperava-se que eu tivesse um discurso pronto. Céline tinha. Rachel tinha. Mas eu não tinha nada a dizer.

— Esperei por isso... durante toda a minha vida — sussurrei no microfone e, então, as lágrimas deslizaram pelo meu rosto, abracei o prêmio contra o peito. Uma salva de palmas reverberou pelo salão, e todo mundo sabia que, mesmo que eu tivesse um discurso preparado, eu não conseguiria usá-lo naquele momento. Imagens de meus trabalhos surgiram em um telão acima do palco, acompanhadas por um belo concerto de violoncelo. Quando voltei trôpega para o meu assento, Céline me contou, em inglês, com seu sotaque sensual, que os "discursos elegantes e sofisticados" que ela e as outras tinham preparado "empalideceram diante da pureza eloquente" das minhas lágrimas, embora eu achasse que ela estava tentando fazer com que eu me sentisse melhor por estar totalmente despreparada.

Quando eu e o Sr. Sommers voamos de volta para casa, Xavier estava esperando por mim no carro elétrico dos pais dele. O Sr. Sommers foi para casa, e eu fui embora com Xavier.

— Estou tão feliz por você que nem sei como lhe dizer — Xavier falou enquanto dirigia de volta para a ComUnidade.

— Ainda não consigo acreditar que isso tenha acontecido de verdade — eu disse. — Só tenho dezesseis anos, isso nunca aconteceu antes. Nunca na história dessa premiação.

— Bem, você tem mais anos de experiência do que qualquer um dos outros participantes — Xavier disse com uma risada. — Foi uma competição injusta.

— Pare com isso — eu disse. — Só tenho dezesseis anos.

— E é uma artista brilhante — Xavier disse.

— Não sou — falei. — Trapaceei. Ganhei o prêmio por causa de um sonho estase. Todos aqueles trabalhos tinham sido sonhos estase. Foram eles que me deram as cores.

Xavier me fitou durante tanto tempo que fiquei com medo de que nos tirasse da estrada, mas eu não disse nada.

— Você usou a sua experiência de vida — ele finalmente disse. Em seguida, olhou de volta para a estrada. — Tenho certeza de que as outras pessoas fizeram a mesma coisa.

Isso era verdade. Os contornos intrincados formados pelas colisões dos asteroides permitiram que Rachel criasse as suas obras no computador, e as atuações circenses e as dançarinas que André usou como modelos também tinham influenciado Céline. Eu sabia que ele estava certo.

— Mesmo assim ainda sinto que estou trapaceando — insisti.

— Os sonhos estases são sonhos — disse Xavier. — Eles vêm da sua cabeça, não do seu tubo de estase.

Baixei os olhos para o troféu que estava em minhas mãos.

— Ainda não consigo acreditar que é real.

Quando entramos no elevador, confiei o troféu a Xavier.

— Você poderia guardar para mim?

Xavier desviou os olhos do troféu para mim.

— Eu não poderia — ele disse. — Você o ganhou.

— E se meus pais o virem, o que você acha que pode acontecer? — perguntei. — Devolva-o quando eu for para a universidade, quando eu aceitar aquela bolsa de estudos.

Xavier sorriu.

— Trato feito — ele disse.

Já no elevador, ele me beijou tão demoradamente e com tanto ardor que comecei a me questionar se o elevador não estava caindo (na verdade, ele já tinha parado e aberto as portas e esperava pacientemente que terminássemos nossos "assuntos" para partir novamente).

— Eu amo você — eu disse.

— Eu amo você — Xavier falou. — Estou muito orgulhoso de você. — Ele me deu um beijo na ponta do nariz. — A gente se vê amanhã.

Seguimos para caminhos distintos, abri a porta do meu apartamento e entrei saltitante.

— Ei, Åsa! Cheguei!

Åsa não respondeu com seu sueco brusco *"Ja!"*, assim terminei de entrar e enfiei a cara na sala de estar.

— Åsa?

Senti um frio percorrendo a espinha, deixando um gosto amargo na minha boca.

— Åsa não está aqui — mamãe disse, encarando-me.

Umedeci os lábios. Mamãe e papai estavam sentados lado a lado no sofá da sala de estar, esperando por mim.

— Eu... eu posso explicar — disse.

— É melhor mesmo — mamãe falou. — Chegamos mais cedo, especialmente para levá-la para esse... negócio que você tanto queria. E o que descobrimos? Que você já tinha partido. O tubo estava vazio. Quase telefonamos para a polícia. Você sabe o que isso teria significado para a imagem do seu pai diante da sociedade ? Nossa filha, sequestrada? Ou pior, uma fugitiva ingrata.

— Sinto muito, mamãe, eu só...

— É melhor que realmente esteja sentindo muito — papai disse. — Quando descobrimos que você não estava esperando por nós, falamos com Åsa. Ela confessou que vinha tirando você da estase. Não, eu pensei. A nossa filha não faria uma coisa dessas! Ela não ousaria mentir na minha cara! — papai se levantou para que toda a sua altura se abatesse sobre mim. — Ou *pelo menos foi o que pensei.*

Estremeci e meu estômago se contorceu.

— Sinto muito, papai — sussurrei.

Mamãe se levantou, então, e colocou-se ao lado dele.

— Ela nos contou que você tem um namorado. Você ainda não tem idade para namorar.

— Mamãe, já tenho dezesseis anos — sussurrei.

Papai explodiu então. Eu nunca o vira realmente bravo, não que eu me lembrasse. E era o medo daquela ira que eu via oculta sob a superfície que sempre me impediu de desafiá-lo.

— Sua vadia mentirosa! Ainda bem que estamos aqui para cuidar de você, sabia? Você sabe o que poderia ter lhe acontecido se fosse filha de qualquer um? Teria sido diagnosticada como louca! Eles a teriam abandonado nas ruas! Ninguém merece perder tempo com você, muito menos nós! Você é uma inútil! Uma imbecil, fingida, uma larva traidora que não merece nem mesmo lamber nossos pés!

— Eu cuido disso, Mark — mamãe disse, com os olhos contraídos.

— Faça essa criança se comportar, ou você nunca mais a verá novamente! — papai gritou para ela.

— Não se preocupe, querido — mamãe disse. — Rose e eu vamos resolver isso. Ela sabe o que é melhor para ela.

Engoli em seco. De repente, senti mais medo da calma da mamãe do que da fúria do papai.

Duas horas depois, eu estava indo para a cama, trêmula, exausta, com o rosto ardendo de tanto chorar. Mas mamãe estava certa, como ela sempre costumava dizer, repetidas vezes. Eu sabia o que era melhor para mim.

Esperei o dia todo no jardim. Eu poderia ter ido bater na porta de Xavier, dito aos seus pais que gostaria de vê-lo. Eles sabiam muito bem o que existia entre nós, e nunca se incomodaram.

Mas eu não queria tirá-lo de sua felicidade. Parecia que, quanto mais eu esperasse por ele, maior seria o tempo que seu mundo continuaria completo. Eu me sentia como Ofélia. "Meu senhor, tenho comigo umas lembranças suas que há muito tempo gostaria de lhe restituir..." A devolução confusa e desajeitada dos presentes e cartas de Hamlet, sabendo, o tempo todo, que seu pai a esperava atrás da tapeçaria. Mamãe e papai não estavam em nenhum lugar onde pudessem ser vistos, e eu sabia que eles não estavam escutando. Mas, mesmo assim, eu sabia o que tinha de fazer. Perguntei-me se, depois que tudo tivesse terminado, não me atiraria no lago do jardim, envolta em flores. Perguntei-me se faria alguma diferença.

Ele me viu no momento em que pisou no jardim. Deu um sorriso tão largo e feliz que meu coração se contorceu. Eu estava prestes a estragar tudo. Mas sabia o que era melhor.

Ele me envolveu em seus braços, e ansiei por retribuir o abraço. Mas não o fiz. Permaneci ali parada como um poste de madeira.

Xavier se afastou e olhou para mim, beijando a minha testa.

— Ainda está surpresa com o que aconteceu ontem?

Respirei fundo.

— Eu... eu acabei conhecendo muito bem as outras artistas durante o tempo que passei lá.— Eu sabia que esse era o único caminho que poderia pegar. Afinal, este era o único episódio da minha vida do qual ele não tinha participado. — Dividimos um quarto.

— Foi o que você disse — Xavier falou, sorrindo. — Você aprendeu novas técnicas?

— Não — respondi. — Bem, sim, mas... mas aprendi mais sobre a vida. Todas eram mais velhas do que eu.

Ele desarrumou meus cabelos.

— Elas devem ter paparicado você.

Eu me afastei.

— Para com isso.

Ele finalmente percebeu que havia algo errado.

— Rose? O que foi? Qual é o problema?

— É que... — eu disse. Não podia prolongar mais aquilo, tinha de sair daquela situação o mais rápido possível. Era como se eu estivesse cortando os pulsos, se tentasse fazê-lo lentamente, nunca iria conseguir. — Não está mais dando certo.

Xavier franziu as sobrancelhas.

— O que não está dando certo?

— Nós — eu disse, apontando o espaço entre nós. — Quero dizer que não somos... mais os *mesmos*.

Xavier ergueu uma sobrancelha.

— Espero que não. Ia ser muito difícil beijá-la se ainda fôssemos.

— Estou falando sério — disse com rispidez.

Xavier percebeu.

— Pare com isso, o que há de errado?

— Não há nada de errado — eu disse. — Só não posso mais continuar com isto.

— Com isto o quê?

— Ficar com você — falei.

Xavier ficou paralisado por um momento.

— Por que não? — ele finalmente perguntou.

— Porque simplesmente... não posso.

— Não — Xavier disse, agora com raiva. — Nada de "simplesmente". Você vai me dizer o que está acontecendo.

Eu sabia o que aconteceria no momento em que saí pela porta. Sabia que dizer a ele que não o amava não iria funcionar. Ele me conhecia o bastante para desconfiar se eu dissesse que amava outra pessoa. Eu não podia contar para ele que meus pais desaprovavam nosso namoro, pois ele encontraria um jeito de me ver, apesar deles. Ou ele iria esperar que eu os desobedecesse, e eu simplesmente não poderia fazer isso. Assim como não poderia suportar ver a dor em seus olhos quando dissesse, repetidas vezes, que tinha escolhido meus pais em vez dele. Por isso, fiz a única coisa que podia. Falei a realidade, da maneira mais dura e desonesta possível.

— É muito esquisito, Xavier — eu disse. — Quer dizer, eu... cresci com você. Troquei as suas fraldas, pelo amor de Deus! É como... como se fôssemos irmãos, ou... ou... — eu não conseguia seguir a minha linha de pensamento, e deixei por isso mesmo.

— Você não achou muito esquisito na noite passada. O que aconteceu nesse espaço de tempo?

— Nada! — eu disse, provavelmente muito rápido. — Na noite passada estava muito... cansada e feliz, e não quis tentar mudar nada. Mas eu já sabia... — fiquei com receio de que ele tivesse percebido a mentira embutida na minha voz, por isso, voltei ao começo. — Sempre fui mais velha do que você, tentei cuidar de você. Quer dizer, você até me confidenciou sobre a sua primeira paixão.

— Não, eu não contei — ele retrucou. — A minha segunda, a terceira, sim. Mas a minha primeira paixão foi você.

— Viu? — eu disse, pulando a última parte. — Não pode ser real. Isto é... não passa de uma necessidade de sanar um desejo adolescente. Não pode ser bom para nenhum de nós.

— Rose, o que você está dizendo?

Eu não conseguia olhar em seu rosto. Não queria ver o olhar abatido que sabia que estaria impresso lá. Mas podia ouvir a tensão em sua voz, o pânico mal disfarçado. Esperei que meu tom de voz não estivesse tão fácil de decifrar.

— Estou dizendo que não podemos continuar juntos — falei. — Estou dizendo que não é certo.

— Não... é certo?

Eu sabia o que ele estava pensando. Que era a coisa mais certa do mundo. Que, quando estávamos juntos, o mundo todo parecia se endireitar por completo.

— Não. — Esperava que não tivesse notado quando engasguei com aquela palavra. Respirei fundo. Eu precisava ir embora dali. Não poderia suportar aquilo por mais um segundo sequer. — Adeus, Xavier — sussurrei. Segui pelo gramado.

A porta nunca me pareceu tão distante. Um passo. Dois. Três. Quatro. Consegui dar seis passos até que Xavier me agarrasse por trás, e me virasse de frente para ele.

— Não! — ele me segurou pelos ombros e me chacoalhou. — Não! Eu não aceito! Quem se importa com o que o mundo considera certo ou errado? Não somos aberrações da natureza! Nosso namoro não pode estar ofendendo ninguém! Como alguém pode dizer que o que estamos fazendo é errado? Não *somos* irmãos, não temos nem mesmo idades diferentes! A culpa por você ter demorado tanto para crescer não é sua!

— É minha culpa sim — sussurrei.

— Cale-se! — ele gritou. — Pare de fazer isso com você, pare de se culpar! Odeio aqueles vampiros com quem você vive, odeio-os! Eles sugaram até tirar de você todo e qualquer senso de autoestima e normalidade! Você não vai encontrar *outra pessoa* que a compreenda como eu! Não haverá ninguém, você me entendeu? *Ninguém!*

Naquele momento, ele tinha perdido todo o seu bom senso e eu poderia usar isso contra ele. Eu me odiei por estar fazendo aquilo, mas joguei tudo na cara de Xavier.

— Agora quem está me dizendo que eu não valho nada? — gritei. — Posso fazer o que quiser, conquistar quem eu quiser. Enquanto você ainda está preso a um amor imaturo de doze anos de idade. Cresça! Esqueça-me! Valho dez vezes mais do que você! — eu o empurrei e, apesar da força de suas mãos, ele me soltou.

Disparei, correndo em direção à porta como se os cães do inferno estivessem no meu encalço. Os cães do inferno já estavam dentro de mim, dilacerando meu coração, e pude sentir seus dentes rasgando meu peito.

Tive de lutar para conseguir abrir a porta, enquanto mal conseguia manter o equilíbrio. E, naquele breve momento de silêncio antes que eu conseguisse abrir a porta, senti Xavier atrás de mim.

— Espere — ele disse.

— Não. — Eu já sabia que não conseguiria me conter.

Ele segurou a minha cabeça entre as suas mãos e me virou lentamente de frente para ele. Eu não queria ver seu rosto. O coração partido que estava ali era uma agonia para mim.

— Por favor, Rose — ele sussurrou. Então inclinou a cabeça até a minha e nos unimos em um último beijo.

Pude sentir o gosto da sua dor, a agonia profunda e desesperada que o estava destruindo. Eu não iria conseguir me segurar por muito mais tempo. Estava vazia, tudo em mim que significava alguma coisa evaporou-se, fugiu de mim, como se eu estivesse escapando de um prédio em chamas e correndo para o santuário daquele beijo. Com aquele beijo angustiado e sombrio, Xavier pegou a minha alma e guardou-a em um lugar seguro. Uma breve eternidade pairou entre nós quando ele quebrou o beijo. Seu nariz tocou o meu. Ainda pude sentir seu hálito nos meus lábios, como se ele não pudesse suportar a ideia de se afastar. Não consegui abrir meus olhos quando ele me deixou. Eu não queria ver seu rosto novamente.

— Saiba que eu sempre a amarei — foi o que ele disse.

Eu também queria dizer isso a ele, mas a porta atrás de mim se abriu e mergulhei na escuridão total. Encontrei o caminho de volta para meu apartamento com a visão embaçada pelas lágrimas. Mamãe e papai já tinham saído para trabalhar, e Åsa nunca mais voltaria. Tateei o caminho até a minha cama e lá fiquei quietinha, como se estivesse em estase.

— Mamãe, coloque-me em estase — choraminguei quando ela chegou em casa.

— Não, querida — ela disse, enxugando as lágrimas do meu rosto. Elas estavam saindo havia tanto tempo e com tanta intensidade que nem tinham mais um gosto salgado. Ela me deu um abraço apertado. — Você fez a coisa certa, querida. Estou muito orgulhosa.

Eu não sabia o que dizer. Quando Xavier disse aquilo sobre o meu trabalho, agradeci. Quando mamãe disse o mesmo sobre o que eu fizera, senti vontade de morrer.

— Por favor — implorei. — Não quero mais me sentir assim.

Mamãe franziu a testa, e finalmente disse:

— Por um dia, se você quiser. Mas você fez a coisa certa, e não vou permitir que fuja disso.

As coisas pareceram um pouco melhores quando a estase química varreu o horror do rosto angustiado de Xavier e a tortura da minha alma perdida. Mas, quando mamãe me acordou e me forçou a ir para a escola no dia seguinte, tudo voltou a ser tão ruim quanto antes. Provavelmente pior, com a lembrança vívida que a estase deixara em mim.

O mês seguinte não passou de ondas e mais ondas de tormenta. Eu via Xavier às vezes, nos corredores do prédio, e me virava de costas para que ele não se aproximasse de mim. Mas, no final da tarde, quando costumávamos caminhar juntos pelos jardins, eu ia até a janela e ficava observando-o lá embaixo, enquanto ele vagava sozinho pelos caminhos. Ele parecia tão perdido. Meu coração sentiu pena dele, do mesmo jeito que sentira quando ele tinha cinco anos e perdeu seu coelhinho de pelúcia. Quando tinha sete anos e caiu da bicicleta. Quando tinha treze anos e admitiu que estava com o coração partido por causa de uma menina, que *pensei* ter sido a sua primeira paixão. Quando a vontade de correr para ele e pedir desculpas ficou muito grande, corri para a minha mãe e implorei que me colocasse em estase, por mais uns dois dias pelo menos.

E ela concordou.

— Até nunca mais me acordar novamente — sussurrei.

24

Toda a história foi derramada na mente de Otto. Não levou mais do que cinco minutos. Em algum momento da torrente de autoacusação, Otto soltou a minha mão para pousar os braços ao redor de meus ombros, seu rosto recostou-se contra o meu. Ele era quente e calmo e seu hálito soprava contra a minha orelha.

Fiquei surpresa por não estar recebendo nenhum pensamento de Otto. Eu quase podia sentir algo em um canto da minha mente, um pensamento inacabado, sereno, sem tocar em nada. Afastei-me um pouquinho, mas a mão de Otto ainda estava ao redor do meu pulso.

— Por que você não está atirando contra mim todos os chavões, como: você não teve culpa, não poderia saber, seus pais impuseram isso a você, ninguém merece uma morte lenta por estase, não importa o que tenha feito, e tudo o mais?

Os cantinhos dos olhos de Otto se enrugaram um pouquinho e então percebi que aquele era o seu sorriso verdadeiro, não o forçado que ele criou para a sociedade.

— *Você mesma fez isso* — pensei na voz de outra pessoa.

— Não acredito nisso.

— *Sim, você acredita.* — Otto me falou, em pensamentos que eram mais do que palavras. — *Você sempre acreditou. Mas apenas odiava muito a si mesma para admitir.*

Otto realmente não mentira. Pude *captar* o sentimento nas coisas que ele disse. Ele sentiu o quanto eu ocultava atrás da minha falta de amor próprio. Um dia, eu acabaria enxergando tudo sozinha, mas, com a ajuda de Otto, tudo veio à tona muito mais rápido.

Meus pais sempre estiveram errados. Eles tinham me moldado de tal modo que fui forçada a acreditar que eles estavam certos. Não era Xavier quem eles desaprovavam, era qualquer um que soubesse o que eles tinham feito comigo. Foi por isso que tentei proteger Guillory, ao deixar de dar voz às minhas suspeitas. Eu estava acostumada a fazer isso. Vinha protegendo mamãe e papai de todas as pessoas, guardando segredo de cada maldade que eles disseram para mim, de cada pensamento humilhante que me impuseram, de cada período em estase, quando eles me colocavam de lado para que, assim, não tivessem de lidar com a filha deles.

Quando ganhei o Prêmio Jovens Talentos, eles entraram em pânico. Eu ganhara minha liberdade, assim como Otto quando conquistou a bolsa de estudos. Eles não teriam mais a filhinha perfeita e doutrinada. Por isso, tiveram de tirar aquilo de mim de um modo que parecesse que eu tinha recusado. Eles me fizeram desistir de Xavier, para que pudessem me trancafiar sem que ele contasse nada a ninguém.

Perguntei-me se algum dia meus pais planejaram me acordar. Talvez. Foi apenas um ano e meio depois que os Tempos Sombrios tiveram início, e eles podem ter me deixado lá para a minha própria segurança. Talvez tivessem apenas se esquecido de mim nos últimos nove anos, ou talvez me manter em estase tinha se tornado um hábito para eles. Mas eu sabia, sem sombra de dúvida, que eles não tinham me colocado em estase para o meu próprio bem.

Eles me mantiveram criança enquanto puderam, por egoísmo. Para que mamãe tivesse a sua boneca de carne e osso para vestir e brincar. Para que papai tivesse a sua pequena servil, sempre pronta para dizer "Sim, senhor. O senhor sabe o que é melhor para mim". Eles constantemente me mudavam de escola para fazer com que eu pensasse que era burra. Eles me colocavam em estase regularmente para me manter jovem, e eles me fizeram acreditar que era isso que eu queria. Eles me deixaram brincar com as minhas pinturas, pois era algo que não representava uma ameaça, era inofensivo e ajudava a me distrair... até que ganhei o Prêmio Jovens Talentos. Então, isso foi demais para eles.

Será que eles mentiram?, questionei. Será que realmente vieram para casa para me levar à cerimônia de premiação? Se Otto não estivesse em minha mente, eu provavelmente teria pensado que sim. Mas, com o meu sentimento de culpa fora do caminho, pude ver, tão clara quanto a luz do dia, a desconfiança que sentia por eles. Eles me amedrontavam. Sempre me amedrontaram. Eu os amei com cada átomo, mas eles me amedrontavam e eu não confiava neles.

— *Você acha que meus pais me amavam?* — perguntei em pensamento para a presença silenciosa.

— *Eles provavelmente achavam que sim* — pensou a outra voz na minha cabeça. — *Não acho que eles soubessem quanto.*

Suspirei e tentei me esquivar. Otto segurou firmemente o meu pulso.

— *Eu vou lhe dar amor* — ele pensou para mim. — *Podemos ser uma família.* — Em seguida beijou a minha têmpora muito carinhosamente e me surpreendi sorrindo.

Ele soltou meu pulso então, e a presença silenciosa desapareceu da minha mente.

— Obrigada — sussurrei. — Eu ainda o assusto?

Otto assentiu, mas os cantinhos de seus olhos se enrugaram. Sua mão roçou a minha face e o pensamento de uma roseira selvagem envolvendo um belo castelo passou pela minha mente. O castelo da Bela Adormecida. Somente ele não me via como a bela amaldiçoada e passiva, esperando calmamente para ser despertada por seu príncipe encantado. Eu era a impressionante roseira, selvagem e impenetrável, e forte o bastante para resistir a centenas de anos de pessoas tentando forçar um caminho entre os meus espinhos, para atingir os vulneráveis inocentes que eu protegeria. A cerca viva que sabia que pessoas, quais pessoas, podiam entrar.

Franzi a testa.

— Quem estou protegendo?

Os olhos de Otto sorriram, e ele pousou a mão no meu coração. "*Você.*" Então, tocou no próprio coração. "*Eu.*" Cruzou as mãos e gesticulou, indicando o mundo todo. Ele tocou de brincadeira o meu nariz, e um pensamento rápido me ocorreu.

— *Eu confio em você.* — Não tinha sido exatamente um "Eu". Nabiki estava certa, o que ele pensava nem sempre podia ser traduzido em linguagem. Havia um "nós" no que ele disse, como se a sua família fizesse parte. Mas era ele quem me conhecia.

Um telefone celular tocou. Otto enfiou a mão por baixo de sua camisa e puxou o seu celular.

— Para que você tem um celular? — perguntei.

Ele olhou para mim e balançou a cabeça. Percebi, então, mesmo sem ele ter me dito, que os outros podiam falar com ele. Ele fez o som de um estalo com o canto da boca, que obviamente ativou a chamada. O rosto de Bren se materializou na mão de Otto.

— Otto, você conseguiu falar com a Rose?

Otto assentiu e me entregou o celular.

Eu me senti estranha.

— Hum, oi — eu disse.

— Rose, graças a Deus! Você está bem?

— Sim, por quê?

— Vovô me telefonou. O plastine atacou o prédio da Uni há cerca de vinte minutos.

Pisquei.

— Ele o quê?

— Ele arrancou uma parede e começou a chacoalhar a guarita de segurança. Tentaram detê-lo, mas é impossível parar uma coisa daquelas. Ele causou muito estrago, e algumas pessoas que tentaram detê-lo estão no hospital agora. Quando não a encontrou, ele foi embora. A polícia está tentando rastreá-lo, mas o plastine possui um tipo de modo secreto conectado aos pontos de acesso da UniCorp. Nem mesmo as câmeras de segurança da Uni registram a presença dele. Os computadores da Uni digitalizaram-no com uma correção automática. É assim que ele tem conseguido vagar pela ComUnidade sem ser detectado. O plastine definitivamente está agindo sob o comando de alguém de dentro da UniCorp.

— Como Xavier está? — perguntei, e não consegui ocultar o pânico na minha voz.

— Vovô está bem. Ele está indo buscar você. Eu também estou a caminho. Devo demorar cinco minutos para cruzar o *campus*. Você está com Otto?

— Sim, no alojamento. Olha, não acho que eu esteja pronta...

— Mais tarde podemos lidar com qualquer coisa que não seja o seu fim iminente! Por enquanto, apenas esqueça! — Bren esbravejou, e eu sabia que ele estava certo.

— Certo. Alguém encontrou Guillory?

O rosto de Bren obscureceu.

— Sim. Não achamos que tenha sido ele quem enviou aquela coisa atrás de você.

— Por que não?

— Ele foi encontrado no quarto do hotel, espancado até a morte — Bren disse. — Só ficamos sabendo agora, pois ele se registrara com o nome de Jance.

Não engoli aquilo.

— Então o que ele quis dizer quando falou que seria uma pena o que aconteceria comigo?

— Provavelmente o que ele sempre costumava dizer — Bren respondeu. — Que você vai envelhecer e deixará de ser bela. Ele disse isso para Hilary também. Estava bêbado.

Senti um calafrio. O homem ainda era um idiota, e eu ainda não gostava dele, mesmo estando morto. Mas se não era ele que estava tentado me matar, eu não desejava a sua morte, não importa o tremendo idiota que ele era, não importa as atrocidades que ele dissera ou pensara enquanto estava bêbado.

— Então, quem está tentando me matar? — perguntei com voz trêmula.

— Ainda não sabemos. Onde está o Otto?

Otto apanhou o celular de volta.

— Otto, fique com ela até eu chegar aí. Só vou demorar um minuto.

Aquele minuto foi muito demorado. Uma sombra preencheu a porta de entrada da sala de estar. A voz plástica, com um carregado sotaque alemão, quebrou o silêncio.

— Você é Rose Samantha Fitzroy. Por favor, permaneça parada para identificação de retina.

25

Não tive tempo de reagir. Fui abordada duas vezes, primeiro pelo corpo de Otto e mais uma vez por sua mente, que fez aquilo com uma onda desenfreada de pânico defensivo. Ele me jogou para trás do sofá, grunhindo de modo incoerente.

Subcorrentes sensíveis percorreram os pensamentos de Otto, buscando por tudo o que eu sabia sobre aquela criatura. Ele sabia que o plastine era metódico, distraía-se com facilidade, não sentia dor. Captei uma informação com muita distinção, "*Queime-o, não jogue tinta!*", enquanto seus olhos percorriam a sala em busca de uma possível arma. Ele empurrou a minha cabeça para baixo.

— *Não fale nada! O plastine pode usar a sua voz para confirmar a identificação inicial dele. Se pensar que você não é você, acabará desistindo. Vou distraí-lo, você corre para a porta.*

Antes que eu tivesse tempo de lembrá-lo sobre o que acontecera com Guillory, ele já tinha ido, esgueirando-se pelos cantos da sala, fora do campo de visão imediato do plastine. Enquanto eu me arrastava para trás de uma cadeira, Otto jogou uma mesinha de centro entre mim e o plastine. A criatura ergueu a mesa, deixou-a em frangalhos e me segurou pelo tornozelo.

Gritei e me arrastei para trás de outra cadeira. Com um golpe súbito, o plastine quebrou a cadeira que me escondia. O enchimento se espalhou e a almofada saiu voando pela sala. Rolei para o lado, meu coração afetado pela fadiga estase protestava contra o esforço. Eu não consegui recuperar o fôlego, mas fui capaz de ficar em pé. O plastine ainda estava entre mim e a porta. Eu estava encurralada.

Otto chamou a minha atenção enquanto eu tentava escapar entre os móveis. Ele tinha apanhado algo — a almofada da cadeira destruída. Ele terminou de abri-la e removeu o recheio de espuma. Em seguida, engatinhou como um gato e, então, pulou sobre as costas do plastine. A capa da almofada desceu sobre a cabeça e os braços do plastine, aprisionando-o dentro do tecido. Otto olhou diretamente para mim, inclinando a cabeça na direção da porta.

Não foi preciso mandar duas vezes. Com o coração na garganta, passei correndo pelo assassino cego. Ao fazer isso, vi seu braço plastificado se erguendo para alcançar o braço de Otto.

Eu estava quase chegando à porta quando ouvi o som de algo sendo esmagado. Meu coração gelou. E me virei no mesmo instante em que o grito começou. Era um som que nunca mais vou querer ouvir novamente. Era algo muito humano, mas totalmente sem linguagem. Uma vez, em uma viagem que fiz ao campo com a minha mãe para um jantar de caridade, ouvi um coelho gritando enquanto era morto por um cachorro. Aquilo tinha gelado meu sangue. O grito de dor de Otto era cem vezes pior. O som de tecido sendo rasgado veio em seguida, quando o plastine arrancou a capa da almofada da cabeça e atirou Otto junto com ela. Otto bateu contra a parede, tinha um braço torcido em um ângulo impossível, e deslizou até cair como um amontoado que se movia com dificuldade. Mas Otto ainda estava entre mim e o plastine.

Eu não podia permitir aquilo. O que aconteceu com Guillory provou quão fatal era o plastine. Quando ele se abaixou para agarrar Otto pela camisa, eu me atirei para frente e me espremi entre eles.

Os olhos brilhantes do plastine varreram a minha face uma vez e então ele soltou Otto, que caiu no chão com um estrondo que doeu até mesmo na minha cabeça. O plastine pegou o meu pulso.

— Você é Rose Samantha Fitzroy. Por favor, permaneça parada para identificação de retina.

Permaneci totalmente imóvel e deixei que ele varresse meus olhos com seus olhos mortos.

— Identificação confirmada. — Ele ergueu o colar controlador e colocou-o ao redor do meu pescoço. Eu não lutei.

Com um grito de terror, Otto surgiu por detrás e tentou, com o braço que não estava quebrado, arrancar o colar antes que ele se fechasse. O plastine ergueu a mão para atirá-lo para longe, com uma força letal, mas a minha mão foi mais rápida.

Segurei o braço de Otto, e fiz algo intencionalmente cruel. Juntei toda a dor mais profunda e sombria que eu sentia, o recanto mais escuro, emaranhado e espinhoso da minha mente; combinei com a lembrança da dor e da fadiga que eu sentira quando saí da estase e pensei com tanta força naquilo que Otto arfou com o golpe. Ele se afastou instintivamente, tempo o suficiente para que o plastine prendesse o colar em volta do meu pescoço com um clique final.

Os primeiros segundos sob o colar controlador foram um choque. Minha mente gritou em pânico. Era como entrar em estase sem os calmantes químicos. Meu corpo se recusava a funcionar. Todo o meu sistema dependia dos eletrodos que tinham se incrustado em meu cérebro. Por uma fração de segundo, *tudo* parou e, naquele segundo, eu morri. Então, as coisas começaram a funcionar novamente, mas de modo estranho, artificial. Meu coração rugiu de volta para a vida, meus pulmões estreitaram-se, buscando por ar, e meus músculos contraídos relaxaram quando o plastine aclimatizou seus processadores para o meu sistema natural.

Agora que tinha cumprido a fase um de seu programa, ele deu início à fase dois.

Minhas pernas o seguiam enquanto os sinais de seu programa plastificado eram despejados no meu cérebro através da rede. Não pude dar uma olhada para ver se Otto estava bem. Eu mal conseguia pensar. A princípio, tudo o que podia fazer era seguir, sem me importar se estava sentindo dor em algum ponto. O plastine estava movendo as minhas pernas por mim, forçando meus pulmões a continuar funcionandoe meu coração a bater. Mas ele não sabia qual era a melhor maneira de mover meus músculos, e comecei a sentir cãibras. Ele não conhecia os ritmos do meu corpo, por isso meu coração batia fora de compasso. Cada vez que eu respirava, doía, porque ele aspirava muito ar para os meus pulmões e, em seguida, expirava com força.

Estávamos andando pelo *campus*. Ele não tinha levado em consideração meus canais lacrimais e a produção de fluidos, por isso meus olhos estavam secos e arregalados, e eu não conseguia nem mesmo piscar. Apesar disso, ainda conseguia enxergar. O plastine estava seguindo na direção de um *hovercraft*. Não era um *hovercraft* qualquer. Era o luxuoso hover-iate de Guillory.

A porta do barco se abriu, e o plastine entrou. Meu corpo foi forçado a se curvar e segui-lo. Quando eu estava chegando à porta, um corpo me atingiu, forte o bastante para me machucar. Fiquei surpresa ao ver Bren. Eu só via na direção que o plastine permitia, por isso, eu não tinha visto Bren se aproximando ao rés do chão.

Os dedos de Bren estavam tentando arrancar o colar do meu pescoço. O plastine se virou. "Não!", pensei. "Não, Bren, corra! Corra! Corra, corra, corra!" Enquanto meu corpo era contorcido para dentro do iate, o plastine abaixou a minha cabeça e os eletrodos perderam contato com o meu cérebro por um milésimo de segundo. Consegui gritar apenas uma palavra, mas foi o suficiente.

— Corra!

Bren me ouviu. Para minha surpresa, ele levou o conselho a sério. Atirou-se no chão e rolou para baixo do iate antes que o plastine tivesse tempo de classificá-lo como um alvo.

Durante a eternidade de um milésimo de segundo, o plastine se abaixou na porta do iate, buscando por opções em seus processadores. Então, com o obstáculo fora do caminho, ele deu meia-volta, entrou no iate comigo e nós partimos. Fiz força para me virar e verificar se estava tudo certo com Bren, mas meu corpo pertencia ao plastine.

Mas era um corpo complexo. Uma centena de funções automáticas, um milhão de nervos controlando todos os meus controles motores. Havia tantos sistemas na minha programação natural que ele foi forçado a trabalhar com seus processadores no limite. E isso o deixou mais lento.

Lento o bastante para que eu conseguisse me adaptar. Tentei descobrir que parte da minha mente ainda estava sob o meu controle. Havia restado o suficiente de mim para que eu sentisse dor, então, eu sabia que restara o suficiente para que eu pudesse pensar. Otto havia manipulado meus impulsos elétricos com sutileza e delicadeza, de uma maneira fácil de romper. Suspeitei que, se quisesse forçar Otto a sair da minha mente, eu teria conseguido. Os impulsos do colar controlador eram desajeitados, uma forma violenta de controle, que roubava todas as minhas funções automáticas e todo o meu controle motor.

Mas o cérebro com função superior ainda era o meu.

Além disso, não estava totalmente sozinha. Como acontecera com Otto, eu podia sentir a presença do plastine no canto de minha mente. Ele estava ligado aos meus sistemas, mas — sem que ele estivesse inteiramente ciente disso — eu também estava ligada ao dele. O controle era todo do plastine. Mas a minha atenção podia ir para onde eu quisesse.

Assim que me sintonizei com os processadores do plastine, a presença ecoando em minha mente se tornou quase opressiva. Era um zumbido de informações ensurdecedor, muito forte para que meus processadores orgânicos pudessem aguentar. Se conseguisse fechar os olhos e me virar de costas, eu o teria feito. Mas aquilo estava dentro de mim, e eu não conseguia. O pânico aumentou, e fiquei com medo de enlouquecer. Mas, então, o fluxo de informações, por misericórdia, cessou.

FLUXO DE DADOS 197: VERIFICADO, surgiu na minha cabeça. PRINCÍPIO INDISPONÍVEL.

Como? O que significava aquilo?

INICIAR VERIFICAÇÃO DE FLUXO DE DADOS 198: INICIADA.

Um novo conjunto de informações incompreensíveis passou pela minha consciência. Mas eu achei ter reconhecido algo daquilo. Com um rompante de compreensão, percebi que o plastine estava buscando pela *net*. Depois que descobri que o fluxo de informações vinha da *net*, e não do plastine em si, consegui me distanciar de tudo e me concentrar mais nisso do que no programa do plastine.

A princípio, tudo o que consegui captar foi BUSCANDO... BUSCANDO... BUSCANDO...

FLUXO DE DADOS 198 VERIFICADO. PRINCÍPIO INDISPONÍVEL.

Concentrei-me no significado da palavra "princípio". Lá em seu programa, havia um subarquivo conectado à palavra. PRINCÍPIO: PROGRAMA DE OPERAÇÃO PRIMÁRIA. Só podia ser a pessoa que o tinha programado. A pessoa que o mandara atrás de mim. Olhei com mais atenção. O primeiro arquivo do programa de operação primária tinha sido ajustado para a leitura de retina, o que não significou nada para mim. O segundo era um programa de reconhecimento de voz, o que não era nada além de ondas de modulação. O terceiro era um nome.

MARK ANDREW FITZROY.

Papai.

Todas as funções que poderiam fazer com que eu empalidecesse, chorasse ou sentisse náuseas estavam sob o controle do plastine, desse modo, tudo o que consegui sentir foi uma queimação dentro da minha cabeça. Mas tudo fez sentido.

Mamãe e papai eram pessoas de alto prestígio, figuras famosas. Eles me alertaram um milhão de vezes sobre os perigos de ser sequestrada e mantida como refém por pessoas que queriam prejudicá-los. Levei os avisos a sério e temia sair dos padrões preestabelecidos que definiram para mim.

Da escola para casa, de casa para a escola, nunca saindo do Condomínio Unicórnio, certamente nunca deixando a ComUnidade. Se não estivesse em nenhum desses lugares, eu sempre estava com eles.

Esse horror plastificado tinha sido programado para me resgatar, caso eu fosse sequestrada. Guillory estava morto; Otto, Bren e Zavier tinham sido alvos porque o plastine estava programado para desativar ou eliminar os sequestradores.

Sim, era assustador. Triste... porém calculado. Mas supondo que eu não tivesse sido sequestrada. Supondo que eu tivesse fugido.

Supondo, simplesmente supondo, que a perfeita e encantadora filhinha deles tivesse decidido que não queria mais viver com eles. O que iriam fazer? Permitir que uma criança indisciplinada arruinasse a imagem deles na comunidade global? Deixar que as pessoas soubessem que eu não era a criança modelo perfeita que eles tentaram forjar? Permitir que seus segredos fossem revelados, que todos os seus defeitos fossem expostos, que todos os esqueletos escondidos no armário fossem colocados em um desfile pela rua principal? Não. Isso não!

Melhor fingir, então, que eu tinha sido sequestrada. Mesmo que eu tivesse partido de livre e espontânea vontade, o plastine não iria se importar com o que eu dissesse — ele não estava programado para me obedecer. Fora programado para entender que qualquer um que tentasse impedir a sua missão era um cúmplice. Qualquer um que tentasse impedi-lo de me resgatar — amigo, colega de classe, policial — era classificado como um alvo hostil e deveria ser destruído. Sem registros. Sem impressões digitais. Sem nenhum rastro que pudesse incriminar meus pais pelas mortes.

FLUXO DE DADOS 199: VERIFICADO. PRINCÍPIO INDISPONÍVEL.

É claro que o princípio estava indisponível. Papai tinha morrido havia muito tempo. Mas eu não poderia explicar isso para o plastine.

Tentei avaliar seu programa como um todo. No topo de toda a sua programação estava o arquivo DIRETIVA PRIMÁRIA. Concentrei-me nesse arquivo. E vi o que esperava encontrar: DIRETIVA PRIMÁRIA: RETORNAR ALVO PARA PRINCÍPIO. Eu era o alvo, e deveria ser devolvida para o papai.

Mas o que vi em seguida era algo que teria feito meu sangue gelar, se meu sistema ainda fosse dominado por minhas emoções. DIRETIVA SECUNDÁRIA, PRINCÍPIO INDISPONÍVEL: EXTERMINAR ALVO.

Ele fora programado para me exterminar se tivesse plena certeza de que não poderia me devolver para os meus pais. Todo o horror do plano dos meus pais começou a ficar claro para mim. Eu sabia que o plastine era um assassino. Mas meus próprios pais preferirem me ver morta a estar fora de seu controle? Isso não era amor. Era escravidão.

Já desconfiada do que eu iria encontrar, voltei a minha atenção para a data da implementação da missão do plastine. Aquela coisa macabra havia sido encomendada logo depois que recebi o meu prêmio Jovens Talentos. Meu pai, e provavelmente a minha mãe também, só resolveram programá-lo para vir atrás de mim depois que demonstrei que já não era mais deles. Meu amor por eles foi se transformando em ódio à medida que eu lia as regras implementadas na missão do plastine.

Mas a minha atenção foi atraída pelo arquivo ALVO. Para minha surpresa, vi mais do que um subarquivo lá.

O primeiro, quando olhei melhor, continha o que eu suspeitava. Imagem de retina, gravação de voz e o meu nome, ROSE SAMANTHA FITZROY.

Os outros dois arquivos também continham imagens de retina e gravações de vozes. E mais dois nomes.

STEPHANO LUCIUS FITZROY

SERAPHINA ALEXANDRA FITZROY

Os dois arquivos ainda estavam ativados. As pessoas que aqueles arquivos representavam não tinham sido eliminadas.

Seraphina... o nome me lembrou algo. Sarah. Minha amiguinha Sarah, do tempo que eu era tão pequena. E se ela não fosse a filha do zelador? Seraphina Alexandra Fitzroy. Sarah era a minha irmã! Minha irmã mais velha! Eu não estava sozinha. Tinha uma família. Tinha um irmão e uma irmã em algum lugar, provavelmente em estase, assim como eu estivera. Eu precisava encontrá-los. Meu ódio inútil se transformou em algo forte e protetor e, de repente, não importava que encontrá-los fosse algo impossível.

Forcei a minha atenção de volta à busca que o plastine fazia pela rede. Ele estava executando uma verificação sistemática de todas as triagens possíveis. Embora a busca parecesse não ter fim e variar de maneira constante, ela eventualmente chegaria ao fim. Ele precisava encontrar e verificar seu caminho por todos os fluxos de dados possíveis e, se não conseguisse encontrar uma imagem de retina, gravação de voz ou uma entrada atual com o nome de MARK FITZROY, ele me eliminaria. Então, para onde, afinal, ele estava me levando?

Até mesmo para essa pergunta, ele me forneceu resposta. Estava lá no seu programa. RETORNAR PARA BASE. Ótimo. Onde era a base? Busquei o arquivo e encontrei a latitude e a longitude exatas, até mesmo os quinquagésimos decimais, mas aquilo não significou nada para mim. Olhei com mais atenção e consegui encontrar um relatório tático da base. Era uma cadeira, provavelmente uma base para recarga de energia. Voltei e tentei encontrar um registro de sua movimentação nos últimos dias.

Ele andou ocupado. Busquei pelo arquivo na ordem inversa. Ele invadiu o Preparatório Uni e conseguiu completar o primeiro estágio de suas diretivas. Reter-me. Um momento antes, ele estava a caminho de sua base, no hover-iate de Guillory, quando captou uma verificação de retina na rede do Preparatório Uni.

Foi o leitor de retina! Toda vez que eu passava por um leitor de retina, ele era alertado pela rede. Eu fora salva pelo antiquado leitor de impressões digitais de meu apartamento e pelo fato de nunca ter ido a lugar nenhum, além da escola e do consultório da minha fisioterapeuta. Se Otto tivesse resolvido conversar comigo no pátio, em vez de no alojamento, nós ainda estaríamos lá, sãos e salvos, em vez de Otto estar com o braço quebrado e ferido, e eu não estaria a caminho de meu fim.

Antes disso, ele estivera no Edifício Uni, averiguando se eu não passara por ali. Muitos seguranças e vidros quebrados. Cheguei até mesmo a ver Xavier de relance, gritando com alguém, e o meu coração disparou.

Voltei para a viagem em Nirvana. Mentalmente me encolhi ao ver a imagem da morte de Guillory. Ninguém merecia um destino como aquele. E, para piorar ainda mais as coisas, eu odiara Guillory o tempo todo, quando, na verdade, ele estava tentando deter aquela coisa horrenda. Ele deve ter segurado meu braço para tentar me tirar do caminho, mas estava muito bêbado para conseguir fazê-lo. Voltei para a viagem no *hovercraft* roubado. E vi, na ordem inversa e sob uma perspectiva diferente, o noticiário que eu assistira em Nirvana, do plastine surrupiando o barco.

E lá estava. Finalmente, acessei o arquivo do plastine percorrendo uma área. O lugar parecia ser um jardim. Uma entrada secreta? Eu não fazia ideia de onde ele estava até que vi de relance os portões de entrada do Condomínio Unicórnio.

A criatura maldita estava debaixo dos meus pés o tempo todo! A imagem continuou no sentido inverso e vi o plastine passando pelo subsolo, por meu tubo de estase! Ele deve ter passado por mim quando me encontrava encolhida lá dentro, na primeira noite que me atacou.

Uma porta secreta... ou, provavelmente, não tão secreta. Simplesmente esquecida. Um painel de metal se abriu e o plastine retornou, no sentido contrário, para a base que ficava no canto da sala.

A sala era assombrosamente familiar. Reconheci a disposição dos móveis. O escritório de papai, no Edifício Uni, era exatamente igual, com todos os monitores ligados à rede, a luxuosa cadeira de couro próxima à mesa. Os monitores estavam apagados e empoeirados agora, somente um ou dois ainda piscavam vez ou outra, quando a energia passava de maneira inconsistente pelos cabos. O couro da cadeira tinha rachado, e algum roedor fizera um ninho no estofamento. Mas eu sabia que aquele só podia ser o segundo escritório do papai, o local de onde ele podia gerenciar todos os negócios não muito legais que transformaram a UniCorp na maior corporação comercial da história da humanidade.

Parei de prestar atenção na reprise. Eu sabia para onde ele estava indo agora. E sabia, ou pensei que soubesse, como iria detê-lo. Tudo dependia de um segundo crucial, quando o plastine fizesse eu me levantar e sair do hover-iate. O único segundo em que tive algum controle sobre meu corpo foi quando ele girou o meu pescoço para me fazer entrar no iate. Se eu pudesse me aproveitar daquele milésimo de segundo enquanto os implantes do colar controlador estivessem parcialmente desconectados, eu conseguiria escapar dessa.

O plastine estacionou o hover-iate no pátio do Condomínio Unicórnio e desceu. Minhas pernas se moveram para segui-lo, meus braços se ergueram em busca de equilíbrio e, então, minha cabeça se abaixou para evitar que o precioso alvo do plastine sofresse alguma avaria ao sair do iate.

Mas, antes de ele me mover, eu já estava dizendo para o meu braço subir. *Suba*, droga, e segure o meu pescoço! Quando a minha cabeça se abaixou, a conexão falhou e meu braço reagiu ao impulso constante que eu vinha enviando. Ele subiu tão rapidamente, como se tivesse colocado a mão no fogo. Minha mão direita agarrou o colar...

O momento tinha passado. Eu movi minha mão, mas não rápido o bastante. Em vez de arrancar o colar controlador de meu pescoço, tudo o que consegui fazer foi forçar meus dedos por baixo dele. Era desesperador. Se eu pudesse, teria desistido. Mas, agora, eu estava andando pela garagem, rumo ao subosolo, para o meu iminente fim. Meu braço pendia de uma maneira estranha, meus dedos continuavam presos ao colar.

Mas estava acontecendo algo. Eu podia me mover. Não muito. Pude puxar a perna, só um pouquinho, em seguida, ela voltou a seguir os impulsos do plastine. Choraminguei de dor por uma fração de segundo antes que tais reações fossem contidas. O que estava acontecendo?

Percebi que o sistema sobrecarregado do plastine tinha me abatido com outra arritmia. Enquanto meu coração pulsava com força, meus dedos encontraram energia para se apoderar do colar. Era a minha pulsação. O movimento do sangue em meus dedos estava fazendo a ligação para eu puxar o colar. Tudo aconteceu em menos de um milésimo de segundo. Mas foi tempo o suficiente.

Desejei poder piscar para conseguir enxergar melhor. As coisas apareciam embaçadas diante de meus olhos secos e sem lubrificação. Mas, quando fizemos uma curva, pude enxergar o suficiente. Lá estava. O meu tubo de estase, a plaquinha brilhante da NeoFusion era visível mesmo através da visão embaçada.

Com cada pulsação de meu limitado controle, inclinei meu corpo para a esquerda. Estava andando logo atrás do plastine, mas, lentamente, conseguia alterar o meu percurso para colidir contra o tubo de estase. O botão de ativar estava logo à minha esquerda, na altura do meu joelho. Depois de tudo o que Xavier tinha feito para *hackear* a coisa, o botão era acionado ao mínimo toque. Se eu conseguisse me colocar na posição correta, quando colidisse com o tubo, o botão seria acionado.

Era um plano desesperado. Se falhasse, seria o meu fim — assim como meus pais tinham planejado.

O plastine continuou avançando, sem se dar conta da minha ligeira alteração de percurso. Ele passou pelo tubo de estase. Mas eu não.

Com uma nova explosão de dor meu joelho esquerdo colidiu contra o tubo estase, e o zumbido silencioso da música suave ressoou pela cama acolchoada. Ele fora ativado. O impacto causado pela colisão derrubou meu corpo de boneca de pano e caí de cabeça sobre o tubo. O programa do sistema de estase assumiu o resto do processo. Estases químicas sopraram dentro dos meus pulmões, embalando-me em um estado de sonho sem medo. A tampa translúcida do tubo começou a se fechar automaticamente. E, na minha posição de boneca de pano largada, ele começou a se fechar sobre as minhas pernas. Mas, o mais importante, sobre o meu braço torcido — o braço cujos dedos estavam presos ao redor do colar controlador. Enquanto meu cotovelo era forçado sobre a minha orelha, e meu ombro era quase deslocado, o colar controlador foi arrancado.

Quase pude ouvir o som da sucção quando os eletrodos foram arrancados do meu crânio. A estase química estava quase completando o seu trabalho, e meus olhos se fecharam sonolentos. Eu sempre me deixava levar pelos sonhos estase. Mas, naquele momento, eu lutava contra eles, expulsando as trovoadas calmas da minha imaginação, forçando meus olhos a verem o cinza azulado do subsolo, e não as cores vibrantes de meus sonhos. Agarrei-me à dor no joelho, ao padecimento de meu ombro e ao ardor em meus olhos e me afastei do tubo. Ele apitou, detectando uma falha no sistema. Lentamente, a tampa se abriu.

Com a química ainda em meu organismo, não senti medo quando vi que o plastine já tinha se virado, por ter descoberto a interrupção em seu procedimento programado. Ele parou, seus sistemas estavam reiniciando, pois o plano original tinha sido frustrado. Estaria atrás de mim dentro de poucos minutos, seu programa estava se adaptando. Eu poderia ter corrido, mas não teria conseguido chegar muito longe. Sentia muita dor e meus nanos não estavam funcionando; o plastine teria me agarrado antes mesmo de eu conseguir me aproximar do elevador. Mas havia uma alternativa de fuga.

Não ter medo de nada sempre foi um meio sereno de ver as coisas com clareza. Acho que era por isso que eu sempre tentava me prender à estase, até mesmo quando não precisava. A clareza me fez ver que só havia um modo de derrotar o inimigo plástico sem coração.

Calor.

Usando a borda do colar controlador, arranquei o cetim rosa macio que revestia o interior do meu tubo. Os eletrodos afiados se enroscaram no tecido, e as bordas resistentes do colar arrancaram nacos do acolchoado. Eu sabia o que procurava e onde estava.

Com tiras do cetim lisinho grudadas em minhas mãos, encontrei as conexões da bateria NeoFusion que alimentava o tubo de estase. Segui as conexões, arrancando o painel de segurança secundário, e lá estava. A bateria, um recipiente metálico e cilíndrico do mesmo comprimento do meu antebraço e com a mesma circunferência da minha cabeça. Adrenalina foi a única coisa que me deu forças para arrancar a bateria de seu compartimento. Ela era pesada, mas não impossível de ser erguida.

Com um gemido zangado, meu tubo de estase morreu, suas luzes e os dispositivos que liberavam a química desligaram em um piscar de olhos. O plastine tinha começado a se mover novamente e estava a menos de cinco metros de mim. Sacudi a bateria com o enorme logotipo da UniCorp estampado, estimulando os neutrinos e revertendo a sua polaridade natural. Mentalmente amaldiçoei meu pai por me ter feito acreditar que eu era burra demais para entender as coisas. Eu poderia ter assumido a UniCorp sem problema algum. Tinha conhecimento suficiente sobre o produto mais impressionante da UniCorp, não tinha? As baterias NeoFusion não podiam ser utilizadas nos barcos ou em qualquer outro objeto que corresse risco de colisão. Elas eram muito voláteis.

Assim como eu.

Atirei a bateria contra o plastine, esperando que ela explodisse com o impacto. O plastine apanhou-a com precisão, e meu coração se contorceu. Caí sobre o meu tubo estragado, na esperança de captar os resíduos químicos, na esperança de não sentir medo em meus últimos momentos. Eu estava morta. Adeus, Xavier. Adeus, Bren, Otto, Mina, sol, lua, estrelas, amor, dor, arrependimento, alegria, arte, beleza.

Mas eu me esquecera da força do plastine e de sua programação. Deter qualquer coisa que tentasse impedir a recuperação do alvo. Com um movimento rápido das mãos, o plastine esmagou o invólucro da bateria, e a força bruta surgiu.

Atirei-me para frente, agarrei a tampa do meu tubo, forçando para que ela se fechasse sobre a minha cabeça. Não fui rápida o bastante. A primeira labareda de calor atingiu-me dolorosamente, e todo o meu corpo ficou muito vermelho, como se eu estivesse com queimaduras solares. As pontas de meus dedos, que foram as últimas partes do meu corpo a entrar no tubo, ficaram cheias de bolhas. Mas o tubo tinha sido projetado para resistir às chamas, a grandes profundidades e ao holocausto nuclear. Ele poderia me proteger de muito mais do que a simples explosão de uma bateria NeoFusion.

Comprimi os olhos no momento da pior explosão. Quando os abri novamente, uma luz bruxuleante estava piscando e ousei olhar através do NeoVidro da tampa do tubo. A rápida explosão de calor já tinha passado

— ela durava apenas alguns segundos, caso o invólucro fosse danificado — mas, durante aqueles poucos segundos de intenso calor, o plastine pegou fogo.

A criatura estava derretendo, chamas saltavam de seu corpo plastificado, mas, mesmo assim, ele continuava vindo lentamente na direção do meu tubo. Seus sistemas não reconheciam a dor. Ele continuou queimando, o fogo chamuscava o teto do subsolo. Um alarme de incêndio disparou, mas o calor da explosão inicial foi tão forte que o sistema de contenção de incêndio acima de nossas cabeças acabou danificado. Prateleiras cheias de coisas velhas queimavam atrás e ao redor dele. Uma de suas pernas caiu e derreteu-se em uma poça. Um braço pingava como se fosse uma vela queimando.

Abri a tampa do meu tubo e fiquei assistindo enquanto meu inimigo, a ferramenta de meu pai, desmanchava em uma poça ardente. Com a cabeça em chamas, metade de seu rosto já tinha derretido, ouvi um último comando, desmanchando junto com o plástico derretido.

— Missão abortada. Relatório de danos... capacidade... 11... por cento... 10 por cento... 6... por... — a voz derreteu junto com o restante do corpo.

Eu queria ter me sentido vitoriosa. Mas tudo o que senti foi um imenso cansaço.

Atrasado, o programa de contenção de incêndio finalmente foi ativado, e fui atingida por um súbito banho de chuva. Por alguma razão, aquilo me fez rir. A umidade fria aplacou a dor das minhas queimaduras. Ergui o rosto e os braços. Contra todas as probabilidades, eu ainda estava viva. O último vestígio de controle dos meus pais estava derretido aos meus pés, uma massa disforme em uma teia de espinhos de onde ele nunca conseguiria escapar. Eu era a rosa. Eu era a roseira selvagem.

26

A ÁGUA NÃO FEZ MUITO EFEITO SOBRE O PLÁSTICO EM CHAMAS, E EU TINHA CERTEZA de que a fumaça que se espalhava pelo cômodo era letal. Acho que eu estava parecendo uma verdadeira bruxa quando Bren, Otto e Xavier entraram correndo no subsolo para me salvar. Eu estava em pé junto ao entulho do meu tubo de estase destruído, de braços abertos, soltando uma risada meio histérica sob a chuva artificial, com os restos do plastine ainda em chamas atrás de mim. Abaixei as mãos quando os avistei, sorrindo meio sem jeito. O resgate atrasado deles tinha sido frustrado. Quase me senti mal por isso.

Foi Xavier quem falou. Cautelosamente, como se estivesse com medo de que o atacasse, ele perguntou:

— Rose? Você está bem?

Eu ri, então tossi, tremendo. A água fria e a fumaça do plástico em chamas estavam acabando com o meu corpo enfraquecido pela estase.

— Sim — respondi. — O que vocês estão fazendo aqui? Por que não telefonaram para a polícia? Otto, o seu braço! — O braço dele não tinha sido devidamente tratado, mas estava pendurado em uma tipoia improvisada. Reconheci o tecido estragado da almofada do alojamento.

Xavier parecia completamente perdido, molhado, frágil e velho. Foi Otto quem se aproximou de mim, pousou seu braço bom sobre o meu ombro e me conduziu, com cuidado, de volta ao elevador (muito gentilmente, seu polegar tocou o meu pescoço e contei a ele o quanto eu estava ferida).

— *Vou ficar bem* — ele sussurrou dentro da minha mente. — *Já passei por situação pior. Telefonamos para a polícia, mas o avô de Bren sabia que conseguiríamos chegar mais rápido. Ele sabia muito bem para onde aquilo estava indo, e o plastine ainda estava em modo secreto. Ficaria difícil para a polícia rastreá-lo.*

— Sinto muito por você ter se ferido.

Otto lançou uma rajada de pensamentos na minha mente, de como ele teria se sentido se tivesse ficado parado e deixado tudo aquilo acontecer. Eu me retraí. Ele estava certo. Teria sido pior.

— Sinto muito pela dor que infligi contra você em pensamento.

— *Sei por que você fez aquilo.* — A imagem da roseira selvagem guardiã surgiu outra vez em minha mente.

— *Você estava certo* — contei a ele silenciosamente. — *Eu sei quem eu tenho de proteger.*

O brilho de horror que surgiu em seus olhos amarelos quando pensei em Seraphina e Stephano certamente refletiu meus pensamentos.

—*Tem algo que eu possa fazer?* — ele se ofereceu.

Bren estava esperando por nós no elevador. Ele tinha feito a água parar de cair.

— Vou cuidar do incêndio — ele disse, puxando uma mangueira de combate a incêndio de dentro de um armário vermelho na parede.

— Diga para Xavier que estarei esperando por ele, lá em cima — falei para Bren, que se afastava.

Ele lançou-me um meio sorriso de volta. Então, permiti que Otto me empurrasse para dentro do elevador e subimos para o meu apartamento.

— Você tem certeza de que está bem? — perguntei para ele depois que entramos no elevador. — O seu braço.

— *Vou me consultar com o meu médico. De qualquer maneira, Penny vai querer ouvir sobre tudo o que aconteceu. Ela adora histórias de aventura.*

— Seu médico fica no laboratório?

— *É claro. Quem mais poderia saber como eu funciono? Eu nem cicatrizo do mesmo jeito que vocês! Além do mais, é você quem realmente está precisando de um médico. Está vermelha como uma rosa.*

— Mas uma rosa viva.

Os olhos de Otto se contraíram.

— *Onde estão seus pais?* — ele não estava pensando exatamente na palavra "pais", mas era a tradução mais próxima.

— Conhecendo Barry e Patty, acho que eles devem estar jogando golfe ou algo assim — eu disse. — Não, foi maldade minha. Provavelmente estão trabalhando.

— *Só perguntei porque a polícia vai telefonar para eles. Acho que você vai querer saber quando eles chegarem.*

Assenti.

— Certo — eu disse. Fui para o meu quarto e tirei um uniforme limpo do armário. Com os dedos queimados, me trocar foi muito mais difícil do que eu imaginara. Eles ainda estavam ardendo. "Ai!" resmunguei, puxando o tecido de algodão macio sobre a pele vermelha e queimada. Meu ombro deslocado também doeu e meu joelho latejou, meus olhos ainda ardiam um pouco e todos os meus músculos estavam doloridos. Além disso, Bren tinha me machucado de verdade quando tentou arrancar o colar do meu pescoço. Para completar, meu cotovelo ainda estava inchado de quando eu acertara o plastine em Nirvana. Foi difícil me vestir. Só coloquei uma camisa e uma saia e acabei abandonando o restante do uniforme.

Quando voltei mancando para a sala de estar, percebi que Otto apanhara o *kit* de primeiros socorros que ficava em cima da geladeira. Com habilidade, usando o braço bom, ele conseguiu enrolar algumas ataduras Icestrip sobre os meus dedos, o que fez com que eu sentisse frio, mas as queimaduras pararam de arder tanto. Em seguida, ele me fez engolir um analgésico, e estava passando uma pomada refrescante no meu rosto levemente queimado quando Barry e Patty chegaram em casa.

— O que você está fazendo aqui? — Barry disse.

— Em que confusão se meteu dessa vez? — Patty perguntou.

— Por que a polícia telefonou para nós?

— Quem ou o que é isso? — Patty acrescentou, apontando para Otto, que revirou os olhos.

Ignorei as perguntas deles.

— Vocês estão despedidos.

— O quê? — Barry e Patty olharam surpresos para mim, e Otto soltou um estranho som abafado. Ele estava rindo, o que fez com que eu me sentisse mais forte.

— Eu disse que vocês estão despedidos. Saiam do meu apartamento.

A expressão de Patty era de alguém que não podia acreditar.

— Não sei o que você está pensando, mocinha, mas nós somos seus guardiões legais...

— Não são não — eu disse, sem raiva. — Guillory contratou vocês para ficarem de olho em mim. Vocês nunca foram meus guardiões legais, tudo tinha de ser aprovado por ele. Bem, Guillory morreu. E, até que alguém reorganize a empresa, *eu sou* a empregadora de *vocês*. E vocês estão demitidos.

Dessa função, de qualquer maneira. Voltem para a Florida e retomem seu trabalho no ponto que Reggie fez com que abandonassem.

Eles protestaram até que Xavier entrou, molhado e elegante, pelo *hall* de entrada.

— Ouçam o que a chefe de vocês está dizendo — ele disse calmamente. — Se não querem ouvi-la, ouçam a mim. Se ela não quer vocês, está dito.

Incapaz de decidir para qual de nós olhar, Barry perguntou:

— Você falou sério quando disse que nós poderíamos voltar para os nossos empregos na Uni Flórida?

— Sim — eu disse.

— Eu garanto — Xavier adicionou.

Barry assentiu.

— Está certo, então. — Ele se voltou para a esposa. — Vamos fazer as malas.

Os dois desapareceram rumo à suíte do casal.

Xavier balançou a cabeça para as duas figuras que saíam.

— Vou arrumar alguém melhor — ele disse para mim. Encarei-o. Ele desviou o olhar, voltando-se apara a porta. — Alguém precisa telefonar para a polícia, dizer para eles que o pior já passou.

— Já fiz isso — Bren disse, surgindo por detrás dele. — No caminho, desativei o sistema de incêndio.

— Vamos precisar de um paramédico.

— Já providenciei. Telefonei para a mamãe também. Eles estão a caminho.

Xavier assentiu.

— Sim. Bem, vou esperar pela ambulância.

— Não — eu disse para Xavier. — Você fica.

Xavier olhou para mim com o canto dos olhos.

— Acho que alguém deveria mostrar a cena do crime para a polícia.

— Bren pode fazer isso, ou Annie — respondi. — Precisamos conversar.

Xavier curvou a cabeça.

— Agora talvez não seja o melhor momento — ele disse.

— Agora é o único momento em que vou conseguir que você fique na mesma sala comigo — eu disse. — Você tem me evitado desde que eu voltei.

Xavier engoliu em seco.

— Você tem razão. Tenho mesmo.

Dei uma olhada para Otto. Otto, que sabia de toda a história. Ele tomou a minha mão.

— *Vou acompanhar Bren até o jardim, para esperarmos pela polícia.*

— Obrigada — agradeci. Observei os dois se retirando e então me virei para Xavier.

Ele estava molhado e desarrumado e, provavelmente, não dormia havia dias. Dava para perceber que não queria ter essa conversa. Fui ao banheiro e peguei uma toalha, para que ele pudesse ao menos secar os cabelos.

Zavier ficara trancado no banheiro, com uma tigela cheia de comida para cachorro e um osso de brinquedo. Ele deu um salto assim que abri a porta e quase gritei quando bateu a pata e o focinho em todos os meus pontos mais doloridos.

— Ah! Sentado! Fica, Zavier!

Ele se sentou, ofegante, visivelmente feliz por me ver novamente. Apanhei uma toalha limpa e permiti que me seguisse de volta à sala.

— Tome — eu disse, jogando a toalha para Xavier.

Ele apanhou com muita habilidade, para um homem velho, e secou o rosto e os ombros com eficiência militar.

— Você gostou de Tonto? — ele perguntou, quase distraidamente.

Voltei-me para Zavier.

— Você se chama Tonto? — perguntei. Ele pareceu confuso por um momento, então abanou o rabo conciliador. Afaguei sua cabeça dourada. — Eu o chamei de Zavier — eu disse, torcendo levemente os lábios. — Com Z.

Xavier paralisou.

— Ah! — ele exclamou. Então, encobriu o rosto com a toalha novamente, desconfiei que foi mais para ter algo que fazer do que por seu rosto ainda estar molhado.

Fitei Xavier, esforçando-me para ver o menino que eu conhecia. Não foi difícil. Não pude acreditar que não percebi da primeira vez. Mas, desde então, ele não tinha estado mais do que cinco minutos na mesma sala comigo, até a noite passada. E eu provavelmente não quis enxergar. Acariciei a cabeça do cachorro.

— Preciso lhe fazer uma pergunta.

— Eu sei — Xavier disse, e sua voz soou pesada como chumbo.

Respirei fundo.

— Como você pôde me deixar daquele jeito? Por tanto tempo? — perguntei. A pergunta não tinha maldade.

Xavier soltou um longo suspiro e lentamente se sentou em uma poltrona.

— Você não faz ideia do quanto isso me torturou — ele disse, recusando-se a olhar em meus olhos. — Tenho me feito a mesma pergunta a cada hora desde que Bren a encontrou. Mal tenho dormido. Eu... — ele suspirou novamente e, em seguida, se forçou a olhar para mim. — Eu realmente não sabia.

— Como você não sabia?

A cabeça de Xavier se moveu do mesmo modo que ele fazia quando era criança, quando achava que eu não compreendera algo.

— Rose. — Ele fez uma pausa. — Você tinha terminado comigo.

Assenti, tentando entender. Encolhi-me no sofá.

— Então, você pensou... que eu não era mais problema seu.

— Não — ele disse.

— Por favor, estou tentando entender, Xavier. Ou você se isentou da responsabilidade por mim, ou achou que eu merecia perder a minha vida. E eu me recuso a acreditar nisso. Apesar de... — foi muito difícil arrancar a dor das palavras seguintes. — Apesar de você ter se mantido distante mesmo depois da minha volta.

— Não, droga... — Ele hesitou, sem conseguir encontrar as palavras. — Não *tem* perdão! Você *sabe* há quanto tempo isso aconteceu? Tenho pensado nos últimos cinquenta, sessenta anos, em cada momento da minha vida, tentando ver como pude deixar isso acontecer, e não existe nenhuma desculpa que possa me absolver dessa... negligência. Como eu poderia deixar você ficar sabendo, agora? Como eu poderia... torturá-la ao saber sobre mim? Achei melhor deixar você acreditar que eu tinha morrido, junto com todos os outros.

Olhei para ele. Esse realmente não era o meu Xavier. Os olhos do meu Xavier costumavam sorrir. Meus olhos avistaram o bloco de desenho que eu abandonara quando apanhei um novo para a viagem com Reggie. O bloco estava sobre a mesinha de centro. Eu sabia que ainda tinha uma página vazia. Peguei-o e encontrei a folha em branco.

— Você tentou me achar? — perguntei, puxando o lápis de carvão de dentro da espiral.

— Sim — ele disse, surpreendendo-me. — Aparentemente, não o bastante.

— Conte-me — eu disse. Recostei no sofá e fiquei observando-o, deixando que minhas mãos iniciassem outro desenho de Xavier.

— A princípio, eu não sabia o que tinha acontecido — ele disse. — Depois que você disse adeus, eu a via nos corredores, mas você me evitava. Você aparecia e desaparecia, e comecei a ficar nervoso. Mas você sempre voltava, e continuava me evitando. No começo, achei que você realmente não queria ficar comigo. E, então, quando você finalmente desapareceu por um longo tempo, fiquei feliz. Eu não queria ver você. Sabe... Naquela idade tudo é tão importante. Doía vê-la e não poder estar com você.

Soltei um sorriso triste. Eu ainda estava com aquela idade.

— Mas, então... um ano se passou. Åsa tinha ido embora, e comecei a imaginar se talvez... talvez Mark e Jacqueline não a tivessem obrigado a terminar comigo. E, porque você não estava sendo a criança perfeita que eles tinham criado, a colocaram em estase, só para se livrarem de você. A princípio, foi apenas uma suspeita. Então, aquilo começou a crescer dentro de mim, e me corroeu e me corroeu, até que eu estava prestes a ir para a universidade.

Rascunhei um estudo das mãos enrugadas de Xavier enquanto ele as movia dando ênfase ao seu discurso.

— Quer dizer, eu poderia ir embora . E, então, não restaria mais ninguém que soubesse de sua existência. Por isso, esperei até que seus pais saíssem para um dos bailes de caridade da sua mãe e invadi o seu apartamento.

Pude imaginá-lo, invadindo o computador central do Unicórnio, *hackeando* os códigos até que pudesse entrar no meu apartamento.

— Eu não sabia se você iria ou não ficar feliz. Mas eu estava com dezoito anos e já tinha uma vaga garantida em Princeton. E não importava o que você achava de mim, um ano em estase sem motivo era para lá de ridículo. E eu já tinha chegado à conclusão de que aquilo era abusivo.

Ele suspirou.

— Pensei que eu poderia lhe dar a opção... não de ficar comigo, mas apenas de... cair fora dali. De dar um basta naquela história de estase, de brincar de bonequinha viva para a mamãe vestir, dar um basta em "Sim, papai, é claro, papai". E ser apenas você. Apenas a Rose.

Ainda sofrendo com as queimaduras do ataque do plastine, eu podia imaginar o que teria acontecido se Xavier tivesse conseguido. O plastine teria ido atrás de nós em Princeton, novo, moderno, sem ter sofrido os efeitos de sessenta e dois anos de esquecimento. Programado para matar qualquer um que tentasse impedi-lo.

Aquele pensamento fez com que eu fizesse uma pausa. Se tivesse me sido dada a oportunidade de escolher, antes de entrar em estase: abrir mão do meu amor por Xavier ou deixá-lo morrer, eu sabia o que teria escolhido. Eu teria sacrificado com todo prazer sessenta e dois anos da minha vida por ele. O destino sempre esteve contra nós, não importa o quanto eu o tenha amado.

Xavier respirou fundo.

— E sim, se você quisesse ficar comigo, só nós dois. Como sempre estivemos. Sentia saudades de você.

Fechei os olhos ao ouvir aquilo. Fui invadida por uma sensação dentro do peito que ainda não sentira desde que tinha acordado. Não uma agitação nervosa e estonteante advinda de esperanças incertas, mas uma faísca de alegria verdadeira.

— Eu me arrastei até o seu *closet*, mas o seu tubo não estava lá — Xavier continuou. — Seu quarto ainda estava lá, todas as suas coisas, mas você tinha ido embora. Fiquei lá parado, sem saber o que fazer. Então, aparentemente as minhas habilidades como *hacker* mostraram que não estava à altura do desafio. Eu tinha disparado um alarme, a polícia chegou e me prendeu. Eles me colocaram em uma cela na cadeia, por uma noite, e tentaram entrar em contato com Mark e Jacqueline, para que eles dessem queixa contra mim por arrombamento e invasão. — Ele respirou fundo. — A acusação não deu em nada. Antes do amanhecer, quase todos que estavam na delegacia tinham morrido.

Ergui os olhos do meu bloco de desenho, horrorizada.

— Não — sussurrei.

Ele assentiu.

— A ocasião não poderia ter sido melhor para mim, eu acho. Mas, então, se eu a tivesse despertado naquele momento, você poderia ter adoecido também. A peste atingiu a ComUnidade naquele dia. — Ele respirou fundo. — Eu estava lá, sozinho na minha cela. A queixa ainda não tinha sido registrada. E, enquanto esperava, de repente vi as pessoas através das barras da minha cela, transpirando, tossindo e apertando o peito, e, em seguida, gritando e gritando... — ele balançou a cabeça. — Eu me encolhi em um canto, para ficar o mais distante possível que podia da morte. Eu estava... com medo. Fiquei tão feliz por não ter encontrado você. Eu podia ouvir os gritos que vinham das ruas e o lamento das sirenes das ambulâncias. E, então, eles pararam, percebi que o silêncio deles era ainda mais assustador. — Suas mãos tremiam. — Fiquei sem comida e água durante dois dias. E, então, comecei a adoecer.

— Não!

Eu franziu os lábios para mim, tentando me dizer que estava tudo bem.

— Eu estava afastado da população em geral, não tinha tocado em ninguém, por isso, a doença não me pegou até se tornar contagiosa pelo ar. Comecei a tossir, no final, quando os corpos começaram a se decompor. A essa altura, eu já não tinha medo. Era quase um alívio para mim. Eu não queria mais ficar lá. E quando já estava preparado para morrer, os seguranças da UniCorp, trajando macacões especiais à prova de contágio biológico, empurraram as portas contra as pilhas de mortos e injetaram antibióticos em minhas veias.

Ele encolheu os ombros.

— Minha mãe e meu pai tinham morrido. Princeton virara uma cidade fantasma. Mark e Jacqueline desapareceram, tinham ido, descobri depois, para uma de suas colônias fora do planeta. Por um milagre eles não levaram a peste junto. Fui convocado para a Defesa Civil e passei os cinco anos seguintes cuidando das vítimas da peste, contendo motins e distribuindo suplementos. — Ele olhou para mim. — Não vou dizer que você não estava em meus pensamentos, pois estava. Tinha de estar. Você fizera parte da minha vida por tanto tempo que ficou impressa na minha mente. Mas havia morte ao meu redor. Eu sabia que você só poderia estar em um de dois lugares: ou segura, em estase, ou morta, em paz. De qualquer maneira, não havia nada que eu pudesse fazer.

No meu desenho, sombreei os olhos dele. Sim, pude ver o horror dentro deles. As linhas severas de tantas tragédias que marcavam seu rosto.

— Quando terminei meus serviços, candidatei-me a um cargo interno na UniCorp. A universidade acabou ficando pelo caminho, mas a minha experiência na Defesa Civil acabou contando no meu currículo. Fiquei surpreso quando me aceitaram, meu sobrenome era conhecido. Meus pais tinham trabalhado para Mark, e seus pais ainda se lembravam de mim. Aparentemente, com todo aquele caos, eles nunca souberam que eu invadira a casa deles. — Ele respirou fundo. — Só entrei para a UniCorp por um motivo. Para me aproximar deles, perguntar sobre você.

Isso me espantou. Ergui os olhos do meu desenho.

— É verdade?

Ele me encarou.

— Você sempre esteve nos meus pensamentos, Rose. Eu sempre desejei poder esquecê-la, mas nunca consegui. Eu sonhava com você. Os sonhos surgiam do nada, sem aviso. Eu nem precisava estar conscientemente pensando em você, e lá estava você novamente. E cada vez que você aparecia, eu passava o sonho todo tentando lhe dizer o quanto sentia sua falta. Eu acordava e passava a manhã martelando na minha cabeça, resmungando "Mente estúpida!". Parecia que eu tinha sido moldado de acordo com o seu modelo. Você era o meu padrão de referência. Cada pessoa com quem eu falei, cada amigo que tive, cada mulher que olhou em minha direção eram comparados à lembrança que eu tinha de você.

Eu queria sorrir, queria gritar. Era trágico. Acalmei-me para terminar o desenho.

— Quando, finalmente, consegui me aproximar deles, perguntei sobre você. Eles ficaram bravos; seu pai quase me bateu. "Deixe o passado no passado", ele disse. "Não queremos desenterrar os nossos mortos." Eu acreditei nele. — A voz de Xavier diminuiu até quase virar um sussurro. — Como um tolo. — Ele balançou a cabeça. — Eu tinha vinte e quatro anos. Deveria ter tentado mais. — O sentimento de culpa era evidente em sua voz.

Vinte e quatro anos. Ele seria, então, apenas oito anos mais velho do que eu. Encolhi-me ao me dar conta daquilo.

Ele se endireitou um pouco no assento.

— Sei que eles falaram em me demitir depois disso, mas pessoas saudáveis com meio cérebro se tornaram escassas durante os Tempos Sombrios. Eles não podiam se dar ao luxo de me perder. Por isso, acabei ficando. Trabalhando para o diabo. Pensei em sair, mas naquela época a verdadeira tragédia da Iniciativa Global em Prol do Alimento tinha estourado. E eu também fora envenenado, como milhões de pessoas. Nada de filhos. Nunca. Ou foi o que pensei, as medidas defensivas confiáveis ainda não tinham sido desenvolvidas. E eu os *odiei* tanto. Eu sabia que a UniCorp tinha muito *poder*. Pensei: "se eu ficar, posso conseguir desfazer um pouco dos piores males".

E continuou:

— Comecei tentando sabotar a corporação, fazer com que tudo fosse por água abaixo, mas então percebi que poderia trabalhar tangencialmente, e usar a corporação para fazer o *bem*. Foi um processo lento, e muito do que fiz foi em segredo. Eu não queria o poder, queria neutralizar o poder de homens como o seu pai e Reggie. Foi tudo o que me restou para fazer.

— Você tem noção de que agora é o presidente? — perguntei.

— Infelizmente, sim. Tenho tentado evitar isso. Acho que tenho mais controle quando as pessoas não estão olhando diretamente para mim.

— Promova o pai de Bren — eu disse. — Delegue a função a ele. Ele é um homem bom e gosta do trabalho. Você está... — tentei pensar em uma palavra que não fosse *velho* — quase para se aposentar, o conselho vai entender.

Xavier franziu o cenho.

— Essa é uma ideia. Você está certa, ele poderia assumir. Annie teve bom gosto.

— Gosto dela — disse a ele.

— Ela gosta de você — Xavier me falou. — Ela me contou.

Não pude conter a pergunta:

— Por que Roseanna?

Xavier baixou os olhos.

— A irmã da minha mulher também havia morrido. Ela se chamava Hannah. Nós juntamos os nomes.

— Ela sabia sobre mim?

— É claro. Nós nos amávamos.

Eu queria sentir ciúme, mas tudo o que conseguia sentir era curiosidade.

— Como ela era?

— Como você. — ele respondeu. — Compassiva. Fiel. Artística. Eu lhe disse que você era o meu parâmetro. Ela era um pouco mais durona do que você, mas os sobreviventes dos Tempos Sombrios tendiam a sê-lo. Era uma *designer* do departamento de artes gráficas. Ela desenvolveu um joguinho para si própria, para me fazer sorrir sempre que me via. Foi surpreendente que ela tenha percebido algum resquício humano em mim quando nos conhecemos. E ela aguentou o meu mau humor. Assim como todos os procedimentos invasivos que foram necessários para termos Ted e Annie.

— Estou feliz — sussurei. — Estou muito feliz. — Nem precisei dizer mais nada. — Você sente saudades dela?

— Na verdade, não muito. Não que eu não desejasse que ela ainda estivesse aqui, claro que desejo. Mas sinto que parte dela ainda *está* aqui — ele apontou para o apartamento. — A sua alma, talvez. Esperando por mim. — Ele encolheu os ombros. — Mas, o que sei eu? Eu também pensava isso da sua alma!

— E estava — falei. — Eu lhe dei a minha alma para você guardar, junto com o meu Prêmio Jovens Talentos.

— Eu ainda tenho aquele troféu — Xavier sussurrou.

— Bem, você ainda está com a minha alma, também. Eu a dei junto com aquele último beijo.

— Eu nunca quis ficar com a sua alma — Xavier disse.

— Quero que você fique com ela. Guarde-a — falei com um sorriso. — Vou criar uma nova. Olhei para o relógio de pêndulo na parede. Os paramédicos já deviam ter chegado. Otto. Ele deve tê-los segurado lá embaixo. Ainda bem. Xavier pareceu estar mais relaxado, mas eu ainda não tinha feito a pergunta mais difícil.

— Por que não me contou quem você era?

Ele meneou a cabeça.

— Como poderia? Depois de passar sessenta anos pensando que você estava morta, meu neto me telefona, do nada, para me contar que tinha encontrado Rose Fitzroy no subsolo, e o mundo todo desabou. — Ele esfregou as têmporas, como se estivesse com dor de cabeça. — Tudo voltou para mim de repente. Eu me parti em dois por dentro. Como se tivesse falhado em ter a vida que eu deveria ter tido, e como se a vida de outra pessoa tivesse vindo e roubado todos aqueles anos. Lá estava eu: o pai, o avô, o homem de negócios. E, então, aquele adolescente ferido e irado surgiu do nada, e você não vai acreditar no quanto ele me odiava. Ele começou a gritar comigo. Às vezes, passava metade da noite gritando: "O tempo todo ela estava lá, literalmente sob os seus pés! Como você não foi até lá e a resgatou?" — Xavier suspirou. — Ele me culpou de tudo.

Ele arfou e fechou os olhos.

— Você estava de dar dó, só pele e osso. E tão dolorosamente *jovem*.

Pensei a respeito. Ele tivera uma esposa. Criara dois filhos. Seu neto e eu éramos da mesma idade. Eu não passava de uma criança para ele. Que irônico. Eu tinha ensinado Xavier a andar.

— Pensei em contar para você, logo no começo, enquanto ainda estava no hospital. Mas, quando você não me reconheceu, pensei... talvez seja melhor assim. Como você não iria me culpar por tê-la deixado lá? Quando eu era o único que *sabia*.

Meu desenho estava terminado. Lá estava ele. Um espantalho, um homem velho atormentado internamente, com o coração partido por detrás de seus olhos. Eu sempre compreendi melhor as coisas quando as desenhava. O sorriso de Xavier tinha morrido durante os Tempos Sombrios. Era meu trabalho ressuscitá-lo, tirá-lo da estase e colocá-lo de volta em seu lugar. Fiquei de pé.

Xavier olhou para mim, seus olhos verdes leitosos estavam curiosos. Sorri.

— Você *cresceu* tanto! — eu disse.

Ele me fitou confuso.

— Como?

— Eu sempre disse isso — falei. — É uma tradição.

Xavier respirou fundo e baixou os olhos.

— Não tenho certeza se isso é verdade, dessa vez. A idade tende a encolher as pessoas.

— Assim como a culpa — eu disse. Pousei minha mão sobre seu ombro. — Pare de se odiar. Não foi culpa sua. Nem minha. Apenas aconteceu.

Ele ergueu uma mão e colocou-a sobre a minha por um momento, então, deixou-a cair novamente.

— Senti saudade de você — ele sussurrou.

Lágrimas feriram meus olhos.

— Senti saudade de você — eu disse. — Senti saudade de tudo.

Permanecemos em silêncio por um momento. Fiquei de joelhos e recostei a cabeça sobre o braço da poltrona dele.

— Bem — eu disse. — Pelo menos agora você pode ter o seu apartamento de volta.

Xavier balançou a cabeça.

— Não. É seu.

Balancei a minha cabeça também.

— Eu não disse que estava indo embora.

— O que você quer dizer?

Endireitei meus ombros e enfrentei-o resolutamente.

— Quero dizer que, finalmente, aprendi a tomar decisões sozinha. Chega de me deitar passivamente e esperar que os outros me digam o que tenho de fazer. Sei o que eu quero, e quero você. Quero que você seja o meu guardião.

Xavier balançou a cabeça grisalha, inflexível.

— Não posso fazer isso, Rose. Não seria correto.

— Quem disse? Xavier, desde quando estarmos juntos foi errado? Não sou boba — acrescentei, cortando qualquer resposta que ele pudesse dar. — Sei o que pode e o que não pode haver entre nós. Perdemos algo. Aquela chama ardente do primeiro amor. E isso não é justo. — Quase não consegui conter as lágrimas da minha voz, mas engoli-as. Eu precisava fazê-lo enxergar. — Isso nunca será justo. E eu sempre sofrerei, assim como você sofreu. Meus pais roubaram você de mim, assim como roubaram a minha vida. Mas isso não era tudo o que tínhamos. Era apenas parte. Tivemos algo mais verdadeiro, algo que o tempo e a diferença de idade simplesmente não podem matar. Eu *conheço* você, Xavier! Sempre estivemos juntos. Nem sempre foi romântico. Você começou como meu irmãozinho, então se tornou meu melhor amigo. Por que não podemos continuar? Transformarmo-nos em algo mais? Estou tão sozinha. *Preciso* de você. Preciso da minha família! — Droga, eu *estava* chorando.

Então, seus braços frágeis estavam ao redor do meu corpo.

— Shh, shh. Calma. — Ele beijou a minha testa com a mesma ternura que eu costumava beijar a sua quando ele não passava de um bebê.

Afastei-me e olhei para ele.

— Xavier, desde o começo você vem fazendo tudo o que está ao seu alcance para me mostrar que ainda me ama. Meu estúdio, meu bloco de desenho, Estradas Desertas. — Sorri. — O prisma. Foi a *sua* mão que senti acariciando meus cabelos, nesta mesma sala, depois de ter sido atacada.

Seus olhos abaixaram e vi que eu estava certa.

— Sei que você quer ficar comigo. Que você quer ser a minha família. Você só não faz isso porque acha que as pessoas podem interpretar mal. Bem, que se danem! Eles não sabem o que representamos um para o outro. Sei que você provavelmente deve estar horrorizado com a ideia do que fomos um para o outro, tão horrorizado quanto eu ficaria se, de repente, você voltasse a ter três anos e eu dezesseis. Mas aquilo tudo acabou. Aquela menina morreu. E aqui *estou eu* agora. — Olhei para o chão por um momento, buscando forças de todas as minhas roseiras internas retorcidas. — Você vai ter coragem de me negar o único amor que tive?

Xavier olhou para mim por um longo momento e franziu a testa.

— Você e Bren estão...? — ele perguntou.

Ri, o que felizmente ajudou a espantar as lágrimas contra as quais vinha lutando. Eu sabia que ficaria com o rosto rosado de rubor se já não estivesse vermelha por causa das queimaduras.

— Por que a pergunta?

Xavier desviou o olhar e percebi que ele estava com medo de que eu estivesse esperando algo impossível dele, que não estava pronta para deixar que aquela parte da minha vida continuasse sem ele.

— Não sei — disse, com o máximo de segurança que pude. — Talvez um dia. Por enquanto, eu o assusto.

— Você está *me* assustando — Xavier disse. — Nunca a vi agindo de outro modo além do passivo.

Encolhi os ombros.

— Não me ajudou muito. Então — eu disse —, terei você como minha família, ou vou ter de pedir para o meu conselho demiti-lo?

Xavier riu.

— Estou falando sério — disse. — Agora que o encontrei, não vou deixá-lo escapar novamente.

Xavier piscou para mim.

— Pensei que essa fala fosse minha.

Um sorriso surgiu no meu rosto.

— Você quer dizer que vou ficar com você?

Ele suspirou.

— Por que não? Sempre fui seu, de qualquer maneira.

Dei um salto e abracei-o. Ele tinha cheiro de velho e daquela colônia que eu notara em seu escritório, e não parecia mais o meu Xavier quando eu o abracei. Mas eu o amava tanto quanto antes. Irmão. Melhor amigo. Avô. O que importava? Ele era o meu Xavier.

Epílogo

De agora em diante, vou tentar me agarrar aos meus sonhos o máximo que puder. Passei da hora de ficar perdendo meu tempo, me prendendo a fantasias, negando o que está dentro do meu coração e diante dos meus olhos. Tento me manter ocupada, com o coração aberto, e me recuso a cair em desespero quando acordo chorando no meio da noite sem motivo.

Costumo jantar na casa de Bren e ele, com todo o seu bom humor, tenta me ensinar a jogar tênis, sem muito sucesso. Não sei mais como me sinto com relação a ele. Ele é meu amigo bonito e *sexy* que poderia ter sido meu neto. É tudo muito confuso e embaraçoso, mas, mesmo assim, é bom. Gostamos muito um do outro — quase como se fossemos da mesma família, mas não somos. Não por enquanto.

Entro em contato com Otto todas as noites, e tentamos encontrar novos motivos para rir. Também não sei o que sinto por ele. Sei o que ele sente por mim, apesar de ele achar que guarda esse sentimento em segredo. Ele tem a minha simpatia e o meu amor... mas que tipo de amor é nem tentei descobrir ainda. O que temos é o que é, e é assim que quero que seja. Por enquanto.

Quanto ao Xavier, ele é muito formal comigo, e não o culpo por isso. Nossa situação é um tanto constrangedora. Ele me abraça (com um braço apenas) e se for necessário; ou seja, se eu estiver chorando. Do contrário, ele não me toca. Respeito seu distanciamento. Ele está me ensinando a cozinhar e ainda se senta comigo para me ajudar com os estudos. Essa parte do nosso relacionamento não mudou em sessenta anos. Minhas notas estão melhorando. Não sou tão burra quanto imaginava que fosse.

Não sei onde meu irmão e a minha irmã estão. Xavier me ajudou a rastrear pistas sobre eles — meus pais não conseguiram apagar todos os rastros de seus nascimentos, e os registros médicos estavam arquivados nos arquivos locais. Se Sarah estiver viva, ela já estaria em estase por quase oitenta anos. Stephano estaria em estase por mais de noventa. Só de pensar nisso, sinto o gosto amargo de bile na minha garganta.

Sonho encontrá-los um dia. Sonho que um dia eu realmente vou acreditar que tenho um lugar neste mundo. Sonho que sou forte. E tenho três amigos que sonham comigo.

Meu nome é Rose Samantha Fitzroy. Tenho cem anos de idade. Sou livre. Ainda tenho meus tormentos. Mas, pelo menos, estou bem acordada.

Este livro foi composto
em Minion para a Leya
em julho de 2012